Hassan M. M. Tabib

Die Diener des Diktators

Ich bevorzuge Freiheit mit Gefahr als
Frieden mit Sklaverei.

Jean Jacques Rousseau

Für Dana

Hassan M. M. Tabib

Die Diener des Diktators

**Dieses Werk
und alle seine Teile
sind urheberrechtlich geschützt.
Nachdruck, Vervielfältigung in jeder Form,
Speicherung, Sendung und Übertragung des Werkes
ganz oder teilweise auf Papier, Film, Daten- oder Tonträger usw. sind
ohne schriftliche Zustimmung des Autors unzulässig und strafbar.**

Bemerkung:

Die meisten Namen, Handlungen, Orte und erkennbaren Attributen wurden geändert. Mit Ausnahme einiger iranischer Prominenter sind jegliche Ähnlichkeit mit real existierenden Personen oder Situationen rein zufällig.

Lektorat: Svenja Fieting

Herstellung und Verlag: BoD – Books on Demand, Norderstedt
Oktober 2022.

ISBN: 9783756842407

Inhalt

Prolog

Lieber Onkel Sohrab,

ich bin gerade am Flughafen Imam Khomeini und versuche, unauffällig einen Passagier, der nach Europa fliegen will, zu bitten, diesen Brief aus irgendeiner europäischen Stadt an dich zuzustellen.

Du weißt doch, wie die Situation in Iran ist; aus Sicherheitsgründen kann ich weder mit dir telefonieren noch einen Brief direkt aus Teheran schicken, schon gar nicht dir eine E-Mail schreiben.

Denn die Regierung kontrolliert jede Art von Kommunikation mit dem Ausland. Deshalb habe ich mich für diesen Weg entschieden.

Ich hoffe jedoch, dass du dieses Schreiben rechtzeitig erhältst und eine Lösung für diese lebensbedrohliche Gefahr findest.

Es geht um eine schreckliche Nachricht; ich habe zufällig in dem Computer unseres Ministeriums entdeckt, dass man ein Killerkommando beauftragt hat, zwei Journalisten und einen Buchautor in Schweden, in Deutschland und in Frankreich zu liquidieren. Du bist einer davon.

Ich weiß nicht, wann und wie sie ihren mörderischen Auftrag in Deutschland durchführen wollen, aber laut der Order von Pasdaran steht Schweden an erster Stelle.

Der Gruhe Zarbat - das Killerkommando - reist normalerweise mit Diplomatenpass ins Ausland. Das heißt, die Behörden in Europa haben wenig Möglichkeiten, ihre Reiseabsicht zu ermitteln. Sie werden von Mitarbeitern des iranischen Konsulats unterstützt. Du solltest alles daransetzen, dich so schnell wie möglich irgendwo zu verstecken.

Ich bitte dich, meine Warnung ernst zu nehmen, rechtzeitig eine Lösung für das bevorstehenden Attentat zu finden und nicht zuzulassen, dass sie dich und eventuell auch deine Frau töten.

Mir ist klar, dass ich mit dieser Nachricht mein eigenes Leben riskiere. Bitte schreibe mir oder meiner Mutter in diesem Zusammenhang keinen Brief oder Mail, denn in diesem Fall würde ich erhebliche Probleme bekommen. Die Verräter in unserem Land werden grundsätzlich hingerichtet.

Ich hoffe, alles wird gut und du und deine Familie kommt unbeschadet davon. Vom Inhalt dieses Briefs habe ich niemanden informiert, auch meine Mutter nicht, und du sollst ihn auch ganz diskret behandeln.

Gott sei mit euch, viel Glück,

Nader"

1. Erziehung zu einem Terroristen

Shapoor Falahi war ein iranischer Staatsbürger, ein Agent der Islamische Republik Iran, stationiert in Europa.
Er war ein gutaussehender junger Mann, schlank, groß und mit männlicher Ausstrahlung.
Als Waisenkind hatte er nie eine Gelegenheit bekommen herauszufinden, wer seine Eltern waren. Unter strenger Überwachung der Pasdaran-Organisation war er in einem staatlichen Heim aufgewachsen, hatte Grundschule und Gymnasium besucht.
Nach Abschluss seines Abiturs absolvierte er zuerst seinen Militärdienst und anschließend noch fünfzehn Monate lang ein nachhaltiges Training in der Pasdaran-Akademie; dann wurde er als Agent in der Abteilung Gruhe Zarbat, einem Killer-Kommando, aufgenommen.
Planmäßig reiste er im Jahr 2010 mit einem Studentenvisum nach Deutschland. Nach einem Jahr intensiven Sprachunterrichts gelang es ihm, sein Studium im Fach Betriebswirtschaft an der Goethe-Universität in Frankfurt am Main zu beginnen.
Er erzählte seinen Kommilitonen, dass er jeden Monat etwa 1.200 Euro von seinen Eltern als finanzielle Unterstützung bekomme. Aber natürlich war der Wohltäter in Wirklichkeit sein Arbeitgeber, der Pasdaran-Geheimdienst.
Während seines Studiums wurde er öfter von unangemeldeten Pasdaran-Inspektoren besucht. Man wollte sicherstellen, dass er in einer freien Gesellschaft wie Deutschland das ihm vorgegebene Ziel ernsthaft verfolgte und seinem Loyalitäts-Kodex treu blieb. Im dritten Semester des Studiums freundete er sich trotz seines introvertierten Verhaltens mit einem iranischen Studenten - Kamran Taheri -an. Kamran kam

aus einer reichen Familie und wurde von seinem großen Bruder, einem Professor der Universität Cambridge, finanziell unterstützt.

Eigentlich war Kamran der Initiator dieser einseitigen Kameradschaft. Er war tatsächlich von Natur aus eine fröhliche Seele; immer hilfsbereit, fürsorglich, aber auch witzig. Dennoch war seine leidenschaftliche politische Einstellung für Shapoor fremdartig und er strengte sich an, sich nicht daran zu gewöhnen.

Kamran begleitete Shapoor beim Besuch von Behörden, um zum Beispiel seine Aufenthaltserlaubnis zu verlängern, er half ihm beim Umzug in eine neue und preiswertere Wohnung - im gleichen Haus, in dem er selbst wohnte - und er unterstützte ihn in einigen Fächern, um Themen wie Computer-Technologie besser lernen und verstehen zu können. Trotz seiner Gefälligkeiten neigte Shapoor dazu, sich unauffällig von ihm zu distanzieren.

Denn es gab viele Störfaktoren, was bei ihm Verzweiflung auslöste. Kamran war ein überzeugter Monarchist, ein Atheist und ein erbitterter Gegner der iranischen Regierung.

Bei jeder Gelegenheit beklagte er, dass die Islamische Republik Iran eine schreckliche Kopie des Dritten Reiches sei. Er meinte, Pasdaran habe unter anderem die gleichen Aufgaben wie die SS in den dreißiger und vierziger Jahren in Deutschland. Er war davon überzeugt, dass die meisten Mullahs in Schlüsselposition keine Perser seien; sie müssten entweder aus dem Irak, aus Afghanistan oder aus Syrien stammen. Manchmal verfluchte er die deutsche Regierung, die aus wirtschaftlichem Interesse ihre politischen Beziehungen mit diesem faschistischen Regime weiter pflegte.

Eine weitere Tatsache, die ihn maßlos beunruhigte, waren Kamrans politische Aktivitäten, vor allem seine Aufforderung, ihm beim Verteilen von Flyern über Verbrechen der iranischen Regierung behilflich zu sein.

Kamran stand jeden Freitag vor dem Frankfurter Opernhaus und verteilte Flyer über die Hinrichtung iranischer Oppositioneller.

Es gab hauptsächlich zwei Gründe, wegen derer Kamran nicht richtig bemerkte, dass sein Studienkamerad sich am liebsten von ihm zurückgezogen hätte. Zum einen: Kamran redete die ganze Zeit und interpretierte das Schweigen von Shapoor als Zustimmung. Und zum anderen: Er hielt ihn für unreif, ja, für einen hilfebedürftigen Buben.

Er war überzeugt, dass es seine Pflicht war, Shapoor beizubringen, wie man gegen ein diktatorisches Regime kämpfen musste. Er holte aus der Bibliothek mehrere Bücher über das Leben in einer freien, demokratischen Gesellschaft und bat ihn, die Meinung bekannter Philosophen aufmerksam zu lesen und vor allem anzuwenden.

Shapoor Falahi wusste: Irgendwann könnte diese unerlaubte Freundschaft mit diesem netten Kerl, der aber auch ein Gegner seiner Arbeitgeber war, ihm das Genick brechen. Man hatte ihm öfter unmissverständlich angewiesen, jeden Kontakt mit Gegnern der Islamische Republik Iran zu vermeiden. Er hatte sich daher einerseits bemüht, ihm gegenüber freundlich zu wirken, ihm anderseits aber auch unbemerkt auszuweichen, wenn möglich.

Dann passierte, was er fast vermutet hatte. Eines Tages bekam er einen Brief vom iranischen Konsulat in Hamburg. Er solle wegen Passangelegenheiten am 12. Februar 2014 gegen elf Uhr im Konsulat erscheinen.

Was ihm bei diesen Schreiben dubios erschien, war die Tatsache, dass das Konsulat in Hamburg für iranische Studenten in Frankfurt nicht zuständig war; er kommunizierte immer mit dem Konsulat in Frankfurt.

An diesem Mittwoch kaufte er sich ein Bahnticket und fuhr nach Hamburg. Obwohl er pünktlich war, musste er fast zwei Stunden im Warteraum des Konsulats sitzen, bis man ihn endlich in einen kleinen Besprechungsraum führte. Sein Gesprächspartner Reza Ibrahimi war ihm wohlbekannt. Er war einer von den Pasdaran-Inspektoren, der ab und zu nach Frankfurt kam und mit seinen mahnenden Worten versuchte, ihn für seine Pflicht gegenüber Pasdaran zu sensibilisieren.

Ibrahimi war circa fünfzig Jahre alt. Er war ein kleiner, magerer Mensch mit einem langen, bleichen Gesicht, einem schmalen, schwachen Kinn, einer hervorstechenden großen, knochigen Nase. Seine gelb-schwarzen Zähne verrieten, dass er ein Kettenraucher war.

Auch in das kleine, fensterlose Zimmer des Konsulats konnte er auf seine Muntermacher nicht verzichten. Während des Gespräches entzündete er mehrere Zigaretten nacheinander.

»Herr Falahi, wir machen uns große Sorgen über Ihr Verhalten in Deutschland,« begann er leise zu sprechen, ohne ihn anzusehen. »Wir waren uns einig, dass Sie sich von iranischen Widerstandsorganisationen in Europa distanzieren. Sie sollen diese Ungläubigen beobachten, uns von ihren Aktivitäten berichten, aber mit ihnen keine freundschaftlichen Beziehungen knüpfen.« Inzwischen waren beide in dem kleinen Zimmer im Rauchnebel fast unsichtbar geworden.

Er fügte hinzu: »Ihr Freund Kamran war ein bedrohlicher Gegner. Wir haben ein paar Male versucht, ihn zu beseitigen, aber er hatte Glück; immer passierte etwas zu seinen Gunsten und unsere Kollegen konnten ihre Aufgabe nicht erledigen.« Jetzt begann er laut und grässlich zu husten. Entweder ärgerte er sich immer noch über den Misserfolg seiner Kollegen oder seine Lunge war vom ständigen Rauchen überlastet. Er drückte hastig seine Zigarette in den Aschenbecher, verließ den Raum und nahm dabei etwas von dem nebelhaften Rauch mit.

Nach fünf Minuten kam er mit einer Flasche Wasser zurück. Eine Weile beobachtete er Shapoor kritisch, um herauszufinden, ob er seinen Hustenanfall übelgenommen hatte. Aber Shapoor benahm sich gleichmütig; er war lediglich gespannt zu wissen, was dieser kleine Mann von ihm wollte. Ibrahimi zündete eine neue Zigarette an und setzte seinen Vortrag fort:

»Es gibt fast vierhundert aktive iranische Oppositionelle in Deutschland, die ständig den Ruf unserer Republik in den Dreck ziehen. Aber keine Sorge, wir werden alle diese Idioten zur Hölle schicken; das ist nur eine Frage der Zeit. Dafür haben wir unsere Methoden und unsere erfahrenen Leute.« Zum ersten Mal schaute er Shapoor starr in die Augen und sagte weiter: »Ich gehe davon aus -und so werde ich es auch in meinem Bericht schreiben -, dass der Initiator dieser verbotenen Beziehung Kamran Taheri war. Nicht wahr? Sie sind doch ein vernünftiger Mensch.« Als Shapoor seine Bemerkung bestätigen wollte, fügte er hinzu: »Ja, wir wissen schon: Wir haben fast alles gehört, was er Ihnen die ganze Zeit erzählt. Mit moderner Audiotechnik kann man aus fast hundert Metern jedes Gespräch deutlich hören und aufnehmen.«

Wieder wegen eines Hustenanfalls konnte er nicht reden. Er trank einen Schluck Wasser und sprach stockend weiter:

»Kamran war sowieso ein komischer Kerl. Er redete die ganze Zeit wie eine Nähmaschine, aber was er sagte, war nur Müll: nur das, was er bei seinen ungläubigen Genossen gelernt hat.« Plötzlich grinste er so breit, dass man jeden gelbschwarzen Zahn in seinem Mund sehen konnte - was seinem Gesicht einen noch ekligeren Ausdruck verlieh. Er sagte weiter: »Dennoch ... Dennoch kann er kein böses Wort mehr über unserer Republik sagen.«

»Darf ich Ihnen eine Frage stellen?«, unterbrach ihn Shapoor. Als Ibrahimi still blieb, fuhr er fort »Warum haben Sie gesagt: *Er war ein bedrohlicher Gegner*? Oder: *Er kann kein böses Wort mehr über unsere Republik sagen*? Heißt das, er ist jetzt vernünftiger geworden?«

Ibrahimi fixierte Shapoor mit seinen kleinen, pechschwarzen Augen und nach eine Weile Schweigen erwiderte er leise: »Nein, solche Idioten kann man nicht erziehen. Wenn ich richtig verstanden habe, befindet er sich seit einer Stunde in der Hölle. Unsere Kollegen hatten dieses Mal Glück, sie haben ihn in seiner Wohnung hingerichtet. Seien Sie froh, dass Sie ihn los sind. Er hätte Ihre Karriere völlig zerstören können.«

Plötzlich drohte sich Shapoor aus dem Gefühl grenzlosen Entsetzens heraus zu übergeben. Diese emotionale Reaktion war so heftig, dass sein Gesprächspartner sie sofort bemerkte.

»Was ist mit Ihnen los?«, schrie Ibrahimi. »Sie wollen mir nicht sagen, dass Sie leiden, weil wir einen Gegner unserer Republik eliminiert haben?

Wachen Sie auf, junger Mann! Sie sind nicht in Deutschland, um Wissenschaftler zu werden oder mit diesen Ungläubigen freundschaftliche Beziehung anzuknüpfen. Wir haben Sie hierhergeschickt, um uns zu helfen, diese Bastarde aus der

Welt zu schaffen. Theoretisch wären Sie nach ein paar weiteren Monaten freundschaftlicher Beziehung mit diesem Kerl für uns ein Verräter gewesen. In diesem Fall hätten Sie beide ins Gras beißen müssen.

Ein Grund, aus dem wir Sie heute hierher bestellt haben ...« - er blieb eine Weile still und fuhr dann versöhnend fort - »Ein Grund, aus dem wir Sie heute hierher bestellt haben, ist, dass wir sicherstellen wollten, dass Sie während der Tat ein glaubhaftes Alibi haben: Sie waren wegen einer Pass-Angelegenheit in Hamburg.

Wenn Sie nach Frankfurt zurückfahren, möchte die deutsche Polizei wohl wissen, wo Sie waren, als Ihr Freund, ja, Ihr Nachbar getötet wurde.

Wenn Sie der Polizei die heutigen Eintragungen in Ihrem Pass und Ihr Bahnticket zeigen, haben Sie mit dem Attentat nichts zu tun; Sie waren entweder unterwegs oder im iranischen Konsulat.« Er blieb wieder still und rauchte seine Zigarette zu Ende. Dann, ohne Shapoor anzusehen, sagte er mit fester Stimme: »Jetzt verschwinden Sie. Los ... fahren Sie nach Hause. Während der Fahrt sollten Sie sich beruhigen; und denken Sie daran, wozu Sie in Deutschland sind. Sie sollen sich auf den Ihnen erteilten Auftrag konzentrieren. Bleiben Sie kühl, gefühllos und andächtig. Ihre Zukunft hängt von Ihrem Verhalten ab. Sie müssen immer im Kopf behalten, dass, wenn Sie Ihre goldene Zukunft nicht kaputtmachen wollen, Ihnen keine andere Wahl bleibt, als die Befehle Ihrer Vorgesetzten gehorsam auszuführen.« Als Shapoor aufstand und gehen wollte, mahnte Ibrahimi: »Nicht vergessen: Wir werden Sie weiterhin ständig beobachten. Bei uns gibt es keine dritte Chance.«

Shapoor blieb die ganze Strecke nach Frankfurt regungslos und nachdenklich.

Er konnte nicht fassen, was man mit seinem Freund getan hatte. Die Stimme von Ibrahimi klang in seinem Kopf nach wie Kirchenglocken: *„Sie sind nicht in Deutschland, um Wissenschaftler zu werden oder mit diesen Ungläubigen freundschaftliche Beziehung anzuknüpfen. Wir haben Sie hierhergeschickt, um uns zu helfen, diese Bastarde aus der Welt zu schaffen."*

Tatsächlich hatte er keine andere Wahl: Er musste wieder zur Tagesordnung übergehen; sein Studium beenden und die Aufträge von Pasdaran, wie Ibrahimi sagte, gehorsam erledigen; dafür war er in Deutschland.

Wie Ibrahimi angekündigt hatte, führten die von Shapoor vorgelegte Beweise bei der Polizei dazu, dass man keinen weiteren Kontakt mit ihm aufnahm; sein Alibi war glaubwürdig. Es war erkennbar, dass er während der Tatzeit unterwegs nach Hamburg war.

Trotz der Warnung von Ibrahimi erschien Shapoor am 20. Februar bei der Trauerfeier seines Freundes in der Kapelle des Friedhofes Sachsenhausen. Dort traf er zum ersten Mal den Bruder von Kamran, den Professor aus Cambridge. Er stand niedergedrückt neben Rita, Kamrans Freundin.

Zur großen Überraschung von Shapoor nahmen bei dieser herzzerreißenden Veranstaltung fast hundert Leute teil, die meisten Studenten und Professoren.

Einige hielten eine kurze, politisch geprägte Rede. Man gab immer zu verstehen, dass dieser Mord ein feiger Akt vom iranischen Geheimdienst sei.

Und was die Ermittlungen zum Mord betraf: Es war enttäuschend. Trotz umfangreicher Untersuchungen konnte die Polizei den Mord an Kamran Taheri nicht aufklären.

2. Der Experte

*N*ach erfolgreichem Abschluss seines Studiums, 2016 mit fünfzigtausend Euro Startkapital von Pasdaran, Shapoor eröffnete einen Laden für Telekommunikationsgerätereparaturen in der Nähe des Frankfurter Hauptbahnhofes. Schrittweise stellte er zwei erfahrene Techniker ein und mit der Zeit lief sein Geschäft mittelmäßig gut, so dass jeden Monat die Gehälter seiner Mitarbeiter, die Miete und sämtliche Nebenkosten problemlos kompensiert werden konnten.

Er war selbst nicht abhängig vom Umsatz seines Geschäftes, denn als iranischer Regierungsangestellter erhielt er ein festes Gehalt und bekam -je nach erfolgreich erfüllter Tätigkeit - eine Leistungsprämie in Höhe von zwei bis dreitausend Euro, selbstverständlich steuerfrei.

Er war für die Erledigung riskanter Aufgaben mit zahlreichen gültigen Personalausweisen, Reisepässen, Führerscheinen und Kreditkarten mit unterschiedlichen Namen und Staatsangehörigkeiten ausgestattet worden. Diese Dokumente hatten im Rahmen eines Abkommens zwischen ihren Geheimdiensten Iran, Malaysia, der Libanon und Venezuela ausgestellt und wurden bei Bedarf verlängert.

Um die wochenlange Abwesenheit für seine Mitarbeiter nicht verdächtig erscheinen zu lassen, erzählte er seinen Angestellten, dass er von Beruf Wirtschaftsberater sei, in verschiedenen Städten Seminare halte und sie ohne ihn mit allen Aufgaben zurechtkommen müssten.

Dieser Zustand war für seine Mitarbeiter nicht gerade unangenehm. Im Gegenteil: Sie genossen die selbstständige Arbeit.

Shapoor mit seiner Wachsamkeit, Disziplin und seinem kontrollierten Verhalten strengte sich an, die ganze Zeit bei der deutschen Polizei und dem Verfassungsschutz völlig unauffällig dazustehen.

Mit Ausnahme des Mordes an seinem Freund Kamran war er selten im Visier der Behörden gewesen, hatte keine Punkte in Flensburg und seine Steuererklärung wurde von Finanzbehörden nie beanstandet. Der einzige Gegenstand, der ihm bei einer Polizeikontrolle gefährlich werden konnte, war sein Auto, ein weißer Transporter.

In diesem Auto, seinem zweiten Arbeitsplatz, befanden sich verschiedene Einbruchwerkzeuge, Abhörgeräte, verschiedene Arbeitskleidungen - Uniformen von Klempnern, Postboten, Malern et cetera -, und in einem Geheimfach steckten mehrere gestohlene Kfz-Kennzeichen aus verschiedenen, europäischen Ländern. Aber auch zwei Revolver und mehrere Schachteln Munition bewahrte er im Boden des Transporters auf.

Eigentlich führte er ein normales Leben. Sein Bekanntenkreis und sogar seine Freundin, Anna Rosenberg, hatten keine Ahnung, dass er für den iranischen Geheimdienst tätig war.

Seine Aufgabe für Pasdaran beschränkte sich auf Recherchen zu bestimmten Waren oder Personen. Darüber hinaus sollte er die iranischen Kaufleute, die im Auftrag von Pasdaran eine Industriemesse oder ein Werk besuchten, begleiten.

Seine Ermittlungen zu Personen waren kompliziert und zeitaufwendig. Er musste die gesuchte Person in Europa lokalisieren und ihren Tagesablauf, ihre Lebensgewohnheiten, vor allem die Lage ihrer Wohnung beziehungsweise ihres Arbeitsplatzes dokumentieren und diese Informationen über das iranische Konsulat nach Teheran schicken.

Inzwischen war diese Art der Tätigkeit für Shapoor eine Routinesache. Denn er war ein begabter Bursche und als erfahrener Europakenner, Computer-Tüftler und Internetprofi hatte er kaum Probleme, ein bestimmtes Produkt oder eine bestimmte Person in Europa zu finden, zumal er Deutsch, Englisch und sehr gut Spanisch sprach.

Kaum erreichte sein Bericht Teheran, schickte Pasdaran zwei bis drei ausgebildete Profikiller nach Europa, um unter seiner Regie die Zielperson hinzurichten.

Er hatte immer darauf bestanden, dass er gern jede Art von Verwaltung oder Organisation übernahm, aber niemanden töten wollte oder konnte.

Da die Pasdaran viel Wert auf seine sorgfältige Arbeit und seine Unauffälligkeit in Europa legten, akzeptierten sie seinen Wunsch. Denn sie hatten sowieso viele ausgebildete Berufskiller, die solche Aufgaben schnell und diskret erledigen konnten.

Shapoor betrachtete sich nicht als kriminell, sondern er redete sich ein, dass seine Tätigkeit wie der Beruf eines Waffenschmiedes sei. Ein Handwerker, der Waffen produzierte, aber für deren Verwendung keine moralische Verantwortung übernehmen wollte.

Ja, er wollte nicht wahrhaben, dass seine Tätigkeit juristisch gesehen nichts anderes war als Beihilfe zum Mord und er genauso schuldig war wie sein Team.

Anfang Dezember 2018 bekam Shapoor von Pasdaran einen großen Auftrag. Er sollte Anschläge für drei Personen in verschiedenen, europäischen Ländern organisieren.

Wie immer sollte er die gesuchten Personen lokalisieren, für jede Zielperson detaillierte Angaben über ihren Aufenthaltsort, ihre Straße, Hausnummer und ihr Stockwerk machen und das Datum und die Ausführungszeit des Angriffs festlegen. Er konnte bestimmen, wann die Berufskiller sich ihm anschließen sollten.

Er war im Gegensatz zu seiner sonstigen Freude über die bezahlten Geschäftsreisen und den beachtlichen Erfolgsprämien dieses Mal ziemlich missgestimmt.

Zum einen war er mitten in der Renovierung seiner Wohnung und zum anderen hatte er seiner Freundin Anna versprochen, mit ihr am 31. Januar 2019 zwei Wochen auf Teneriffa Urlaub zu machen. Nach seiner Einschätzung würde die Lokalisierung der drei Zielpersonen und die Organisation ihre Ermordung mindestens zwei bis drei Monate Zeit beanspruchen.

Um seine Arbeitgeber bei Laune zu halten, entschied er, sofort mit der ersten Zielperson Ramin Rastegar zu beginnen. Er beabsichtigte, alle erforderlichen Daten für das Killerkommando zu beschaffen und nach Erledigung der Aufgabe, ohne Wissen seiner Arbeitgeber, den geplanten Urlaub anzutreten. Er wollte sich nach seiner Rückkehr aus seinem Urlaub mit den anderen gesuchten Personen befassen.

3. Nachforschung

Um den ersten von drei Aufträgen rechtzeitig hinter sich zu bringen, recherchierte Shapoor jeden Abend bis Mitternacht im Internet und versuchte, ein Lebenszeichen von Ramin Rastegar zu finden - gemäß dem Bericht des Pasdaran-Geheimdienstes, nach dem Ramin möglicherweise in einem skandinavischen Land war, vermutlich in Dänemark oder Schweden.

Am zweiten Tag seiner mühsamen Recherchen im Internet entdeckte er einen interessanten Artikel im Herald Tribune.

Es war ein sehr kritischer Artikel von Ramin Rastegar mit dem Titel „Der islamische Umgang des Mullah-Regimes mit Prostitution und Frauenrechten".

Nachdem Shapoor den Artikel gelesen hatte, war er überzeugt, dass auch unabhängig davon, was Ramin bislang gegen die iranische Führung unternommen hatte, Pasdaran ihn allein wegen dieser peinlichen Veröffentlichung am liebsten kleine Stücke zerreißen würde.

Der Bericht war in der Tat sehr informativ, aber kritisch, ja, geradezu skandalös. Ramin schrieb:

„Als Khomeini die Macht in Iran übernahm, verlangte er von der Polizei, alle Bordelle in der gesamten Republik zu schließen, deren Eigentümer und die Prostituierten zu verhaften und sie schmerzhaft zu bestrafen. Er erklärte, der Islam verbiete jede Art von Prostitution; wenn die Männer sexuelle Bedürfnisse hätten, sollten sie heiraten.

Jedem in Iran war klar, dass man die Prostitution, das älteste Gewerbe der Welt, nicht einfach aus der Welt schaffen konnte. Aber im ersten Jahr von Khomeinis Regierung hatte man tatsächlich kaum von Verstößen gegen die geltende Anordnung gehört. Dennoch informierte man Khomeini im Laufe der Zeit, dass bestimmte Frauen heimlich fremde Männer in ihren Wohnungen empfingen. Das war ein weiterer Grund für den Führer des Gottesstaates, für dieses unmoralische Vorgehen eine islamische, besser gesagt, eine schiitische Lösung zu verlangen; ein Verfahren, das in der Schah-Zeit verboten gewesen war.

Das Zauberwort hieß Sigheh – das persische Wort für „Zeit-Ehe": eine zeitlich begrenzte Form der Ehe, die sich dem Sinne nach in der westlichen Welt übersetzen lässt als „Miete eine islamische Frau."

Das muss man so verstehen, dass jeder Mann, egal ob ledig oder verheiratet, eine Frau - unverheiratet, geschieden oder verwitwet - für eine Stunde, einen Tag oder mehrere Monate mieten und nach Beendigung ihres Vertrages ohne Hindernis wieder verlassen kann.

Bei dieser sogenannten Heirat mit automatischem Ablaufdatum wird auch die Anzahl der sexuellen Begegnungen festgelegt; mindestens jedoch eine.

Der temporäre Ehemann, besser gesagt, der legimitierte Freier, muss allerdings für diese islam-konforme Prostitution die „Vertragspartnerin" entsprechend vergüten, ihr nämlich eine sogenannte „Ehe-Gabe" zahlen.

Um diese vorübergehende sexuelle Beziehung zu legitimieren, muss aber ein Vermittelter (hauptsächlich ein Mullah) dabei sein und er muss eine entsprechende Sure aus dem Koran lesen. Der Mullah muss ebenfalls für seine religiöse Tätigkeit bezahlt werden.

Khomeini legte ausdrücklich fest, dass, wenn die Frau bei dieser temporären Ehe schwanger wird, sie keinen Anspruch auf finanzielle Entschädigung habe – das sei dann einfach ihr Problem. Mit der bezahlten Ehe-Gabe seien weitere Ansprüche ausgeschlossen.

Nach Erlass dieses legalen Prostitution-Verfahrens bekamen unzählige Mullahs neue, lukrative Aufgaben. Tatsächlich könnte man diese Tätigkeit in der westlichen Welt als Zuhälterei bezeichnen. Denn es läuft folgendermaßen ab:

Ein Mullah kontaktiert eine unverheiratete oder geschiedene Frau in der Moschee und versucht, sie zu dieser Berufung zu motivieren. Er redet ihr ein, dass, wenn sie sich als Sieghe zur Verfügung stelle, dies nicht nur eine gute islamische Tat wäre, sondern sie auch ihre finanzielle Situation verbessern könnte.

In Iran - wie in vielen asiatischen Ländern - hat eine geschiedene Frau, Witwe oder Alleinstehende, besonderes mit ihrer dürftigen Ausbildung, kaum die Möglichkeit, in der Männer-Welt ein Leben nach ihrem Wunsch zu gestalten.

Die Option „Sieghe" ermöglicht es, mit einem fremden Mann legal sexuellen Kontakt zu haben, etwas Geld zu verdienen und angeblich ihrer religiösen Pflicht nachzukommen.

Das neue Gesetz wird in Iran von Männern und Frauen unterschiedlich bewertet. Die jungen Männer, die sich keine „normale" Ehe leisten können, interpretieren dieses Gebot als Geschenk, als eine gewisse Aufmerksamkeit von Khomeini für ihre Unterstützung des Kampfes gegen den Schah im Jahr 1988. Die intellektuellen Frauen hingegen betrachten dieses schamlose und inhumane Verfahren als Geschäft mit dem Islam und als eine unverzeihliche Diskriminierung von Frauen. Denn keine Frau in der Welt würde sich so würdelos einem Mann zur Verfügung stellen - es sei denn, sie befinde sich in extremer, finanzieller Not. In einem zivilisierten Staat müsse es für diese Frauen andere Lösungen geben, zum Beispiel Sozialhilfe.

Tatsächlich haben die Frauen in Iran in mehr als vierzig Jahren islamischer Regierung ohnehin die meisten ihrer Rechte, die sie in der Epoche des Schahs erkämpft hatten, verloren.

Frauen werden in der Verfassung der Islamischen Republik Iran schlichtweg als halbe Menschen behandelt. Zum Beispiel ist die Stimme der Frau vor Gericht nur halb so viel Wert wie die des Mannes. Auch darf eine Frau keine Richterin sein, weil sie nicht urteilen darf. Sie hat kaum Rechte beim Sorgerecht im Fall einer Scheidung. Sexuelle Gewalt in der Ehe wird nicht oder kaum berücksichtigt und der Ehemann darf seine Frau schlagen, wenn er Ungehorsam fürchtet; das steht sogar im Koran.

Nach islamischem Recht in Iran stellen Schläge oder sexuelle Gewalt durch den Ehemann für die Frau auch keinen Scheidungsgrund dar. Gleichzeitig können muslimische Ehemänner jederzeit ihre Ehefrauen verstoßen. Kommt es zum Rechtsstreit, so gilt – wieder mit Verweis auf das islamische Recht –, dass die Aussage einer Frau vor Gericht nur halb so viel wert ist wie die eines Mannes."

Ramin setzte sich auch mit Tabu-Wörtern in der streng islamischen Gesellschaft auseinander; vor allem mit biologischen oder sexuellen Begriffen. Er erwähnte in seinem Bericht auch den Umgang mit jungen Mädchen in Iran und verriet dabei unbewusst seinen eigenen Wohnort.

Er schrieb unter anderem über ein neunjähriges Mädchen mit Namen Sima Barrati, die im Klassenunterricht ihre Lehrerin fragte, ob die heilige Fatima auch monatliche Menstruationszyklen gehabt habe.

Das Mädchen wurde zuerst brutal verprügelt, am gleichen Tag wegen Beleidigung des Islams ins Gefängnis gesteckt und nach vier Wochen hingerichtet. Da sie noch Jungfrau gewesen war, und eine Jungfrau nicht erhängt werden durfte - aufgrund islamischer Großzügigkeit? - hatte man sie zuerst vergewaltigt und dann aufgehängt.

Er schrieb, dass die Mutter des Mädchens wegen dieses erbarmungslosen Aktes depressiv wurde und sich das Leben nahm; der traumatisierte Vater verließ Iran und suchte in Schweden Asyl. Ramin fügte nebenbei hinzu, dass der arme Mann im gleichen Asylheim lebte, in dem auch er wohnte.

Unter der Annahme, dass es in Stockholm nicht viele Asylheime gab, war Shapoor davon überzeugt, dass er innerhalb von acht Stunden sein Opfer - Ramin Rastegar - aufspüren konnte, wenn der in seinem politischen Artikel die Wahrheit geschrieben hatte.

Er entschied, keine Zeit zu verlieren und gleich nach Schweden zu reisen. Er besorgte sich für unterwegs Essen und Getränke und fuhr in seinem Transporter Richtung Norden.

Er übernachtete in Hamburg und setzte am nächsten Tag seine Reise fort. Gegen achtzehn Uhr erreichte er Stockholm und checkte in ein Motel ein.

Bis spätabends recherchierte er im Internet, um die Adresse und Telefonnummer der Behörde, die für Asyl-Angelegenheit zuständig war, zu ermitteln.

Um keine Spuren zu hinterlassen, rief er am nächsten Tag von einer Telefonzelle die Ausländerbehörden an und erzählte der Beamtin auf Englisch, dass er einen Asylanten mit Namen Ramin Rastegar suche. Er wolle ihm ein Geschenk von seiner Mutter überreichen.

Die freundliche Dame am Apparat sagte Shapoor, in welchem Stadtteil und in welchem Heim Ramin Rastegar wohne. Sie ermahnte ihn aber, wegen der Hausordnung müsse er bis zwölf Uhr da sein und sich zuerst an der Rezeption melden.

Sie betonte, dass ab zwölf Uhr keine Besuche mehr erlaubt seien, weil die Rezeption dann geschlossen werde.

Das Asylheim befand sich nicht weit von der Centralstation.
Es war vierstöckig, alt und in einem ziemlich schäbigen Zustand.

Um 14:00 Uhr parkte Shapoor sein Auto in einer Nebenstraße. Schon aus der Entfernung bemerkte er einige dunkelhaarige Männer und ein paar Frauen in islamischen Outfits, die mit ihren Kindern im Vorgarten des Hauses spielten.

Um die Lage besser einzuschätzen, näherte er sich langsam und unauffällig dem Gebäude. Das Wetter war bitterkalt, aber offenbar verlockte der schwache Sonnenschein einige Einwohner des Asylheims dazu, sich draußen zu bewegen und frische Luft zu schnappen.

Er setzte sich auf eine Bank und beobachtete heimlich das Haus und seine Umgebung. Zuerst wollte er herausfinden, ob irgendwo eine Überwachungskamera installiert war. Er entdeckte zwei Stück: eine vor dem Eingang des Hauses und die zweite in Richtung Lieferanten-Parkplatz.

Dann begann er unauffällig, mit Handykamera das Gebäude, den Parkplatz und dessen Umgebung aufzunehmen.

Nach einer Weile entschied er, die Sicherheit des Hauses zu prüfen, besonderes die Stabilität des Schlosses an der Haustür und vor allem herauszufinden, in welcher Etage Ramin wohnte.

Er kehrte zu seinem Transporter zurück, zog sich einen weiß-braunen Overall über seinen Anzug, setzte eine dazu passende Mütze und eine dunkle Brille auf, nahm ein ziemlich große Paket und verließ das Auto.

Mit seiner professionellen Art ließ er keine Zweifel daran, dass er ein Mitarbeiter von einem Paketdienst wie DHL, FedEx oder Hermes war.

Er nährte sich einer Frau in arabischer Kleidung und fragte, ob sie Englisch spreche. Bevor die Frau zu Wort kam, fügte er hinzu:

»Dieses Paket ist für Mr. Ramin Rastegar. In welcher Etage wohnt er denn?«

Zu seine Erleichterung konnte die Frau sich in Englisch verständigen. Sie zeigte auf das Gebäude und sagte, dass er in der zweiten Etage wohne, in Zimmer 206.

»Wissen Sie, ob er zu Hause ist?«

»Nein, er ist nicht zu Hause. Er ist jeden Tag bis siebzehn Uhr in der Stadtbibliothek. Sie können das Paket mir überlassen, ich gebe es ihm heute Abend. Ich wohne im gleichen Haus, Zimmer 208.«

»Nein, ich darf nicht. Ich gehe selbst nach oben; wenn er nicht in seiner Wohnung ist, schreibe ich einen Zettel, wo er sein Paket abholen kann.«

Die Frau nickte und kümmerte sich wieder um ihr kleines Kind.

Während er mit dem Paket dicht zu seinem Gesicht ins Haus ging, um von der Videokamera nicht erfasst zu werden, warf er einen Blick auf die Rezeption; wie er erwartet hatte, war sie nicht besetzt. Er ging die Treppe bis in die zweite Etage hoch.

Plötzlich schalteten sich durch einen Bewegungsmelder die Lichter in der zweiten Etage ein. Das Zimmer 206 lag genau gegenüber der Treppe.

Er nahm sein Handy, öffnete die Video-App und filmte den ganzen Flur und die Wohnungstür 206. Er stellte erleichtert fest, dass das Schloss von der Tür unkompliziert war; dieses konnte man mit einer einfachen Bohrmaschine leicht aufbrechen.

Als er wieder mit den gleichen Vorsichtsmaßnahmen das Haus verließ, bemerkte er erlöst, dass niemand seine Anwesenheit richtig bemerkte. Er ging wieder zu seinem Auto und fuhr zu dem Motel zurück.

Am nächsten Tag buchte er als erstes über das Internet für eine Woche ein Ferienhaus im Stadtteil Heleneborg. Das Haus lag in einer ruhigen Lage, nur vier Kilometer vom Asylheim entfernt. Es verfügte über vier Zimmer - jedes Schlafzimmer hatte ein eigenes Bad mit einem eigenen WC - und über eine große Garage, in der er seinen Transporter gut verstecken konnte.

Shapoor übernachtete nie mit seinem Team in einem Hotel. Zum Ersten sah sein Team - trotz eleganter Kleidung - ziemlich auffällig aus. Zum Zweiten wollte er aus Sicherheitsgründe niemanden von ihnen in einem öffentlichen Gebäude wie in einem Hotel, in einem Restaurant et cetera zusammen sehen. Außerdem hatte er in einem Ferienhaus totale Kontrolle über sie und bestand darauf, dass sie bis zum letzten Tag das Haus nicht verlassen durften.

4. Das Mordkommando

Am 18. Januar rief Shapoor das iranische Konsulat in Frankfurt an und sprach mit seinem Team, Rasul Sharifi und Yusuf Abdullahi. Sie waren schon seit ein paar Tagen in Frankfurt und hatten ungeduldig auf diesen Anruf gewartet. Er sagte am Telefon, dass sie so schnell wie möglich nach Stockholm fliegen sollten und ihm ihre Reisedaten per SMS mitteilen. Am Flughafen Stockholm sollten sie nicht mit dem Taxi, sondern mit dem Arlanda Express zur Centralstation fahren. Er würde im Bahnhof auf sie warten.

Er betonte, dass sie, wenn sie ihn in Bahnhof sähen, ihm ohne auffällige Reaktionen bis zum Wagen folgen sollten. Von dort würden sie gemeinsam zu ihrer Unterkunft fahren.

Das war das vierte Mal, dass Shapoor mit den beiden zusammenarbeitete. Schon von der ersten Zusammenarbeit an hatte es zwischen ihnen deutliche Missstimmungen gegeben. Sie spürten, dass Shapoor sie überhaupt nicht mochte.

Shapoor betrachtete die beiden als primitive und ungebildete Hilfskräfte und sie wiederum hielten ihn für arrogant und unausstehlich.

Rasul und Yusuf stammten aus Afghanistan. Sie hatten jahrelang zu der Kampfgruppe der Taliban gehört. Vor knapp acht Jahren waren sie aus Unzufriedenheit mit ihrem Leben in den Iran migriert. Zwei Jahre später waren sie wie weitere 1.250 andere Ausländer – die meisten Afghanen und Iraker - von Pasdaran als Schläger ausgebildet und dann befristet eingestellt worden. Sie wurden hauptsächlich gegen Demonstranten eingesetzt.

Seit den ständigen Kundgebungen gegen das Mullah-Regime, vor allem den Protesten von Frauen gegen die obligatorische islamische Kleidung, Demonstrationen gegen die Arbeitslosigkeit und die Verteuerung von Lebensmitteln, stellte Pasdaran fest, dass viele ihrer iranischen Mitarbeiter gewisse Hemmung hatten, mit den Demonstranten mitleidlos umzugehen. Die ausländischen Schläger hingegen, besonders Afghanen, hatten überhaupt keine Skrupel, die Demonstranten brutal niederzuschlagen.

2015 wurden Yusuf und Rasul - gerade ihrer Unempfindlichkeit bei brutalen Auseinandersetzungen mit Regimekritikern wegen - in der Abteilung „Gruhe Zarbat" aufgenommen. Die beiden Afghanen hatten bewiesen, einem Menschen jederzeit ohne Furcht und Hemmung, egal ob Mann, Frau oder sogar ein Kind, jederzeit Gewalt antun zu können. Seit 2017 wurden sie unter Shapoors Führung gegen Dissidenten im Ausland eingesetzt. Bei ihren Einsätzen im Ausland waren sie darauf angewiesen, ihrem Chef widerstandslos zu gehorchen. Obwohl sie mit diesem Aufstieg mehr Geld verdienten und viele Privilegen genossen, zum Beispiel Flugreisen in der ersten Klasse, und zwar mit einem Diplomaten-Pass, Übernachtungen in luxuriösen Häusern, schicke Anzüge et cetera, gab es mehrere Gründe, aus denen sie am liebsten im Innendienst arbeiten wollten.

Vor allem war die Zusammenarbeit mit Shapoor für sie unerträglich. Er machte bei jeder Gelegenheit eine herabwürdigende Bemerkung über ihre Sprache, über ihr Aussehen und darüber, wie sie sich bewegten, aßen und vor allem über ihren Körpergeruch. Und wenn es keinen Anlass für Kritik gab, lachte Shapoor zynisch und sagte, dass, wenn er sie genauer betrachtete, er an Darwins Theorie glaube, dass die Menschen von den Affen abstammten.

Yusuf und Rasul waren beiden ziemlich groß und kräftig. Yusuf mit seiner hohen Stirn, den Kinnbacken wie ein Pferd und düster schielenden, kohlschwarzen Augen und Rasul mit mehreren Narben im Gesicht, dem ungewöhnlich großen Mund, großen Ohren und unterschiedlicher Beinlänge - er humpelte komisch - bewirkten bei einem Beobachter manchmal Angst, oft Mitleid, aber auch Abneigung.

Gemäß dem Plan von Shapoor mussten sie nach der Durchführung ihres Attentats schnell ins Auto zurückkommen, zu ihrem Quartier zurückfahren, mindestens fünf Tage im Haus bleiben und dann getrennt nach Deutschland zurückgehen; er mit seinem Transporter und sie mit dem Flugzeug. Shapoor spekulierte immer darauf, dass nach der Erledigung der Zielperson die polizeiliche Fahndung nach ein paar Tage ausgesetzt wurde. Er war davon überzeugt, dass kein europäischer Staat wegen eines Ausländers, vor allem eines Asylanten, mehr als zwei oder drei Tage großen Aufwand betreiben würde - zum Beispiel Straßen sperren, Bahnhöfe und Flughäfen kontrollieren und so weiter, um die Attentäter zu schnappen.

Er und sein Team wussten, dass sie nach dem Attentat mehrere Tage lang, und zwar die ganze Zeit, im Haus bleiben mussten und sich nicht draußen blicken lassen durften. Shapoor beschaffte vorher ausreichend Lebensmittel, damit sie das Haus nicht verlassen mussten. Und gerade dieser Zwangsaufenthalt - mehrere Tage mit ihm in einem Haus zu bleiben und sein verletzendes Mobbing hinzunehmen - machte ihnen große Sorge.

Bei ihren Einsätzen im Ausland gab es noch einen weiteren Störfaktor. Um bei der Passkontrolle im Flughafen nicht aufzufallen und vor allem identisch mit ihrem Passbild zu erscheinen, mussten sie ihr ganzes Gesicht glattrasieren. Die Afghanen waren sehr stolz auf ihr Männlichkeitssymbol, den schwarzen, buschigen Schnurrbart. Da sie ihrem Chef widerstandslos gehorchen mussten, bissen sie die Zähne zusammen und befolgten seine unausstehliche Anweisung. Trotz dieser Unannehmlichkeiten war ihnen klar, dass sie viel besser lebten als damals bei den Taliban.

Am 20. Januar 2019 landeten Rasul und Yusuf in Stockholm und passierten mit ihren Diplomaten-Pässen problemlos die Polizeikontrolle.

Kaum waren sie aus dem Arlanda Express im Hauptbahnhof gestiegen, bemerkten sie ihren Chef. Er stand in etwa zehn Metern Entfernung. Seine mahnenden Blicke erinnerten sie daran, dass sie nicht mit ihm sprechen durften. Er drehte sich um und begann, schnell in Richtung Ausgang zu gehen, gefolgt von den beiden Afghanen.

Sie rollten ihre Koffer und richteten aufmerksam ihren Blick auf ihren Chef, um ihn zwischen den vielen Menschen im Bahnhof nicht zu verlieren.

Nach zehn Minuten Durchmarsch durch einige Straßen der Umgebung des Bahnhofs stand Shapoor endlich vor seinem weißen Transporter und öffnete die Tür. Ohne etwas zu sagen, stiegen Rasul und Yusuf ins Auto und kurz darauf fuhr Shapoor langsam los.

Auch im Ferienhaus hieß Shapoor seine Kollegen nicht sonderlich euphorisch willkommen. Er zeigte ihnen einen großen Raum und sagte in kaltem Ton:

»Bringt die Koffer in euren Schlafzimmer. Ihr sollt erst gründlich duschen und dann, nach dem Abendessen, werden wir über die Lage des Gebäudes und seine Eigenschaften sprechen.«

»Wir haben uns gestern geduscht,« sagte Yusuf verwirrt.

»Ich kenne viele Afghanen. Sie sind immer sauber und riechen gut. Aber ihr beide stinkt fürchterlich. Ich möchte über sowas nicht diskutieren. Erst wird geduscht, dann essen wir zusammen und schließlich werden wir über euer Jagdrevier reden,« sagte er in einem Tonfall, der keinen Widerspruch duldete.

Während des Abendessens verhielten sich beide Afghanen immer noch unsicher und ziemlich schüchtern. Es herrschte die ganze Zeit eine bedrückende Stille. Ab und zu warfen sie einen verstohlenen Blick auf ihren Chef, um zu prüfen, ob sie die Stimmung mit einem Gespräch lockern konnten. Aber sein finsteres, ja, verschlossenes Gesicht, seine autoritäre Haltung raubte ihren Mut und sie blieben weiterhin stumm. Nur ab und zu wisperten sie etwas für Shapoor Unverständliches einander zu.

Sie wussten, bei ihrem Chef ging es ausschließlich um ein erfolgreiches Ergebnis und um keine persönliche, kollegiale oder freundschaftliche Beziehung. Er war nicht bereit, über irgendein anderes Thema als ihren Auftrag zu sprechen.

Trotzdem: Seit sie zusammenarbeiteten, hatten die Afghanen den Eindruck, dass er ihre Tätigkeit nicht sonderlich schätzte. Im Gegenteil: Jedes Mal nach Erledigung ihrer Aufgabe sah er die beiden mit feindseligem Blick an und machte eine verletzende Bemerkung, zum Beispiel: „Hat euch sein Blut geschmeckt?“ Oder „Schon wieder wartet ein blondes Weib auf euch im Paradies.“

Nach dem Abendbrot verband er sein Handy mit dem Fernseher und zeigte ihnen, wo das Asylheim stand. Dann erklärte er die Lage in und außerhalb des Hauses. Er zeigte die Stellen, an denen sie möglicherweise von Asylheim-Überwachungskameras aufgenommen werden konnten. Dort müssten sie mit verhülltem Gesicht vorsichtig vorbeigehen. Er sagte, dass er glaube, die ganze Nacht über würde die Haustür offenbleiben. Er begründete seine Vermutung damit, dass die Rezeption um zwölf Uhr schloss, aber die Tür für die Bewohner, die noch rein- oder rausgehen wollten, eigentlich immer aufgeschlossen bleiben musste. Dann zeigte er das Zimmer von Ramin und sagte weiter: »Nach meiner Einschätzung ist das Schloss des Zimmers unkompliziert. Wenn aber die Tür abgeschlossen ist, müsst ihr es mit der Akku-Bohrmaschine aufschließen.

In diesem Fall müsst ihr blitzschnell arbeiten. In seiner Wohnung erledigt ihr eure Arbeit, ohne Zeit zu verlieren, und wenn ihr fertig seid, kommt ihr sofort zurück.

Ihr dürft dort nichts anfassen und keine Spuren hinterlassen. Ich betone: Nehmt nichts aus seiner Wohnung mit.

Merkt euch, das Zimmer 206 befindet sich genau gegenüber der Treppe. Das Licht im Flur wird durch Bewegungsmelder automatisch eingeschaltet. Wir gehen nachher in mein Auto, dort habe ich ein ähnliches Schloss und ich werde euch zeigen, an welcher Stelle ihr bohren müsst.«

Shapoor wiederholte die ganze Präsentation und dann sah er sein Team nachdenklich an, als ob er nicht sicher wäre, dass sie alles verstanden. Er fragte:

»Habt ihr alles kapiert? Habt ihr irgendeine Frage?«

»Ich habe eine Frage,« meldete sich Yusuf immer noch schüchtern. »Sie haben gesagt, die Haustür sei möglicherweise offen. Was wollen wir machen, wenn sie doch abgeschlossen ist?«

»Eine gute Frage! Ja, tatsächlich kann man nicht ausschließen, dass abends ein Einwohner die Haustür abschließt. Wenn das passiert, haben wir ein kleines Problem. Das Schloss an der Haustür sah widerstandsfähig aus. In diesem Fall kommt ihr zum Auto zurück. Ich werde dann dort hingehen und prüfen, ob ich sie mit meinen Werkzeugen aufschließen kann. Aber ich bin fast sicher, die Haustür bleibt offen. Noch eine Frage? Nein? Dann ruht euch aus, wir brechen um zwei Uhr morgens auf.«

Während die beiden Afghanen sich in ihr Zimmer zurückzogen, telefonierte Shapoor zuerst mit seinem Betriebsleiter in Frankfurt, um sich über den Stand der Lage zu informieren, und dann rief er Anna an und sprach fast eine halbe Stunde über ihren bevorstehenden Urlaub auf Teneriffa. Er legte sich ins Bett und vermied, über die bevorstehende Aktion nachzudenken.

*

Am 21. Januar 2019, kurz vor zwei Uhr morgens, setzten sie sich in den Transporter und fuhren in Richtung Stadt. Yusuf und Rasul sahen in ihren schwarzen Overalls und mit ihren schwarzen Masken wie Bankräuber aus. Beide waren mit einem dreißig Zentimeter langen Dolch bewaffnet. Yusuf trug zusätzlich einen Beutel mit einer Akku-Bohrmaschine und mehreren kleinen Werkzeugen für den Einbruch in die Wohnung.

Gegen zwei Uhr dreißig parkte Shapoor sein Auto circa fünfhundert Meter weit vom Asylheim entfernt und sagte zu seinem Team, sie sollten vorläufig im Auto sitzenbleiben, bis er die Lage überprüft hatte und zurückgekommen war.

Er stieg aus dem Auto aus und ging langsam und konzentriert in die Nähe des Asylheims. Er schaute aufmerksam jedes Fenster, jede Ecke und jedes parkende Auto genau an, um zu prüfen, ob irgendjemand ihre Anwesenheit dort bemerken könnte.

Es war eine kalte Nacht, mindestens minus zehn Grad. Fast fünfzehn Minuten überprüfte er die Gegend, bis er sich davon überzeugt hatte, dass kein Mensch in der Nahe war. Tatsächlich schien es überall ruhig, menschenleer, ja, fast gespenstisch. Er nährte sich dem Haus und mit großer Spannung drückte er den Türgriff; erleichtert stellte er fest, dass, wie er vermutet hatte, die Tür nicht abgeschlossen war.

Dann kehrte er zu seinem Auto zurück, fuhr langsam in Richtung Asylheim und sagte zu seinem Team:

»Ihr habt Glück; die Haustür ist nicht abgeschlossen und kein Mensch befindet sich auf der Straße. Ihr geht leise und unauffällig ins Haus, ohne Hektik und ohne Nervosität erledigt ihr eure Arbeit und kommt dann schnell zurück. Ich sage noch einmal: Fasst in der Wohnung nichts an. Ich gebe euch fünf Minuten.

Wenn ihr zurückkommt, steht mein Auto vor der Haustür. Lasst mich nicht warten, wir wollen nicht in einem schwedischen Gefängnis landen. Jetzt los.«

Yusuf und Rasul zogen die schwarzen Masken über ihren Kopf, liefen schnell zu der Haustür und kurz danach ins Haus.

Während Shapoor durch den Rück- und Seitenspiegel jeden Winkel der Straßen aufmerksam beobachtete, versuchte er die Frage, ob er bei diesem Mordanschlag ein Mittäter war, zu verdrängen.

Es waren weniger als fünf Minuten vergangen, als er plötzlich sah, wie die beiden Afghanen überhastet aus dem Haus herauskamen. Sie setzten sich schnell ins Auto.

Trotz der Dunkelheit konnte man sehen, dass ihre Overalls mit viel Blut beschmiert waren. Plötzlich erfüllte der Geruch von Blut gemischt mit Schweiß das Auto und das Gefühl eines grenzlosen Ekels drohte Shapoor zu ersticken. Hier kam noch dazu, dass das Gefühl, schuldig am Tod eines Menschen zu sein, in ihm Entsetzen auslöste. Er öffnete das Fenster, atmete tief ein und begann zu fahren. Während der Fahrt sagte Yusuf triumphierend:

»Chef, der Auftrag ist vollkommen erledigt. Seine Wohnungstür war auch nicht abgeschlossen. Wir erwischten ihn im Schlaf und Rasul hat ihn sauber enthauptet. Der Feind des Islams ist tot.«

Shapoor warf einen erstaunten Blick zu Yusuf. Er konnte nicht begreifen, wie er so hemmungslos, so feierlich von seiner brutalen Tat sprechen konnte, als ob er gerade bei der Olympiade eine Goldmedaille gewonnen hätte. Als Yusuf auf seine stolze Mitteilung hin keine Reaktion sah, fügte er mit breitem Lächeln hinzu: »Er hat keine Chance mehr, einen Pips zu sagen.«

»Halt deinen Mund und sei still!«, schrie Shapoor.

»Wieso? Sind Sie mit unserer Arbeit unzufrieden?«

»Ich sagte, sei still, verdammt noch mal!«

Die beiden Afghanen tauschten befremdete Blicke miteinander aus und blieben stumm.

Um diese Zeit gab es kaum ein Auto auf den Straßen. Shapoor fuhr konzentriert und schweigend und strengte sich an, sich zu beruhigen.

Zu Hause parkte er das Auto in der Garage und wies seine Mitarbeiter an, sich draußen auszuziehen, ihre Sachen in mehrere Plastiktüten zu packen und sich im Badezimmer gründlich zu waschen.

»Noch einmal duschen?«, fragte Yusuf verwundert.

»Wenn es dir Probleme macht, dann musst du eben im Garten schlafen.«

Er verschwand in seinem Zimmer, schloss die Tür, schenkte sich ein Glas Whisky ein und legte sich mürrisch auf die Couch.

Zum ersten Mal während seiner langjährigen Tätigkeit für Pasdaran fragte er sich: *Wer bin ich? Was mache ich eigentlich hier? Tue ich das, weil ich die Erwartungen meines Arbeitgebers erfüllen muss? Mache ich es, weil ich sonst unangenehme Konsequenzen zu befürchten habe? Und wie lange will ich noch weiter dieses schmutzige Geschäft machen?*

Eigentlich beruhte die plötzliche Unzufriedenheit mit seiner Tätigkeit auf keiner moralischen Feststellung, sondern auf der Erkenntnis, dass fast alle seine Studienkameraden, die gleichzeitig mit ihm studiert hatten, inzwischen bei großen Unternehmen Führungspositionen innehatten. Sie verdienten mehr Geld als er, die meisten von ihnen waren Hausbesitzer und führten ein behagliches Familienleben. Vor allem genossen sie ein respektables Ansehen in der Gesellschaft. Und er, trotz seiner guten Ausbildung, seiner Sprachkenntnisse und außerordentlichen Fähigkeiten, war ein Arbeitsvorbereiter für ein paar Berufskiller.

Eines war ihm klar: Er konnte nicht auf Dauer diese kriminelle Tätigkeit ausüben. Das war zu riskant und machte ihn unglücklich. Außerdem hatte er nicht solche eisernen Nerven wie die beiden Afghanen.

Sie schienen nach der Ermordung des Journalisten genauso besonnen wie nach einem leckeren Abendessen; satt, zufrieden und gelassen.

Die Afghanen hatten noch einen weiteren Vorteil: Sie konnten über ihre Gefühle miteinander sprechen; er aber nicht. Er war nicht in die Lage, über seine Arbeit und darüber, was er von ihr hielt, mit jemandem zu reden, auch nicht mit Anna.

Je mehr er über seine Situation nachdachte, desto verzweifelter war er. Irgendwann, betäubt von seinen Gedanken und dem hochprozentigen Whisky, legte er sich auf das Bett und schlief ein.

Die nächsten sechs Tage blieben sie die ganze Zeit im Haus. Diese Isolation war für alle langweilig, ja, unerträglich. Auch wenn sich die Afghanen mit Kochen, Putzen, Autowaschen beschäftigten, blieb ihnen viel Zeit. Sie mussten die strengen Regeln von Shapoor befolgen und durften sich auf keinen Fall draußen blicken lassen.

Shapoor hielt sich die meiste Zeit in seinem Zimmer auf. Mehrere Male am Tag schaltete er den Fernseher ein, um in den Nachrichten von der Situation auf den Straßen, am Flughafen und an der Grenze zu erfahren, auch wenn er die schwedische Sprache kaum verstand. Wie er schon vermutet hatte, ließen die Bemühungen der Polizei, den Mörder von Ramin zu finden, von Tag zu Tag immer mehr nach.

Jeden Abend ließ er die Afghanen mehrere Stücke von ihrer Arbeitskleidung im Kamin verbrennen und die Asche spätabends mit Gartenerde vermischen.

Am fünften Tag buchte er zwei Flugtickets nach Frankfurt für die Afghanen. Er wollte - wie immer - mit seinem Transporter zurückfahren.

Am 27. Januar, nachdem Yusuf und Rasul mit dem Taxi zum Flughafen gefahren waren, rief Shapoor die Hausverwaltung an und bat darum, dass jemand vorbeikam, um die Schlüssel zu übergeben. Am gleichen Tag setzte er sich gegen siebzehn Uhr ins Auto und machte sich auf den Weg nach Frankfurt. Unterwegs bekam er von Yusuf eine SMS, dass er und sein Kumpel problemlos in Frankfurt gelandet seien und sich im iranischen Konsulat befänden.

Seine Reise nach Frankfurt war anstrengend. Dennoch überquerte er die Grenze von Schweden und Dänemark ohne Zwischenfälle. Er übernachtete in der Nähe von Kopenhagen und setzte am nächsten Tag seine Reise nach Deutschland fort. Am 28. Januar gegen achtzehn Uhr erreichte er Frankfurt.

Am nächsten Tag schrieb er seinen Bericht über die erfolgreiche Erledigung seines Auftrags und ohne Begründung fügte hinzu, dass er mit seiner zweiten Order „Fall Sohrab Parsa-Pour" erst in zwei Wochen beginnen könne. Er sah keinen Anlass, seinen bevorstehenden Urlaub zu erwähnen. Denn er wusste, dass sein Arbeitgeber nicht damit einverstanden wäre, dass er mit einer deutschen Frau Urlaub machen wollte.

5. Der quälende Umgang mit der Morddrohung

Die Nachricht von der Ermordung des iranischen Journalisten Ramin Rastegar in einem Stockholmer Asylheim versetzte seine Familie, seine Freunde und seinen Arbeitgeber in einen Schockzustand. Dieser brutale Anschlag weckte auch bei seinem besten Freund Sohrab Parsa-Pour, einem persisch-deutschen Buchautor, Angst und Verzweiflung. Denn mittlerweile wusste er von „Nader"*, dass auch er auf der schwarzen Liste des iranischen Geheimdienstes stand.
Laut schwedischen Polizeiberichten hatten am Montag, den 21. Januar 2019, zwei bisher unbekannte Personen Ramin in seinem Zimmer überfallen und ihn brutal enthauptet.
Eine Nachbarin gegenüber dem Asylheim sagte aus, dass um circa drei Uhr morgens zwei Männer hastig aus dem Gebäude des Asylheims herausgekommen, in einen wartenden, weißen Transporter gestiegen und in Richtung Stadtmitte gefahren seien.
Die bisherige polizeiliche Untersuchung wies keine brauchbaren Indizien auf, wer hinter dieser brutalen Bluttat steckte.
Am 14. Januar 2019, eine Woche vor diesem erschütternden Ereignis, kam Sohrab Parsa-Pour nach Stockholm, um seinen langjährigen Freund Ramin Rastegar in seinem Asylheim zu besuchen.
Ramin war ein anerkannter Enthüllungs-Journalist. Seine hervorragenden Berichte über Korruption und Machenschaften des Mullah-Regimes waren stets gründlich und überzeugend. Er wurde in Teheran zwei Mal verhaftet und jedes Mal mehrere Jahre im Evin-Gefängnis eingesperrt.

2016 flüchtete er mithilfe einer Schlepper-Organisation zuerst in die Türkei und innerhalb dreier Monate gelang es ihm, nach Schweden zu reisen, um dort um Asyl ersuchen.

Er hatte Glück: Aufgrund ausreichender Beweise -Spuren von Folterungen - sahen die schwedischen Behörden keinen Anlass, seinen Asyl-Antrag abzuweisen. Er müsste allerdings Geduld haben und noch in einem Asylheim bleiben, bis sein Anliegen offiziell genehmigt würde.

Schon kurz nach seiner Ankunft in Stockholm begann er, intensiv Schwedisch zu lernen und sich dort zu integrieren. Gleichzeitig arbeitete er als freier Journalist für mehrere europäische, englischsprachige Zeitungen.

Sohrab stellte bei seinem Besuch in Stockholm fest, dass Ramin wie früher fleißig, couragiert und auch glücklich wirkte.

Er erzählte Sohrab, dass er seit acht Monaten ein brisantes, altes Thema intensiv recherchiere. Er meinte, wenn er mit seiner Arbeit fertig sei und seinen Bericht veröffentliche, würde er damit nicht nur die iranische Regierung ärgern, sondern auch die CIA.

Er fügte stolz hinzu, dass er inzwischen eine ausreichende Anzahl an Beweisen hätte, wer tatsächlich im Dezember 1988 für den Terroranschlag auf die Pan Am 103 über dem schottischen Lockerbie verantwortlich gewesen war. Eine beispiellose Katastrophe, bei der 270 Menschen hatten sterben müssen.

»Das ist wirklich Schnee von gestern,« sagte Sohrab. Er fügte hinzu: »Denn inzwischen sind nicht nur die Pan-American-World-Airways von der Erdoberfläche verschwunden, sondern es sind auch die meisten Dunkelmänner, die in dieses Drama involviert waren, tot.«

»Ja, stimmt. Aber anderseits halte ich es als Journalist für gerecht und richtig, wenn die Hinterbliebenen dieser

Katastrophe die ganze Wahrheit erfahren. Denn nach meinen bisherigen Nachforschungen und den Dokumenten, die bislang nirgendwo erschienen sind, hatte sich damals entweder keiner zugetraut, die wahre Geschichte zu schreiben, oder die echten Auftraggeber wollten sie aus politischen Gründen verdecken.

Ich will beweisen, dass der Kommittent dieses erbarmungslosen Terroranschlags Ajatollah Chomeini war. Und noch merkwürdiger ist, dass die CIA das von Anfang an wusste und die ganze Zeit stumm blieb wie ein Grab.«

»Ich dachte, der Drahtzieher dieses terroristischen Akts war der libysche Staatschef Muammar al-Gaddafi.«

»Ja und nein. Der Initiator dieses mörderischen Terrors war in der Tat Ajatollah Chomeini. Gaddafi wurde in dieses Komplott hineingezogen. Seine Beteiligung kostete für ihn mehrere Milliarden Dollar. Sein Sohn Said Gaddafi brachte es einmal freimütig auf den Punkt. Er sagte zu einem Reporter:

„Wir haben dem UN-Sicherheitsrat in einem Brief geschrieben, dass wir für das Handeln unserer Leute verantwortlich sind. Das heißt aber nicht, dass wir es auch waren. Ich gebe zu, wir haben mit Worten gespielt. Das mussten wir auch. Das ging nicht anders.“

»Ich verstehe nicht. Was hatte er damit gemeint?«, fragte Sohrab verwundert.

»Dieses Ereignis war in der Tat sehr kompliziert. Ich versuche, anhand meiner bisherigen Recherchen seine Bemerkung für dich zu durchleuchten.

In den Achtzigerjahren gab es für einige asiatische und afrikanische Länder begründeten Anlass, die amerikanische Regierung zu schikanieren.

Wie du weißt, wurde am 3. Juli 1988 das Iran-Air-Flugzeug IR655 irrtümlich von der Besatzung des US-Kriegsschiffes CG-49 abgeschossen. Bei diesem Ereignis wurden alle 290 Menschen an Bord getötet. Nach Angaben der US-Regierung hatte die Schiffsbesatzung das Flugzeug als eine angreifende, feindliche F-14 identifiziert.

Laut Kopie eines Protokolls vom 8. Juli 1988 wurde in einem Meeting im Haus von Chomeini dieser Fall abschließend behandelt. Das iranische Staatsoberhaupt beauftragte den Chef von Pasdaran - Mohssen Rezai - der amerikanischen Regierung eine schmerzhafte Vergeltung zukommen zu lassen. Chomeini sagte wörtlich:

„Ich verlange von Ihnen, dafür zu sorgen, dass innerhalb der nächsten sechs Monate ein amerikanisches Flugzeug mit fast gleicher Besatzung in der Luft zerkrümelt!"

Der zweite, verärgerte Feind der USA war Gaddafi. Denn in den Jahren 1980 bis 1988 herrschten zwischen den USA und Libyen kriegerische Auseinandersetzungen.

Die USA betrachteten den libyschen Staatschef Muammar al-Gaddafi als Drahtzieher mehrere Terroranschläge. Als Vergeltung befahl Ronald Reagan den US-Streitkräften unter anderem, zwei libysche Kriegsschiffe zu versenken. Bei diesem Angriff wurden mehrere lybische Soldaten, aber auch die Stieftochter von Gaddafi – Hana - getötet.

Man erzählte, dass Hana Gaddafis Lieblingskind gewesen war und ihr Tod ihn maßlos erschüttert hatte. Gaddafi hatte kaum Chancen, seine Rache an den USA auszuführen. Er ließ am 5. April 1986 die Diskothek *La Belle* in West-Berlin, in der jeden Abend zahlreiche amerikanische Soldaten verkehrten, explodieren. Bei dieser Blutrache wurden drei Menschen getötet und 229 verletzt, darunter mehrere US-Soldaten.

In den Achtzigerjahren versuchten mehrere asiatische und afrikanische Länder, zum Beispiel Iran und Libyen, sich - aus den erwähnten Anlässen -, gegen die USA zu verbünden.

Ich besitze ein weiteres Protokoll von einer Sitzung in Bengasi mit Said - Gaddafis Sohn -, Mohssen Rezai - Chef der iranischen Pasdaran -, Rahim Soleymani - einen palästinischen Diplomaten - und drei damals unbekannten Terroristen als Teilnehmer: Abdul al Bassit, Ali al Mikrahi und Khalifa Fuheima.

Aus diesem Protokoll geht deutlich hervor, in welchem Zeitraum und aus welchem Flughafen eine Bombe in ein Pan-Am-Flugzeug geschmuggelt werden sollte.

Die ganze Organisation und Koordination dieses Anschlags sollte von Libyen vorgenommen werden und sämtliche Kosten sollte die iranische Regierung übernehmen.

Weiterhin sollte der iranische Ölminister in der nächsten OPEC-Sitzung dafür sorgen, dass der Ölpreis um drei bis vier Dollar pro Barrel steigt. Dieser Punkt der Tagesordnung sei eine hervorgehobene Bedingung von Muammar al-Gaddafi, hatte sein Sohn betont.

Nach meinen Informationen hatte Libyen in den vorherigen OPEC-Veranstaltungen öfter versucht, den Ölpreis zu erhöhen, aber dies war von der Mehrheit, auch von Iran, abgelehnt worden.

Die Explosion der Bombe im Pan-Am-Flugzeug kurz vor Weihnachten 1988 über dem Himmel von Lockerbie war für den Chef von Pasdaran Mohssen Rezai ein großer Erfolg. Er konnte damit das Vertrauen von Chomeini gewinnen und seine Position in der Regierung festigen.

Hingegen war dieser grausame Terroranschlag für Gaddafi ein Fiasko. Er hatte nicht damit gerechnet, dass alle den USA verbundene Länder nur ihn als Drahtzieher des Terrors in Betracht ziehen würden. Auf Druck der USA und Großbritanniens verabschiedete die UNO mehrere Embargo-Resolutionen gegen Tripolis.

Die US-Spezialisten konnten in relativ kurzer Zeit beweisen, dass dieser Terror die Handschrift von Gaddafi trug. Libyen wies die Vorwürfe zurück und weigerte sich zunächst, die verdächtigen Personen auszuliefern.

Aber 1999 lieferte Muammar al-Gaddafi die verdächtigen Männer auf internationalen Druck schließlich doch aus. Als sei das noch nicht genug gewesen, zahlte Libyen später 2,4 Milliarden Dollar Entschädigung an die Lockerbie-Hinterbliebenen.

Gaddafi beglich die Summe ohne jede Anerkennung seiner Schuld. Bei meinen bisherigen Recherchen konnte ich noch nicht herausfinden, wie weit sich die Islamische Republik Iran bei dieser riesigen Strafsumme beteiligt hatte. Aber ich habe festgestellt, dass Iran den langjährigen Wunsch von Gaddafi erfüllt hat. Trotz Überangebot auf dem Ölmarkt setzte Iran gemeinsam mit seinen Verbündeten die gewünschte Ölpreiserhöhung durch.«

»Was ich nicht verstehe …«, unterbrach ihn Sohrab impulsiv, » … Was ich nicht verstehe, ist, wieso so viele, schlaue Geheimdienste in der Welt wie die CIA, der MI6 oder der MOSSAD nicht merken konnten, dass bei dem Terroranschlag in Lockerbie die Islamische Republik Iran genauso schuldig war wie Libyen.«

»Selbstverständlich wussten alle Geheimdienste, wer noch hinter diesem Terror steckte. Aber so unglaublich es klingt, sie wollten ganz bewusst den Name von Iran nicht erwähnen.«

»Ich verstehe nicht, warum. Hatten sie Angst vor Iran?«

»Angst? Nein. Aus politischen Gründen wollten die USA so verfahren.

Du darfst nicht vergessen, dass sich in den zwölf Jahren zwischen der Explosion von Pan Am 103 und dem Lockerbie-Prozess die Weltlage erheblich geändert hatte. Auf einmal waren Feinde fast Freunde geworden und umgekehrt.

Irak begann einen Krieg gegen Kuwait. Amerika wollte Iran beim Straffeldzug gegen Saddam Hussein neutral halten. Wenn sich herausgestellt hätte, dass der Iran für den Anschlag auf die Pan-American-World-Airways verantwortlich war, hätte dies zu ernsthaften politischen Spannungen führen können. Man wollte Iran auf keinen Fall verärgern. Zudem hatte man schon damals erkannt, dass es für Großbritannien und die USA schlichtweg einfacher war, Libyen weiterhin als Prügelknaben beizubehalten. Gaddafi war bereit, jede Strafe zu akzeptieren, die Hinterbliebenen zu entschädigen und jede Vereinbarung für die Zukunft zu unterzeichnen; vorausgesetzt, dass der Westen das verhängte Embargo aufheben und die USA sein Land als Terrorunterstützer streichen würde.
Mit Auszahlung der Milliarden-Dollar-Entschädigung wurde damals der Wunsch von Gaddafi erfüllt. Und … es gab keinen weiteren Grund, das Mullah-Regime zu behelligen.«
Sohrab blieb eine Weile still und nachdenklich. Es machte Sinn, was Ramin erzählte. Nach einer Weile fragte Sohrab mit einer Nuance von Misstrauen:
»Woher hast du diese heißen Informationen?«
Ramin blieb zuerst schweigsam, dann schaute er ihm direkt in die Augen und erwiderte lächelnd:
»Der wichtigste Teil meine Informationen kommt von einem zuverlässigen Informanten und den Rest habe ich hier und da, vor allem im Internet, recherchiert.«
»Hast du noch Verbindung mit deinen Leuten in Iran?«
»Nein, seit ich in Schweden lebe, vermeide ich jede Art von Kontakt mit meinen Freunden oder Kollegen in die Heimat. Glücklicherweise befinden sich inzwischen einige interessante Dokumente über die kriminellen Machenschaften des Mullah-Regimes im Ausland.

Viele pensionierte oder gekündigten Beamte aus Schlüsselpositionen leben entweder im Emirat oder in Europa. Fast
jeder von ihnen besitzt Dokumente, deren Veröffentlichung
für die iranische Regierung peinlich, ja, gefährlich werden
könnte.« Dann fragte er mit leiser Stimme: »Sagt dir der
Name „Kondor" etwas?«
»Kondor? Ich denke, das ist der Name eines großen Vogels.
Ich habe irgendwo gelesen, dass die Indios ihn als den Boten
der Götter betrachten.«
»Stimmt. Mein Bote schickte mir aber Dokumente über Teu-
fel. Ich hoffe, nächstes Mal, wenn wir uns treffen, mehr über
meinen Kondor erzählen zu können. Denn ehrlicherweise
muss ich gestehen, ich kenne ihn auch nicht. Dennoch bin ich
sicher, alle seine Dokumente werden Ajatollah erschüttern.«
Leider fand das gewünschte zweite Treffen in Stockholm
nicht statt. Die Killer von Pasdaran waren wieder schneller
als ihre Opfer gewesen.

6. Die Überlebensstrategie

Obwohl Sohrab Parsa-Pour mit seinen zahlreichen Romanen viele Leser fesseln und sie in Spannung versetzen konnte, hatte er selbst enorme Probleme damit, mit den sonderbaren Ereignissen zurechtzukommen.

Tatsächlich hatte ihn die Ermordung seines Freundes Ramin in Stockholm komplett aus der Bahn geworfen. Er sah die ganze Zeit nachdenklich und abgespannt aus. Es gab daneben aber noch einen weiteren Grund, aus dem er sich ständig in seinem Büro versteckte und versuchte, seine Sorgen zu verdrängen und sich so weit wie möglich abzulenken:

Vier Tage nach dem schrecklichen Vorfall in Stockholm, am 25. Januar 2019, hatte er von seinem Neffen einen furchterregenden Brief erhalten; er wusste nicht, wie er damit fertig werden sollte. Vor allem hatte er nicht den Mut, seine Frau darüber zu informieren.

Der Brief war von Nader, dem Sohn seiner Schwester. Das letzte Mal, dass er Nader in Teheran gesehen hatte, war fast zwanzig Jahre her. Nader war damals ein zehnjähriger Bub gewesen.

Sohrab traute sich trotz seiner deutschen Staatsangehörigkeit nicht einmal, seine Familie in Teheran zu besuchen; so kritisch waren seine Veröffentlichungen über den Umgang der Islamischen Republik Iran mit ihrer Bevölkerung. In den letzten Jahren hatte er kaum Informationen über seine Angehörigen erhalten.

Er wusste, dass Nader nach seinem Abitur Computer-Technologie an der Universität von Teheran studiert hatte. Irgendwann hatte ihm jemand erzählt, dass Nader bei einer staatlichen Bank tätig gewesen war und dann seinen Arbeitgeber gewechselt hatte. Er hatte eine interessante Position beim Informations-Ministerium erhalten.

Tatsächlich war die dramatische Warnung seines Neffen keine besondere Überraschung für Sohrab. Er hatte schon lange geahnt, dass die Machthaber in Iran irgendwann etwas gegen ihn unternehmen würden, wie sie es auch schon öfter mit anderen Regimekritikern getan hatten.

Aber er hatte nicht erwartet, dass das so schnell passieren und die Bekanntgabe dieser Morddrohung von einem Verwandten kommen würde, den er in seinem bisherigen Leben kaum gesehen hatte.

Nach der Ermordung seines Freundes in Stockholm war die Bedeutung dieses Briefes noch prägnanter, noch beängstigender.

Die Tage vergingen und er schien hilflos und schwach; er wusste nicht, wie er diesen bedrohlichen Zustand für Claudia, seine Frau, erklären sollte.

Claudia war Österreicherin. Sie hatte ihn vor zwanzig Jahren geheiratet und arbeitete von zu Hause aus als Lektorin. Sie waren kinderlos und führten ein harmonisches Leben miteinander. Da ihr Vater vor Kurzem einen Herzinfarkt erlitten hatte, war sie die meiste Zeit angespannt und bemerkte das unruhige Verhalten ihres Mannes kaum.

Ein paar Male fragte sie ihn aber doch, ob alles in Ordnung sei, aber sie wusste auch, dass ihr Mann, wenn er mit einem neuen Werk beschäftigt war, nur selten redete.

Dennoch: Nach mehreren qualvollen Tagen, am 28. Januar 2019, fasste Sohrab sich den notwendigen Mut und sagte Claudia nach dem Abendessen, dass er mit ihr ein ernsthaftes Gespräch führen wolle.

Die Art und Weise, wie er seine Angelegenheit in Worten zu fassen versuchte, war für Claudia unverständlich. Fast zehn Minuten lang erzählte er von vielen unterschiedlichen Themen, die mit seinem Problem überhaupt nichts zu tun hatten; ja, er redete die ganze Zeit um den heißen Brei herum.

»Was ist los, meine Liebe? Wieso sagst du nicht einfach kurz und knapp, was passiert ist? Hast du eine Beziehung mit einer anderen Frau? Bist du fremdgegangen?« Claudia klang ziemlich genervt.

»Nein, um Gottes willen, nein. Es geht um eine unangenehme Situation. Weißt du, ich stecke in großen Schwierigkeiten, besser gesagt, wir haben ein mächtiges Problem.« Claudia sah ihren Mann erstaunt an und konnte nicht verstehen, was er ihr sagen wollte. Sohrab hielt eine Weile inne, ehe er weitersprach: »Ein Killerkommando ist nach Frankreich und nach Deutschland unterwegs, um einen iranischen Kollegen und mich zu töten;

genauso, wie die Attentäter es mit Ramin getan haben.« Als er von seiner Frau keine Reaktion sah, nur ängstliche Blicke, fügte er ernst hinzu: »Ich habe vor einigen Tagen einen Brief von meinem Neffen Nader bekommen.

Er arbeitet beim Informations-Ministerium in Teheran. Er schrieb, ein Killerkommando sei damit beauftragt worden, mehrerer Regimekritiker zu ermorden. Ich bin einer von ihnen.« Dann holte er, ohne ihr verwirrtes Gesicht zu beachten, Naders Brief aus seiner Tasche und übersetzte Zeile für Zeile ins Deutsche.

Er bemerkte wohl, dass Claudia, je mehr er vom Inhalt des Briefes vorlas, immer aufgeregter wurde. Doch erst, als er mit seiner Übersetzung fertig war, traute er sich endlich, einen kurzen Blick auf seine Frau zu werfen.

Claudia hatte ihn die ganze Zeit mit eisigem Antlitz angestarrt und dabei versucht, den Lippenbewegungen ihres Mannes zu folgen und gleichzeitig das Angstgefühl, das sie zu ersticken drohte, zu unterdrücken. Nach einem kurzen Schweigen fragte sie mit einer Nuance von Vorwurf in der Stimme:

»Du hast vor Tagen einen bedrohlichen Brief erhalten und erzählst es mir erst jetzt?«

»Es tut mir leid. Ich wusste zunächst selbst nicht, wie ich mit dieser schockierenden Information umgehen sollte. Ich fühle mich in letzter Zeit, besonderes nach der Ermordung von Ramin, schwach und ratlos. Ich konnte weder klar denken noch mit dir darüber sprechen. Außerdem habe ich gesehen, dass du mit dem gesundheitlichen Zustand deines Vaters schon reichlich bedient bist. Aber ich denke, es ist nicht zu spät, ich lebe noch. Wir müssen bald etwas unternehmen.«

»Ich möchte jetzt nicht dein Verhalten kommentieren, das hole ich später nach« erwiderte sie mit ernster Stimme. »Offenbar hast du inzwischen kapiert, dass die Warnung deines Neffen verdammt ernst ist; die Attentäter haben eine von drei Zielpersonen bereits ermordet und als Nächstes bist du dran.

Wenn sie hierherkommen und ich dabei bin, werden sie mich bestimmt auch töten. Grundsätzlich beseitigen diese Kriminellen jeden Zeugen. Wir müssen spätestens morgen früh zur Polizei gehen.

Ich schlage vor, du überträgst den Inhalt dieses Briefes sorgfältig ins Deutsche und bereitest dich für ein konstruktives Gespräch mit der Polizei vor.
Die Beamten müssen überzeugt sein, dass wir Hilfe brauchen. Morgen mache ich mich daran, jemanden im Polizei-Präsidium zu finden, der uns helfen kann.«
An diesem Abend schaltete das Ehepaar Parsa-Pour alle Außenlichter ein und schloss alle Fenster zu, bevor sie ins Bett gingen. Trotzdem konnten sie die ganze Nacht nicht ruhig schlafen. Jeder Knack im Haus oder Knall draußen rüttelte sie durch.

*

Am nächsten Tag, gleich um acht Uhr, rief Claudia das Polizei-Präsidium in Hamburg an. Nach fast einer halben Stunde von Verbindungen mit verschiedenen Dezernaten war die Telefonleitung am Apparat mit einem Kommissar Kruse verbunden und nach einem kurzen Gespräch wurde vereinbart, dass sie und ihr Mann um elf Uhr im Dezernat MD erscheinen sollten.
Claudia wollte die Angelegenheit auf keinen Fall am Telefon erörtern. Sie sagte zu dem Beamtem lediglich: „Wenn Sie uns heute nicht helfen, wäre es morgen zu spät. Wir sind in ernsthafter Gefahr."
Kommissar Kruse schien für seine Position sichtlich zu jung. Er war höchstens dreißig Jahre alt, blond, schlank und wirkte auf den ersten Blick freundlich und zuvorkommend. Er empfing das Ehepaar Parsa-Pour dienstbereit und nach Überprüfung Ihrer Ausweise fragte er, ob er das Gespräch aufnehmen dürfe.
»Aber selbstverständlich,« antwortete Sohrab. »Wir haben selbst Interesse daran, dass unser Fall offiziell aufgenommen wird.« Dann begann er, über seine Tätigkeit in den letzten zwanzig Jahren zu sprechen und betonte ausdrücklich, dass er in einigen seiner Romane über Korruption und zahlreiche Verbrechen des Mullah-Regimes geschrieben habe.

Ihm war schon bekannt, dass die iranische Regierung über seine kritischen Veröffentlichungen aufgebracht war, aber als deutscher Staatsbürger hatte er sich bisher sicher gefühlt und gedacht, ihm könne nichts passieren. Dennoch war der Brief seines Neffen eine deutliche Warnung; ihm war inzwischen klar, dass auch er auf der Liste von Pasdaran stand. Seine Frau und er wollten wissen, ob sie mit der Unterstützung der Polizei rechnen konnten.

Er gab ihm den übersetzten Brief seines Neffen und fügte hinzu:

»Lesen Sie, was er mir geschrieben hat, und sagen Sie mir, was Sie davon halten.«

Nachdem Kommissar Kruse die Übersetzung konzentriert gelesen hatte, blieb er eine Weile nachdenklich. Dann antwortete er:

»Es sieht nicht gut aus.« Er stand auf und sagte weiter: »Sie müssen etwas Geduld haben; ich möchte zuerst mit meinem Vorgesetzten sprechen. Inzwischen bitte ich einen meiner Kollegen, Ihnen etwas zu trinken zu bringen.«

Durch die breite Glaswand beobachteten Sohrab und Claudia, wie er in das Zimmer seines Chefs trat und begann, den Fall zu schildern. Dann lief zwischen ihnen eine lebhafte Diskussion. Offenbar waren sie nicht der gleichen Meinung. Fast zwanzig Minuten besprachen sie sich sichtlich kontrovers. Einmal setzen sie sich vor einen Bildschirm und betrachteten mit ungeduldigem Interesse die abgerufenen Daten.

Inzwischen betrat ein ungewöhnlich großer, junger Mann das Büro von Kommissar Kruse und stellte eine Flasche Wasser und zwei Gläser auf dem Tisch ab. Mit einer höflichen Kopfbewegung ließ er das Ehepaar allein.

Nach fast dreißig Minuten kam Kommissar Kruse zurück, setzte sich ihnen gegenüber und fragte mit einer Nuance von Rüge:

»Sie haben gesagt, dass der Brief am 25. Januar kam. Warum haben Sie so lange gewartet?«

Die Frage interessierte auch Claudia, denn sie starrte ihren Mann befremdet an. Zuerst blieb Sohrab eine Weile still. Offenbar wusste er nicht, wie er sein verzweifeltes Zögern begründen sollte. Ohne jemanden direkt anzuschauen, sagte er leise:

»Wenn ich sagen würde, dass ich seit der Ermordung meines Freundes Ramin Rastegar geistig gelähmt bin, wäre das eine schwache Beschreibung meines seelischen Zustandes.

Ich schleppte meine Sorgen mehrere Tage hinter mir her, wie ein Sträfling die schwere Kugel an seinem Fuße trägt. Ich wusste nicht, wie ich mit dieser bedrohlichen Situation umgehen soll. Ich wusste auch nicht, wie ich meine Frau darüber informieren sollte. Aber langsam begriff ich, was geschehen war und was in den nächsten Tagen noch passieren konnte. Dass ich heute bei Ihnen sitze, verdanke ich meiner Frau. Sie ist stärker, ja konsequenter als ich.«

»Ich verstehe. Der Umgang mit Konflikten will gelernt sein. Sie haben in der Tat Glück gehabt, dass bis heute nichts passiert ist. Uns ist bekannt, dass das Killerkommando von Pasdaran über eine ausgezeichnete Organisation verfügt. Sie führen ihren mörderischen Auftrag professionell und vor allem schnell aus. Wir müssen jetzt unverzüglich reagieren und eine sichere Lösung finden, bevor es zu spät ist.«

»Was wollen Sie unternehmen? Geben Sie uns Polizeischutz?«, fragte Claudia mit ernster Miene.

»Nein, wir können Sie nicht für eine unbegrenzte Zeit und rund um Uhr überwachen lassen. Denn in diesem Fall würde das bedeuten, dass mindestens zwei Polizisten in drei Schichten ständig vor Ihrem Haus stehen und, wenn Sie das Haus verlassen, mindestens zwei weitere Beamte Sie eskortieren müssten.

Eine solch aufwendige Unterstützung können wir leider nicht leisten. Ich hoffe, Sie verstehen, dass das einfach nicht möglich ist - und meine Meinung nach auch nicht sinnvoll.«

»Sie meinen, wir sollen in unserem Haus auf diese Verbrecher warten und, wenn sie vor unsere Haustür stehen, die Polizei informieren? Glauben Sie, Ihre Kollegen können uns rechtzeitig helfen?«, fragte Claudia mit unüberhörbarer Ironie.

»Nein, das habe ich nicht gemeint. Sie sollen zu Hause nicht auf diese Verbrecher warten, Sie sollen versuchen, ihnen zu entkommen. Das heißt: Bevor diese Killer Ihnen Schaden zufügen, lassen Sie sie einfach gegen Wand laufen.«

»Das verstehe ich nicht. Was macht die Polizei in solchen Fällen?«

»Normalerweise springt die Polizei ein, wenn etwas Ungesetzliches passiert ist. Wenn wir aber nur wissen, wer die Verbrecher sein könnten, dürfen wir sie nicht einfach ohne Beweise verhaften, weil noch nichts geschehen ist.

In Ihrem Fall ist die Sache noch komplizierter. Wie Ihr Neffe in seinem Brief andeutet, besitzen die Männer, die Sie im Auftrag von Pasdaran töten sollen, Diplomatenpässe und genießen diplomatische Immunität. Also kann die Polizei sie nicht einfach verhaften, weil wir glauben, dass sie Sie töten wollen.«

»Aber was sollen wir dann tun?«, fragte Claudia dieses Mal deutlich bissig.

»Sie müssen für einige Zeit heimlich anderswo wohnen; irgendwo weit weg von hier. Aber bevor Sie das tun, lassen Sie in Ihrem Haus von einer professionellen Sicherheitsfirma zahlreiche WLAN-gesteuerte Kameras, eine Alarmanlage und innen und außen eine ausreichende Beleuchtung einrichten. Oder sind solche Anlagen bereits installiert?« Als er eine negative Kopfbewegung von Sohrab sah, fügte er hinzu:

»Wir arbeiten mit mehreren Sicherheitsfirmen und eine davon ist die Firma ISC - ‚International Security Consulting’. Als Beamter darf ich nicht für irgendeine Firma Werbung machen. Dennoch ist die Zeit knapp und Sie müssen schnell entscheiden. Meiner Meinung nach hat ISC einen sehr guten Ruf, ist professionell und leistungsfähig. Wenn Sie einverstanden sind, werde ich den ISC-Geschäftsführer anrufen und ihn bitten, Ihnen so schnell wie möglich zu helfen.
Während Sie für eine unbestimmte Zeit an einem geheimen Ort wohnen, wird Ihr Haus von Mitarbeitern dieser Firma Tag und Nacht überwacht.
Und wenn diese Verbrecher ihrem Haus irgendwann zu nahekommen, wird der zuständige Mitarbeiter von ISC sofort die Polizei informieren. Dann werden wir in kurze Zeit dort sein und sie an Ort und Stelle verhaften.
Wenn wir Glück haben, erwischen wir sie beim Einbruch ins Haus. Dann ist es egal, was für einen Pass sie besitzen. Wir werden sie für ihre gesetzeswidrige Tat festnehmen.
Ob sie wegen versuchten Mordes, Diebstahls oder wegen anderer krimineller Absichten verurteilt oder nach Iran abgeschoben werden, muss allerdings der Richter entscheiden, wie es in einem Rechtsstaat üblich ist.« Er blieb eine Weile schweigsam und fuhr dann in freundlichem Ton fort: »Ich bin der Auffassung, dass das zwar eine unbequeme, aber sichere und vernünftige Lösung ist.
Sie müssen verstehen, dass man in einem Rechtsstaat jemanden nicht ohne hinreichenden Tatverdacht verhaften kann, schon gar nicht verurteilen. Wie es aussieht, sind Sie andererseits in ernster Gefahr; die Berufsmörder können jederzeit zuschlagen. Wir wissen nicht, wann, wo und wie diese Verbrecher Sie angreifen wollen. Daher müssen Sie für eine unbestimmte Zeit Ihr Haus verlassen. Denken Sie ernsthaft über meinen Vorschlag nach und verlieren Sie keine Zeit.

Solange Sie in Ihrem Haus bleiben, werden wir selbstverständlich ab und zu einen Streifenwagen in Ihrer Siedlung vorbeifahren lassen, aber das ist eine notdürftige Maßnahme, kein zuverlässiger Schutz.«

Im Gegensatz zu Claudia hielt Sohrab die Argumente von Kommissar Kruse für nachvollziehbar. Er nickte die ganze Zeit zustimmend zu dem, was er sagte. Und die Frage des Beamten, ob sie für einige Wochen oder Monate anderswo wohnen könnten, beantwortete er sofort mit „Ja". Er fügte hinzu: »Wir haben ein Ferienhaus in Marbella, Spanien. Wir können so lange dortbleiben, bis die Gefahr vorbei ist.«

»Das ist eine ausgezeichnete Lösung. Aber vorher müssen Sie dafür sorgen, dass Ihr Haus von einer Sicherheitsfirma rund um die Uhr beobachtet wird. Sonst wissen wir nicht, ob die Pasdaran-Killer versucht haben, bei Ihnen einzubrechen; dann hat die Polizei die Möglichkeit, rechtzeitig einzugreifen.«

Claudia schien immer noch nicht mit der vorgeschlagenen Lösung zufrieden zu sein. Sie sagte:

»Wir können nicht einfach verschwinden. Was machen wir mit unseren täglichen Postsendungen? Mein Mann und ich bekommen jeden Tag viele geschäftliche Briefe, aber auch Rechnungen. Schon in der ersten Woche wird der Briefkasten voll sein.«

»Das ist in der Tat ein Problem,« antwortete Kommissar Kruse. »Diese Verbrecher dürfen nicht den Eindruck gewinnen, dass Sie nicht zu Hause sind. Ihr Briefkasten muss täglich geleert werden. Ich kann mir vorstellen, dass während Ihrer Abwesenheit ein hilfsbereiter Nachbar diese Aufgabe übernehmen kann. Oder nicht?«

»Doch, das ist kein Problem. Wir sind mit unserem unmittelbaren Nachbarn befreundet. Sie werden diese Aufgabe gerne erledigen,« antwortete Sohrab entgegenkommend.

»Das ist wunderbar. Aber denken Sie daran, dass Sie Ihren Nachbarn den Grund Ihrer Abreise nicht verraten dürfen. Sagen Sie einfach, Sie müssen wegen Reparaturarbeiten in Ihrem Ferienhaus dorthin gehen. Bitten Sie Ihren Nachbarn, mit niemandem darüber zu reden.«

»Das hilft uns nicht wirklich weiter« sagte Claudia immer noch verstimmt. Sie fügte launisch hinzu: »Wir bekommen täglich unterschiedliche Briefe. Es sind nicht nur Rechnungen oder Aufträge für mich, sondern auch Verträge, Termine für Lesungen und so weiter. Wenn wir mehrere Wochen, vielleicht Monate in Spanien bleiben müssen, werden wir mit dem Verlag, mit meinen Kunden und mit den Veranstaltern der Lesungen erhebliche Probleme bekommen. Denn niemand wird wissen, dass wir nicht in Deutschland sind.«

Sohrab stand wieder auf der Seite von Kommissar Kruse. Er sah seine Frau eindringlich an und sagte ruhig:

»Ich verstehe, dass du eine andere Lösung erwartet hättest. Aber Herr Kommissar Kruse hat recht. Wir dürfen nicht in unserem Haus bleiben, es ist sehr gefährlich. Ich denke, was unsere Postsendungen betrifft, sollten wir mehrere frankierte, große Umschläge beschaffen, unsere Adresse darauf schreiben und diese beim Nachbarn hinterlegen. Sie sollen einmal pro Woche die Briefe, je nach Gewicht, in einen großen Umschlag legen und dann in den nächsten Briefkasten werfen. Ich bin sicher, dass sie uns diesen Gefallen tun werden.« Dann berührte er ihr Gesicht sanft und sagte liebevoll: »Ich weiß, du bist völlig durcheinander. Meine Liebste, mir ist inzwischen klar geworden, dass die Situation sehr ernst ist, aber ich denke, sie ist nicht hoffnungslos.

Wir müssen versuchen, klug zu reagieren und alles daranzusetzen, diese Krise unbeschadet zu bewältigen. Und ich bin überzeugt, wir werden es schaffen. Außerdem haben wir keine andere Wahl. Die Parole heißt: Augen zu und durch.«

Mit Einverständnis des Ehepaars Parsa-Pour rief Kommissar Kruse den zuständigen Mitarbeiter der ISC, einen Herrn Junker, an und erklärte die Situation, betonte die Dringlichkeit der Sache und verlangte, dass er so schnell wie möglich ihr Haus besichtigen und es mit allen erforderlichen Geräten sicher und überwachungsfähig ausstatten solle.

Herr Junker erklärte sich trotz seiner vielen Aufträge bereit, gegen fünfzehn Uhr das Haus zu besichtigen, und gleich einen Plan für die technische Ausstattung fertigzustellen. Er wollte auch einen Jahresvertrag für die Überwachung des Hauses mitbringen.

Als Kommissar Kruse aufgelegt hatte, sah er Sohrab an und sagte in ruhigem Ton:

»Ich fürchte, es kommen nicht nur harte Zeiten, sondern auch einige Kosten auf Sie zu. Aber wenn es um die Sicherheit, ja, ums Leben geht, muss man alles daransetzen, um zu überleben. In diesem Fall darf das Geld keine Rolle spielen. Wie Sie vielleicht noch erinnern können, ist das berühmteste Opfer des Mullahs Salman Rushdie. Er wurde im Februar 1989 von Khomeini wegen seines Werks „Die satanischen Verse" zum Tode verurteilt. Wegen Morddrohungen lebte er gezwungenermaßen in Isolation.

Obwohl mehrere Bodyguards ihn ständig bewachten, musste er mehrere Jahre lang immer wieder seinen Wohnort wechseln. Wenn ich richtig verstanden habe, ist die Gefahr für ihn noch nicht vorbei, auch wenn laut dem Time Magazine die Rettung seines Lebens bis heute eine Viertelmillion Dollar gekostet hat.

Sie haben gehört, was mit Ihrem Kollegen in Schweden passiert ist. Sie müssen sich daher auf eine unbequeme Zeit einstellen, mit dieser Gefahr wachsam umgehen und alles daransetzen, den Killern zu entkommen.

Ich kann wegen des Berufsgeheimnisses nicht über unsere Maßnahmen sprechen.

Aber seien Sie zuversichtlich: Die Polizei wird Ihre Situation nicht auf die leichte Schulter nehmen.

Wir werden im Rahmen der gesetzlichen Bestimmungen alles tun, um diese Verbrecher einzusperren.

Während Sie im Ausland sind, werde ich persönlich jeden Tag überprüfen, ob Ihr Haus auch wirklich rund um die Uhr überwacht wird und, wenn eine verdächtige Person vor Ihrem Haus steht, sofort die erforderlichen Maßnahmen ergreifen. Ich werde auch schon heute die Staatsanwaltschaft über den Sachverhalt informieren und über weitere polizeiliche Maßnahmen beraten.

Wir haben ein starkes Interesse daran, diese Berufsmörder rechtzeitig zu erwischen und ihnen keine Chance zu geben, in unserer Stadt ihre Verbrechen auszuüben. Wenn wir Glück haben, werden wir sie an Ort und Stelle fangen. Wie gesagt, ab diesem Zeitpunkt entscheidet die Justiz, was mit ihnen geschieht.« Er blieb eine Weile nachdenklich und fragte dann: »Was ist mit Ihrem Ferienhaus? Ist es sicher? Ist es mit einem Alarmsystem und mit Videokameras ausgestattet?«

»Ja; als wir vor vier Jahre das Haus gekauft haben, war bereits ein sehr gutes Alarmsystem vorhanden und in jeder Ecke des Hauses befindet sich eine Videokamera. Wir können über einen großen Monitor jederzeit das ganze Haus im Blick behalten. Aber wir haben keinen Vertrag mit einer Sicherheitsfirma.«

»Wenn Sie über den Monitor das ganze Haus beobachten können, das sollte eigentlich genügen. Aber geben Sie mir vorsichtshalber die Adresse und Telefonnummer Ihres Ferienhauses in Spanien. Ich halte es für richtig, dass ich die lokale Polizei an Ihrem Wohnort informiere und offiziell darum bitte, Ihr Haus regelmäßig aufmerksam zu beobachten.

Man kann nicht wissen, ob diese Berufskiller bereits informiert sind, dass Sie ein Ferienhaus in Spanien haben und, wenn sie herausfinden, dass Sie nicht mehr in Hamburg wohnen, auf die Idee kommen, ihr kriminelles Ziel dort zu realisieren.«

»Ich finde es sehr lieb von Ihnen, dass Sie uns so weit unterstützen wollen. Ich danke Ihnen von ganzen Herzen,« sagte Claudia dieses Mal etwas versöhnlicher. Sie fügte hinzu: »Ich muss gestehen, ich bin immer noch verwirrt. Ich wollte ungern unser Haus verlassen. Aber jetzt traue ich mich nicht, wieder zurückzugehen. Ich denke, theoretisch könnten die Killer uns schon heute Abend aufsuchen. Ich glaube, die von Ihnen empfohlene Einrichtung der neuen Beleuchtungen, Überwachungskameras und des Alarmsystems in unserem Haus wird mindestens eine Woche dauern. Ich befürchte, bis alle Geräte installiert sind und fehlerfrei funktionieren, haben sie uns längst aufgespürt und wie Sohrabs Kollegen ermordet. Dieser Gedanke macht mir Angst.«

»Nein, das glaube ich nicht, da können Sie unbesorgt sein. Die Planung und Installation der Geräte werden in der Regel in zwei bis drei Tagen erledigt. Die Leute von ISC sind Profis und schnell.

Dennoch müssen Sie nicht auf die Fertigstellung warten. Sie können theoretisch nach Ihrer Zustimmung zum Sicherheitsplan und der Erteilung des Auftrags direkt zum Flughafen gehen und abreisen. Sie müssen der Firma ISC sowieso einen Haustürschlüssel geben.

Ich kann Ihnen versichern, dass die Mitarbeiter dieser Firma vertrauenswürdig sind. Sie sind anständig und diskret. Sie kümmern sich ausschließlich um ihre Arbeit und Ihre Privatsachen werden nicht angefasst. Und was Ihre Abreise betrifft: Versuchen Sie innerhalb der nächsten 48 Stunden, Deutschland zu verlassen.

Während dieser Zeit bekommen Sie Polizeischutz.« Er hielt kurz inne und fragte: »Sind Sie mit meinem vorgeschlagenen Vorgehen einverstanden?«

»Ja,« antwortete Sohrab volle Begeisterung. »Wir sind Ihnen dankbar, dass Sie unsere Angelegenheit ernstnehmen. Wir werden genauso verfahren, wie Sie es uns vorgeschlagen haben.

Wir fahren direkt nach Hause, bereiten unsere Reise vor und werden, wenn am Nachmittag Herr Junker uns besucht, seinen Sicherheitsplan prüfen, um unsere Vorstellungen ergänzen und mit ihm einen Jahresvertrag abschließen. Wir haben keine Zeit zum Experimentieren.«

Dann schrieb Sohrab seine Adresse und Telefonnummer in Spanien auf ein Blatt Papier und mit einem kräftigen Handdruck verabschiedeten er und seine Frau sich von Kommissar Kruse. Sie fuhren direkt nach Hause zurück.

7. Unerwartete Trennung

Am Nachmittag, während Herr Junker und Sohrab im Wohnzimmer den Sicherheitsplan miteinander abstimmten, stand Claudia in der Küche und telefonierte mit ihrer Schwester.

Sohrab bemühte sich einerseits, Herrn Junker aufmerksam zuzuhören und seine Erklärung über einzelne Geräte zu begreifen, anderseits beobachtete er besorgt seine Frau, die nach und nach immer beunruhigter zu sein schien. Sie hörte traurig ihrer Schwester am Telefon zu; Tränen liefen ihr unkontrolliert über das Gesicht. Plötzlich unterbrach er Herrn Junker ungeduldig und sagte verlegen:

»Herr Junker, ich bin mit allem, was Sie machen wollen, einverstanden. Sie sind der Fachmann, Sie haben Erfahrung; tun Sie, was Sie für richtig halten. Wir haben bereits den Jahresvertrag unterschrieben, die Hausschlüssel haben Sie schon und die Rechnung schicken Sie an meine E-Mail-Adresse; ich werde sie innerhalb einer Woche überweisen. Jetzt entschuldigen Sie mich bitte, ich muss mich um meine Frau kümmern. Offenbar hat sie eine schlechte Nachricht bekommen.«

Prompt stand Herr Junker auf, sah Frau Parsa-Pour flüchtig an, blieb eine Weile peinlich berührt stehen und sagte:

»Aber selbstverständlich. Entschuldigen Sie, dass ich unaufmerksam war. Sie können davon ausgehen, dass wir unser Bestes geben, um Ihr Haus absolut sicher zu gestalten. Wir werden später über Einzelheiten miteinander sprechen.« Er packte sofort seine Sachen und verließ das Haus.

Mit besorgter Haltung kam Sohrab langsam zu seiner Frau. Sie telefonierte immer noch. Nach einer Weile sagte sie zu ihrer Schwester:

»Monika, ich meine es ernst; ich werde spätestens morgen Früh bei euch sein. Du kannst schon morgen zu deiner

Arbeit gehen, ich werde rechtzeitig da sein und mich um alles kümmern. Komm nach der Arbeit zu uns, wir werden gemeinsam eine vernünftige Lösung finden. Bis morgen Abend.« Sie legte den Hörer auf, sah ihren Mann traurig an und sagte dann mit gebrochener Stimme: »Der Zustand meines Vaters ist schlechter geworden. Monika meint, er werde nicht durchkommen. Er kann sich kaum bewegen, schon gar nicht sprechen.« Sie wischte ihre Tränen ab und fügte ernst hinzu: »Ich werde heute Abend mit dem Nachtzug nach Wien fahren. Monika hat keinen Urlaub mehr und ab morgen muss sie wieder arbeiten. Das heißt, vorläufig musst du allein in Spanien bleiben.«

»Nein, ich komme mit dir nach Wien,« sagte Sohrab und umarmte sie.

»Ich fahre allein und du fliegst nach Spanien. Wir sollten unsere Situation nicht komplizierter machen, als sie ist. Abgesehen davon, dass du für meinen Vater nichts tun kannst und deine Anwesenheit in Wien eher eine Belastung als von Nutzen für uns wäre, bist du in Spanien besser aufgehoben. Außerdem musst du arbeiten. Du hast dem Verlag versprochen, dein neues Buch bis September fertigstellen. In Spanien hast du keine Ablenkung.

Ich kann dir versprechen, sobald sich der gesundheitliche Zustand meines Vaters bessert und eine Lösung für seine Pflege gefunden ist, werde ich mich dir anschließen.

Außerdem werden wir öfter miteinander telefonieren. Bitte lass uns unsere Probleme ohne großen Stress aus der Welt schaffen. Heute Abend bringst du mich zum Bahnhof und morgen fliegst du nach Spanien. Du solltest Kommissar Kruse über die neue Situation informieren. Er muss wissen, dass du allein in Spanien bist.«

Claudia wollte keine Gegenargumente hören. Mit entschiedener Entschlossenheit begann sie, zwei Koffer für sich und ihren Mann zu packen.

Der restliche Tag war sehr hektisch und arbeitsreich. Sie buchten online eine Fahrkarte nach Wien und ein Flugticket nach Malaga. Dann besorgte Sohrab von einer Postfiliale zehn große Umschläge sowie jede Menge Briefmarken und gegen achtzehn Uhr besuchten sie ihre Nachbarn, die Familie Traber.

Klaus Traber war ein Rechtsanwalt, lebte mit seiner Frau Elisabeth und zwei Söhnen – Timo, 12 Jahre alt, und Alexander, 10 Jahre alt, beide Schüler.

Sohrab begründete kurz ihren plötzlichen Besuch, legte die bereits adressierten Umschläge, mehrere Briefmarken und auch eine große Packung Pralinen auf den Tisch und erzählte, dass er und seine Frau wegen Sturmschäden an ihrem Ferienhaus sofort nach Spanien reisen müssten. Dort wollte er eine Baufirma beauftragen, die Schäden zu beseitigen.

»Wir werden euch gerne helfen. Was eure Postsendungen betrifft, werde ich selbst diese Aufgabe übernehmen,« sagte Klaus und scherzte lachend: »Aber anderseits hätte ich auch nichts dagegen, wenn ihr hierbleibt und die Arbeit in Spanien an mich delegiert. Im Gegensatz zu Hamburg ist das Wetter in Marbella die ganze Zeit schön und sonnig. Was würdet ihr davon halten?«

»Vielleicht sollten wir beim nächsten Mal alle zusammen dort hinfliegen und gemeinsam Urlaub machen,« erwiderte Claudia ziemlich humorlos. Ihr war nicht danach zumute, irgendeinen Scherz zu hören.

Klaus hatte schon bemerkt, dass die beiden ziemlich unruhig und verstimmt waren. Daher benahm er sich etwas ernster und hörte Sohrab zu, als er sagte:

»Wundert euch nicht, wenn in den nächsten Tagen Handwerker auf unserem Grundstück arbeiten. Wir haben aus Sicherheitsgründen entschieden, einige Bewegungsmelder mit der dazugehörigen Beleuchtung einbauen zu lassen.«

»Ihr könnt davon ausgehen, dass wir auf euer Haus aufpassen und eure Post schnell nach Spanien schicken. Wir wünschen euch eine gute Reise.«

Nach fast einer halben Stunde belangloser Gespräche verabschiedeten sie sich von Familie Traber.

Kurz vor zwanzig Uhr setzten sich Sohrab und seine Frau ins Auto und fuhren zum Hauptbahnhof. Sie bemerkten nicht, dass ein VW Passat mit zwei Polizisten in Zivil ihnen folgte. Offenbar war das der Personenschutz, den Kommissar Kruse ihnen versprochen hatte.

Sie beeilten sich, zum richtigen Gleis zu kommen. Als sie es erreicht hatten, stellten Sohrab und seine Frau enttäuscht fest, dass sie nur wenig Zeit hatten, sich voneinander zu verabschieden. Denn kaum standen sie vor dem Zug, pfiff der Schaffner schon zur Abfahrt. Sohrab schien völlig hilflos. Er stellte eilig die Koffer in den Zug, umarmte seine Frau und wisperte:

»Gib gut auf dich acht, meine Liebe. Mach dir meinetwegen keine Sorgen, ich werde auf mich aufpassen.«

Claudia küsste ihn, stieg in den Zug und sagte:

»In schweren Zeiten lernt man seinen Partner besser kennen. Beweis du mir, dass du diese Krise meistern kannst. Ich will dich viele weitere Jahre als meinen Helden bewundern.«

»Ohne dich wäre alles viel schwieriger. Aber ich gebe mein Bestes. Ich hoffe, der gesundheitliche Zustand deines Vaters bessert sich, dass du jemanden findest, der ihn pflegt, und dass du bald nach Spanien nachkommst. Ich habe dich sehr lieb.«

Sie betrat eilig ihr Abteil, der Zug setzte sich langsam in Bewegung und Sohrab stand traurig da, bis er aus seiner Sicht verschwunden war.

Völlig unmotiviert und nachdenklich kehrte er zu seinem Auto zurück und fuhr direkt nach Hause. Die ungewöhnliche Stille im Haus lastete auf seiner Seele; obwohl ihm klar

war, dass er in nächster Zeit mit einer noch bedrückenderen
Atmosphäre zurechtkommen musste.
In den zwanzig Jahren ihrer Ehe war er nur einmal von ihr
getrennt gewesen. Das war, als Claudia wegen einer Fehlge-
burt drei Tage im Krankenhaus hatte bleiben müssen. Sonst
waren sie immer zusammen. Jetzt musste er lernen, allein
mit allem fertigzuwerden.

Am nächsten Tag gegen acht Uhr rief Sohrab seine Frau in
Wien an, aber sie war telefonisch nicht erreichbar; ihr
Handy war aus und das Festnetz schaltete sich automatisch
auf Anrufbeantworter.
Um zehn Uhr, als er sein Gepäck im Kofferraum eines Taxis
verstaute, bemerkte er den parkenden blaue Passat gegenüber seinem Haus. Die beiden Herren im Auto kamen ihm
bekannt vor. Er ging langsam zu dem Wagen, klopfte an das
Fenster und sagte:
»Bitte sagen Sie Herrn Kommissar Kruse, meine Frau
musste nach Wien reisen, ihr Vater ist schwerkrank. Sie
wird sich mir irgendwann anschließen. Und noch etwas:
Sagen Sie ihm, dass ich für seine Unterstützung dankbar
bin.« Und dann ging er zu dem wartenden Taxi und fuhr
zum Flughafen.

8. Reise nach Malaga

*W*ährend des zweieinhalbstündigen Flugs nach Malaga schien Sohrab betrübt und grüblerisch. Zum ersten Mal fragte er sich:

War es das wert, dass ich mehrere Bücher über die steinzeitlichen Gesetze der Islamischen Republik Iran und ihren verbrecherischen Umgang mit dem iranischen Volk geschrieben habe? Haben meine Beiträge etwas geändert?

Wohl kaum - oder besser gesagt - überhaupt nicht. Fast alle Mullahs in Schlüsselpositionen gehen nach wie vor mit der iranischen Bevölkerung erbarmungslos um. Jeder Protest wird im Keim erstickt und jeden Tag werden mehrere unschuldige Menschen hingerichtet.

Im Namen des Islams setzen sie ihre absurde Ideologie durch, aber bereichern sich auch hemmungslos gleichzeitig durch Korruption und Unterschlagung und deponieren ständig Millionen Dollars auf ihren ausländischen Konten. Seit ihrer sogenannten ‚Revolution' sorgen sie dafür, dass Millionen junge Leute das Land verlassen müssen und die, die keine Chance dazu haben, versetzen sie in ständige Angst und Verzweiflung. Andererseits muss die Frage erlaubt sein, ob man wegen ihrer drohenden Vergeltung schweigen sollte. Die Augen zumachen und ihren brutalen Umgang mit den Iranern einfach ignorieren?

Ist das nicht die Aufgabe jedes Journalisten und Buchautors, darüber zu berichten, ihre primitiven Gesetze zu kommentieren und ihre kriminellen Machenschaften zu durchleuchten? Wenn nicht, wer sollte das machen? Die europäische Presse? Erstaunlicherweise wird in den meisten europäischen Fernsehsendungen und Zeitungen andauernd über den unmenschlichen Umgang der chinesischen oder russischen Regierung mit ihren Völkern berichtet.

Ständig wird sich über ihre Menschenrechtsverletzungen, Wahlfälschungen, Unterdrückung der Menschen und so weiter beklagt.

Aber man sieht selten eine kritische Reportage über den brutalen Umgang dieser Männer mit den schwarzen oder weißen Turbanen mit den Iranern. Haben die Europäer vor der iranischen Regierung Angst oder stehen ihre politischen und wirtschaftlichen Interessen über den Menschenrechten? Diese Doppelmoral ist einfach nicht zu verstehen.

Doch jemand muss ein Zeichen setzen, ihren skrupellosen Umgang mit den Menschen, besonderes mit den Frauen, bekanntmachen und über ihre schreckliche Ungerechtigkeit informieren.

Als gebürtiger Iraner konnte ich nicht einfach schweigen und so tun, als hätte ich von ihren Verbrechen nichts gehört, nichts gesehen und, noch schlimmer, unbeeindruckt zur Tagesagenda übergehen. Nein, das konnte und kann ich nicht tun. Egal, welche Vergeltung auf mich wartet, ich mache weiter. Denn jede Nachricht von der Verhaftung iranischer Oppositioneller, der grausamen Misshandlung von Frauen im Gefängnis und der Hinrichtung unschuldiger, junger Menschen macht mich traurig, wütend und treibt mich dazu meiner moralischen Verpflichtung nachzukommen. Denn diese Anstrengung schulde ich meinen Landsleuten und meiner ehemaligen Heimat.

Ich habe sehr schöne Erinnerungen an dieses wunderbare Land. In der Epoche des Schahs gab es, was die Politik betraf, auch viele unannehmbare Restriktionen. Aber die Menschen waren frei; es gab kaum religiöse Vorschriften, vielleicht vereinzelte Diskriminierung von Frauen, aber keine willkürlichen Hinrichtungen. Nach der Invasion der Mullahs wandelte sich Iran, dieses Land mit seinem 2.500 Jahren Zivilisation, in einen primitiven diktatorischen, korrupten und terroristischen

Staat; verachtet von seinem Volk und gefürchtet von seinen Nachbarn.

Nein, nein, ich gebe nicht auf! Ich bin kein Held, aber mir ist egal, ob sie mich doch irgendwann erwischen. Ich werde in Deutschland weiterhin mithilfe meiner Kollegen ihren unmenschlichen Umgang mit den Iranern enthüllen. Ich hoffe, die Amerikaner und Europäer begreifen endlich, was in diesem Land passiert und vielleicht gelingt es ihnen, die Mullahs zur Kapitulation zu zwingen. Das wäre nicht das erste Mal, dass sie ihren Einfluss in Iran geltend machen. Sie haben schon im Jahr 1979 den gleichen Deal mit dem Schah gemacht; sie haben ihn gezwungen, das Land zu verlassen.

Leider hatte die westliche Welt - Präsident Jimmy Carter in den USA, Helmut Schmidt in Deutschland, Valéry Giscard d'Estatain in Frankreich und James Callaghan in Groß-Britannien - damals anstatt des semiliberalen Schahs den Iranern einen Diktator vor die Nase gesetzt. Sicherlich nicht mit Absicht - man glaubte, Khomeini wolle eine demokratische Republik errichten.

Keiner von ihnen ahnte, dass er und seine Nachfolger viel schlimmer waren als viele Diktatoren in der Weltgeschichte.

Die Ankündigung der Landung am Flughafen von Malaga durch den Flugkapitän riss Sohrab aus seinen Gedanken. Er bemerkte, dass seine geistige Beschäftigung ihn reichlich demoralisiert hatte. Er wünschte sich, dass seine Frau bei ihm wäre, ihn wie immer tröstete und ihn beruhigte. Aber er wusste, er musste allein mit seinem seelischen Zustand zurechtkommen, und das wahrscheinlich für eine unbestimmte Zeit.

Am Flughafen von Malaga entdeckte Sohrab zwischen zahlreichen Besuchern Suzan Foster - ihre englische Nachbarin. Sie stand gegenüber dem Ausgang der Ankunftshalle und hielt ein Stuck Kartonpapier hoch. Darauf stand:

„Mr. Trouble Maker.[1]“

Erstaunt und erfreut schmunzelte Sohrab. Er wusste, das war sein Spitzname. Immer, wenn Suzan ein Buch von ihm beendet hatte, sagte sie halb begeistert und halb befangen: „Oh my God, too much actions, too much excitement! What do you do to me, Mr. Trouble Maker?“

Was Sohrab aber nicht begreifen konnte, war, warum sie dort stand. Woher wusste sie, wann und wo er landete?

Er rollte seinen Koffer zum Ausgang; mit strahlendem Gesicht eilte er zu Suzan, umarmte sie innig und fragte:

»Meine liebe Suzan, warum bist du hier? Wartest du auf mich?« Als sie nickte, fügte er fassungslos hinzu: »Das ist aber eine nette Überraschung. Hat meine Frau dich angeheuert, hierher zu kommen und mich abzuholen?«

»Ja, wer sonst? Sie rief mich gestern Abend an und bestand darauf, dass ich dich nach Hause bringe. Ich habe Claudia gesagt, nur unter einer Bedingung: Du sollst mir einen ganzen Tag bei der Gartenarbeit helfen. Brian hatte hunderte Male versprochen, mir unter die Arme zu greifen, aber wenn er nach Hause kommt, ist es entweder überall dunkel, oder er hat einfach keine Lust.«

Brian Foster war ihr Mann; ein Master Sergeant bei der britischen Armee, stationiert in Gibraltar. Er war genauso korpulent wie Suzan, aber im Gegensatz zu ihr war er ein lockerer Typ und immer bester Laune; eine muntere Seele von Natur aus.

Vielleicht lag es auch daran, dass er fast immer alkoholisiert war. Sein aufgedunsenes Gesicht mit der lilafarbenen Nase verriet, dass er Alkoholiker war.

Er hatte ein großes Gesicht und seine kleinen, geröteten Augen blickten aus dicken Lidern hervor. Manchmal ließen

---

[1] Unruhestifter

seine doppelsinnigen Bemerkungen über Asiaten vermuten, dass er eine gewisse Abneigung gegen sie hatte.

Aber er war Sohrab gegenüber immer freundlich, hilfsbereit und kumpelhaft.

Suzan war genau das Gegenteil: Sie liebte alle Menschen, aber auch alle Tiere. Während der spanischen Wirtschaftskrise hatte sie reiche Leute in Marbella besucht, Geld gesammelt und Lebensmittel für hilfebedürftige Menschen in dieser Region gekauft. Auch die von Touristen ausgesetzten Katzen kamen in den Genuss ihrer Unterstützung. Sie sammelte von allen Geschäften in Marbella Geld, kaufte für hungrige Katze Futter und sorgte dafür, dass sie geimpft wurden.

Suzan war knapp sechzig Jahre alt, hatte ein hübsches Gesicht und wenn man einige Zeit mit ihr zu tun hatte, wurde klar, dass sie eine echte Romantikerin war.

Sie war seit vierundzwanzig Jahren mit Brian verheiratet, kinderlos und hatte in ihrem Leben kaum gearbeitet. Sie kümmerte sich um Haus und Garten, und jeden Tag begeisterte sie Brian mit ihrer Koch- und Backkunst.

Neben ihrem Hobby – der Gartenarbeit - schwärmte sie von ihrem Donnerstags-Yoga-Kurs, obwohl alle wussten, dass sie Schwierigkeiten hatte, mit überkreuzten Beinen auf dem Boden zu sitzen. Als Sohrab und Suzan zum Parkplatz gingen, sagte sie in solidarischem Ton:

»Claudia erzählte mir vom Gesundheitszustand ihres Vaters. Es tut mir leid für sie. Ich hoffe, bald wird alles gut und sie kommt hierher; ich vermisse sie sehr. Sie bat mich, auf dich aufzupassen, solange sie in Wien bleiben muss.« Dann blieb sie plötzlich stehen und sagte halb ernst und halb ironisch: »Ab morgen musst du dich, wenn du dein Haus verlassen willst, bei mir melden.«

»Auch, wenn ich einkaufen gehen muss?«, fragte Sohrab.

»Einkaufen brauchst du nicht. Dein Kühlschrank ist voll mit Lebensmitteln.

Heute Morgen habe ich für dich jede Menge Essen gekauft. Außerdem haben wir gemeinsam mit meiner Putzfrau alle eure Zimmer durchgelüftet und vorsichtshalber die Heizung in Betrieb genommen. In dieser Jahreszeit ist fast jeder Abend kühl und ungemütlich. Also, für diesen Service schuldest du mir mindestens acht Stunden Gartenarbeit und ein neues Buch.«

Bevor sie sich ins Auto setzte, umarmte Sohrab sie und küsste ihre Wange. Er sagte:

»Liebe Suzan, Claudia und ich sind stolz, eine so liebe Freundin wie dich zu haben. Ich bin dir dankbar, dass du so viel Arbeit für mich geleistet hast. Nicht nur morgen, sondern solange ich in Spanien bin, werde ich alles tun, was du von mir verlangst.«

»Na, na, alles?«

»Sagen wir, fast alles. Jedenfalls bin ich dein Garten-Gehilfe.«

Sie lachte und erwiderte: »Du musst erst meinen Garten sehen, bevor du den Mund voll nimmst. Dennoch, ich nehme dich beim Wort. Aber morgen hast du ausnahmsweise frei. Donnerstags habe ich meinen Yoga-Kurs. Ich gehe zu Meister Radja.«

»Meister Radja? Wer ist er?«

»Er ist mein Seelen-Trainer. Du musst einmal sein Training ansehen. Jedes Mal, wenn ich ihn verlasse, bin ich ein neuer Mensch; so beruhigt, so glücklich, so leicht, ja, einfach zufrieden. Er verströmt Frieden und Glückseligkeit.«

»Wow! Ist der Meister ein Spanier?«

»Papiermäßig ja, er hat die spanische Staatsangehörigkeit. Aber einige Kurs-Teilnehmer meinen, er sei Inder. Der Klub-Manager behauptet, dass er aus Persien stamme. Er selbst sagt immer stolz, dass er ein bescheidener Andalusier sei. Aber mir ist das egal, er ist einfach ein außergewöhnlicher Mensch.«

Die Fahrt vom Flughafen nach Marbella dauerte fast eine Stunde. Unterwegs redete Suzan die meiste Zeit. Sie erzählte von dem kalten und stürmischen Winter in Marbella, von ihrer Sorge bezüglich des bevorstehenden Brexits, vor allem von den vielen Einbrüchen in Ferienhäuser während der Winter und so weiter.

Als sie ihre Siedlung erreichten, war es schon überall dunkel. Sie parkte das Auto vor ihrem Haus und dann, nach einer herzlichen Umarmung, wünschten sie und Sohrab sich gegenseitig einen schönen Abend.

9. Der mysteriöse Meister Radja

Donnerstag, der 31. Januar, war ein sonniger und für die Jahreszeit angenehm warmer Tag. Schon um neun Uhr morgens spürte Sohrab die belebenden Sonnenstrahlen durch das Fenster des Schlafzimmers.

Gegen zehn Uhr rief er seine Frau an und hoffte, dass sie seinen Anruf entgegennehmen würde. Kaum hatte er die grüne Taste auf seinem Handy gedrückt, hörte er ihre Stimme:

»Das ist aber eine nette Telepathie; ich wollte dich auch gleich anrufen,« sagte sie. Ohne ihn zu Wort kommen zu lassen, erzählte sie vom traurigen Zustand ihres Vaters, von ihren Bemühungen, ihn einigermaßen zu pflegen, und dass sie am liebsten sofort nach Spanien reisen würde.

Sie fügte enttäuscht hinzu, dass ihre Schwester jeden Tag arbeiten müsse. Wie es aussah, gab es keine Hoffnung, sich ihm bald anzuschließen. Dann wollte sie wissen, ob alles in Ordnung sei. Sohrab berichtete von seiner Reise, der großen Hilfe von Suzan und schließlich dem Zustand des Hauses. Am Ende sagte er:

»Ohne dich ist es hier sehr traurig; wie ein Himmel ohne Sterne. Anderseits verstehe ich unsere Situation; du musst bei deinem Vater bleiben und ich muss mich hier verstecken und unbemerkt bleiben. Trotzdem gebe ich die Hoffnung nicht auf. Ich las gestern Abend ein schönes Zitat: *„Die Resignation ist die Schaufel, die alle Hoffnungen begräbt."* Wir bleiben zuversichtlich.«

Sohrab sprach noch mit seiner Frau, als Suzan an das Fenster klopfte. Sie war sichtlich aufgeregt. Er beendete das Gespräch mit Claudia und öffnete das Fenster.

»Hallo, Sohrab. Du musst mir einen Gefallen tun.

Gestern Abend vergaß ich, das Licht des Autos abzuschalten. Wie es aussieht, ist die Batterie leer.

Ich muss bald bei meinem Yoga-Kurs sein. Brian ist schon weg und ich weiß nicht, wie ich rechtzeitig dort ankommen soll. Kannst du mich bitte mit deinem Auto dort hinfahren?«
»Aber selbstverständlich. Gibst du mir zehn Minuten Zeit? Ich hole dich ab.«
Er zog schnell seine Sachen an und beeilte sich, in die Garage zu kommen. Obwohl sein Auto mehrere Monate nicht bewegt worden war, sprang es sofort an. Er fuhr auf die Straße und hielt vor Suzans Haus an.
Sie war heilfroh, dass sie auf ihr liebstes Hobby – Yoga - nicht verzichten musste. Besonders freute sie sich darüber, dass Sohrab sie auch nach Hause zurückfahren wollte.
Der Yoga-Kurs befand sich in einem großen Saal des Riviera-Sportklubs, circa dreißig Kilometer nördlich von Marbella.
Sohrab hatte die Absicht, sie bei diesem schönen Wetter zuerst bei dem Sportklub abzusetzen, dann an der Promenade spazieren zu gehen und sie spätestens um 12:30 Uhr wieder abzuholen.
Als sie den Sportklub betraten, erstaunte es Sohrab, dass sich trotz der Jahreszeit, in der kaum Touristen an der Costa del Sol verkehrten, so viele Menschen - Franzosen, Engländer und Deutsche - in dieser Freizeiteinrichtung aufhielten. Die meisten von ihnen waren allerdings ältere Leute, die irgendwo in Andalusien wohnten.
Der Klub war riesengroß. Es gab nicht nur Yoga-Kurse, sondern Pilates, Kraft-Training, Schwimmen, Tennis, Fußball et cetera.
Als sie vor dem Eingang standen, zeigte Suzan Sohrab ihren Kursleiter, Meister Radja.
Er sah beim ersten Blick absonderlich aus. Man konnte eine solch merkwürdige Gestalt, besonderes mit ihrem seltsamen

Outfit, im fernen Osten in einen indischen Tempel erwarten, aber nicht in diesem renommierten Klub.

Er war etwa 1,85 Meter groß, schlank, vollbärtig und es war schwer zu schätzen, wie alt er war. Aus der Entfernung schien er vielleicht sechzig Jahre alt zu sein, aber wenn man ihm direkt gegenüberstand, sah er kaum über fünfzig Jahre alt aus.

Seine Augen waren weich, sehr weich, hellbraun und strahlten freundlich. Er hatte eine große, krumme Nase und ein helles, mageres Gesicht. Seine langen glatten, ergrauenden Haare trug er geflüchtet über sein langes weißes, indisches Gewand.

Man konnte annehmen, dass, auch wenn er bei seiner Tätigkeit als Yoga-Lehrer nicht sonderlich begabt war, allein dieses Outfit, diese außergewöhnliche und anziehende Erscheinung, jeden vertrauensseligen Kursteilnehmer beeindruckte, besonders ältere Frauen.

Suzan stellte Sohrab ihrem Kursleiter als „ihren Lieblings-Nachbarn“ vor. Zuerst sah Radja Sohrab mit einer Mischung aus Interesse und Neugier an, drückte seine Hand dann fest und sagte auf Spanisch:

»Ich grüße Sie ganz herzlich. Ich wollte Sie immer kennenlernen. Suzan hat öfter von Ihnen gesprochen und meinte, dass Sie ein guter Schriftsteller seien. Sie sagte auch einmal, dass Ihre spannungsvollen Romane ihr ihren Schlaf raubten, sie müsse die ganze Nacht durchlesen. Sie ist in letzter Zeit ein bisschen unruhig und erweckt bei mir den Eindruck, ständig mit ihren Werken beschäftigt zu sein.«

»Ich muss dich korrigieren, Meister Radja,« protestierte Suzan.

»Ich lese ein Buch, wenn ich mich langweile. Der große Schlafstörer an jedem Abend ist Brian, mein Mann.

Er kommt müde nach Hause, verflucht die ganze Zeit die
Politiker und wenn er schläft, schnarcht er fürchterlich die
ganze Nacht durch.
Eigentlich wünsche ich mir nach jedem Tag voll langer Ein-
samkeit etwas Liebe, Zärtlichkeit und angenehme Unterhaltung. Aber leider bleibt mir nichts anderes übrig als lesen
und ich freue mich, einmal in der Woche an deinem Yoga-
Kurs teilzunehmen.«
»Du hast vollkommen recht, liebe Suzan. Die Männer leben
in ihrer eigenen Welt. Sie arbeiten viel, trinken zu viel, regen
sich unnötig über alles auf und, wenn sie nach Hause kommen, sind sie müde wie ein alter Hund. Aber wir Männer
können kaum ohne Frauen leben und ich glaube, umgekehrt
genauso.« Er hielt eine Weile inne und fragte Suzan dann
fast flehentlich: »Darf ich mit Sohrab ein paar Sätze in Persisch sprechen? Ich möchte herausfinden, ob ich das noch
kann.« Und dann, ohne auf ihre Zustimmung zu warten,
sagte er zu Sohrab in Farsi, allerdings mit starkem Akzent:
»Ich würde Sie gerne treffen und über verschiedene Themen
wie Heimat, Politik, Religion und vielleicht auch über uns
sprechen. Haben Sie Zeit für mich?«
Die unerwartete Frage überraschte Sohrab. Aber dann antwortete er, ohne zu überlegen:
»Gerne. Warum nicht? Zurzeit lebe ich allein in meinem
Haus und ich habe jede Menge Zeit. Kommen Sie gleich
morgen Nachmittag gegen neunzehn Uhr vorbei. Dann können wir einige Stunden bei ein oder zwei Gläsern Wein und
leckeren Tapas miteinander plaudern.«
Auf einmal überflog ein lächelnder Glanz seine Augen. Er
drückte Sohrabs Hand nochmal und sagte:
»Ich freue mich sehr, dass Sie so locker und freundlich sind.
Ich wohne nicht weit von Ihnen und werde pünktlich da sein.

Ich weiß, wo Sie wohnen: in Calle Picasso, neben Suzans Haus. Nicht wahr?«

»Ja, Hausnummer 28.«

Suzan sah die beiden mit verwirrten Blicken an und begriff nicht, worüber sie sprachen. Plötzlich sagte sie ungeduldig: »Meister Radja, wir müssen Schluss machen.« Sie zeigte mit dem Finger auf mehrere Frauen, die sie ungeduldig anschauten und sagte weiter: »Wir sollten gleich mit dem Kurs beginnen. Alle warten auf dich.«

Schuldbewusst warf er einen verlegenen Blick auf die wartenden Damen und sagte zu Sohrab:

»Sie hat recht, wir müssen los. Bis morgen Abend.« Dann gab er den Frauen ein Zeichen und ging in Richtung Trainingsräume, gefolgt von Suzan und etwa zwanzig weiteren Teilnehmerinnen.

10. Der Kondor

Am nächsten Tag, pünktlich um neunzehn Uhr, stand Meister Radja vor dem Gartentor des Hauses Nr. 28.

Im Gegensatz zu der ersten Begegnung erschien er dieses Mal in Schwarz – in einer schwarzen Hose, einem kragenlosen, schwarzen Hemd und einem langen, schwarzen Gewand. Nur sein heller, langer Bart und seine geflochtenen Haare waren ein Kontrast zu seinem auffälligen Outfit. Er trug einen Korb bei sich; ein Geschenk, was, wie sich nachher herausstellte, zwei Flaschen Rotwein beinhaltete.

Als Sohrab ihn vor seinem Haus sah, eilte er zum Gartentor, grüßte ihn freundlich und begleitete ihn in das Wohnzimmer.

Bevor Radja sich setzte, betrachtete er neugierig die Bücher im Bücherregal. Offenbar wollte er sich einen Überblick von Sohrabs Weltanschauung verschaffen.

»Sind alle Ihre Bücher in deutscher Sprache?«, fragte er in Farsi.

»Eigentlich gehören alle diese Bücher meiner Frau. Sie ist Österreicherin und liest gerne deutsche Literatur. Ich habe selbst eine große Bibliothek in meinem Haus in Deutschland. Dort habe ich viele Bücher in mehreren Sprachen, auch in Farsi. Hier lese ich kaum, hier muss ich arbeiten; ja, ich schreibe.«

»Sie schreiben gut, sehr spannend. Suzan hat mir eines Ihrer Werke vor ein paar Monaten geliehen. Ich fand es sehr bewegend.« Dann sah er Sohrab prüfend an. »Haben Sie keine Angst, so offen, so kritisch über die iranische Regierung zu schreiben?«

»Ich schreibe Romane und in meinen Geschichten kommt es manchmal vor, dass ich auch über die politische Situation eines Landes, seine Regierung sowie sein Volk schreibe. Aber um Ihre Frage ehrlich zu beantworten: Ja, was die

iranische Regierung betrifft, habe ich manchmal Angst. Ich fürchte, eines Tages werden sie mich dafür bestrafen.
Wissen Sie, das ist eben mein Berufsrisiko. Ich glaube, es gibt andere Berufe, die mit mehr Risiko behaftet sind als meiner.«
Meister Radja holte eine Flasche aus dem Korb und sagte lächelnd:
»Dieser gute Tropfen kommt aus einem privaten Weinbau in der Provinz Valencia. Ich dachte, er würde unser Zusammensein etwas berauschender machen.«
Sohrab dankte ihm für sein Geschenk, stellte eine große Platte mit Tapas und zwei Gläser auf den Tisch und schenkte gleich beide Gläser halb voll. Sein Gast hatte recht, der Wein war köstlich.
Was Sohrab nach und nach immer mehr imponierte, war Meister Radjas außergewöhnlich ruhige, aber bedächtige Art.
Er sprach leise, aß langsam, trank seinen Wein mit großem Genuss, hörte seinem Gesprächspartner aufmerksam zu, erfasste dabei nicht nur seine Mimik und seine Gesichtszüge, sondern registrierte subtile Hinweise auf seine Stimmung und Gefühle.
Er erinnere sich an den Tag zuvor, als Suzan unterwegs nach Hause gesagt hatte, dass er sich bei einem Gespräch in die Seele seines Partners integriere.
Die erste halbe Stunde sprach Sohrab, nicht ganz freiwillig, sondern weil Meister Radja vieles über seine Person, Familie, Arbeit und schließlich seine Meinung über Religion, insbesondere den Islam in Iran, wissen wollte. Er sprach Farsi; seine Wortwahl war elegant, aber akzentuiert.
Sohrab, bedingt durch seine schrecklichen Erfahrungen der letzten Wochen, fragte sich am Anfang ihres Zusammenseins, ob dieser fremde Mensch vielleicht ein Agent der Pasdaran war, vielleicht sogar einer von ihren Killern.

Aber anderseits überzeugten Radjas kultivierte Art und sein herzliches Benehmen ihn davon, dass er unmöglich jemandem Schaden zufügen konnte. Bei einer Gelegenheit drehte Sohrab den Spieß um und stellte ihm die Fragen:
»Darf ich fragen, wer Sie sind? Ich meine, sind Sie Iraner oder Spanier?«
Radja sah ihn eine Zeit lang mit seinen klaren, hellbraunen Augen an und antwortete:
»Meine Vorfahren kommen aus Indien. Ich bin aber in Iran geboren und einige Jahre dort zur Schule gegangen. 1991 musste ich aus zwei Gründen gemeinsam mit meiner Mutter den Iran verlassen und zu meiner Tante, die mit Juan, einem Spanier, verheiratet war, nach Saragossa ziehen.
Der erste Grund war eine Zwangsscheidung meiner Eltern. Und die zweite war noch entsetzlicher, als nämlich 1990, ein Jahr nach dem Tod von Khomeini, plötzlich sämtliche Mitglieder der Familie meiner Mutter auf der Säuberungsliste der Ajatollah-Khamenei-Regierung standen.
Der Grund war, dass meine Familie und ich Anhänger des Sufismus sind und dies in einem Gottesstaat verboten ist.
Eigentlich war mein Vater auch ein begeisterter Sufi, aber er, als Sekretär von Ajatollah Khomeini, musste auf Linie der Regierung bleiben und seine Leidenschaft für sich behalten. 1990 sah er keine andere Lösung, als sich von meiner Mutter amtlich scheiden zu lassen und eine Reise für sie und mich nach Spanien zu organisieren. Mit finanzieller Unterstützung meines Vaters und der Hilfe meiner Tante und Juans konnten wir dort eine neue Existenz aufbauen.
Am Anfang war es für mich sehr schwierig, in einem fremden Land mit anderer Kultur ein neues Leben zu beginnen. Aber ich setzte mich durch, lernte die Sprache, ging zur Schule und nach dem Abitur zog die ganze Familie - meine Mutter, meine Tante, Juan und ich - nach Malaga.

Dort studierte ich zuerst Psychologie, aber nach dem vierten Semester wechselte ich - aufgrund der ständigen Bitten von Juan, der inzwischen für mich wie ein Vater war - zu Maschinenbau. Es war für mich wieder sehr hart, mich in einem neuen Feld zu orientieren, aber tatsächlich schaffte ich es. Und nach dem Abschluss meines Studiums begann ich, mit Juan zusammenzuarbeiten.

Juan kaufte ein Haus in Marbella und eröffnete ein Spezialgeschäft für Handwerker in Malaga; für Geräte wie Schlagbohrmaschinen, Schleifer, Schneidemaschinen und deren Zubehör. Nicht die billigen Waren, die man normalerweise in einem Baumarkt kaufen kann, sondern Profi-Maschinen, die in der Regel teurer und leistungsfähiger sind. Er importierte die Ware direkt aus Schweden, Deutschland und England.

Leider verstarb Juan zwei Jahre nach Gründung seines Geschäfts und so übernahm ich zwangsläufig die Geschäftsführung.

Sein Geschäftsmodell in Malaga war von Anfang an profitabel. Ich bin immer noch zufrieden mit meinem Job.

Ich versuche allerdings, mein Leben durch die Ausübung meiner Leidenschaft „Sufismus" und einmal in der Woche als Yoga-Lehrer etwas zu versüßen, ja, auszugleichen.«

»Entschuldigen Sie, ich muss Sie unterbrechen,« sagte Sohrab. Er war nach und nach unruhiger geworden. »Ich finde, Ihr Werdegang ist beeindruckend. Ich möchte aber auf ein Thema zurückkommen, was Sie in einen Nebensatz erwähnten.

Habe ich Sie richtig verstanden, dass Ihr Vater Sekretär von Ajatollah Khomeini war?«

»Oh, ja. Er diente Khomeini mehrere Jahre. Nach meiner Einschätzung verstanden sie sich von Anfang an sehr gut. Möglicherweise, weil die Ur-Großeltern der beiden aus Indien stammten.

Mein Vater und Khomeini waren gegen die Monarchie und wollten den Schah entmachten.

Die Bekanntschaft meines Vaters mit Khomeini geschah 1965, in der Zeit, als Khomeini wegen politischer Auseinandersetzungen mit dem Schah den Iran verlassen musste, und er in Nadschaf lebte.

Mein Vater sagte mir, dass er damals von Khomeinis eisernem Willen sehr begeistert gewesen sei und gedacht habe, dass dieser kleine Mann eines Tages als zweiter Mahatma Gandhi in die Geschichtsbücher eingehen würde.

Khomeini war davon besessen, aus dem Iran und dem Irak einen gemeinsamen islamischen Gottesstaat unter Führung eines Imams zu machen, die Scharia als Grundgesetz einzusetzen, die persische Sprache vom unislamischen Wortschatz zu reinigen und den Islam in der ganzen Welt zu verbreiten.

Er war ein Visionär, aber er war nicht in der Lage, seine Vorhaben richtig zu artikulieren, schon gar nicht verständlich zu manifestieren.

Im Gegensatz zu ihm war mein Vater ein brillanter Redner und talentierter Verfasser.

1967 bat Khomeini meinen Vater deshalb, unter Regie seines damals vierundzwanzigjährigen Sohnes Ahmad Khomeini, sein Sekretär zu werden und ihn bei der Formulierung seiner Thesen und bei seiner schriftlichen Kommunikation mit seinen Anhängern zu unterstützen, was mein Vater ohne Bedenken akzeptierte.

Er ließ seine Familie in Teheran zurück und begleitete Khomeini und sein Team überallhin, bis zu Khomeinis letzter Verbannungs-Station in Neauphle-le-Château in Frankreich. Er unterstützte ihn bei der Formulierung seiner Ziele, seiner Forderungen an die iranische Regierung und seiner ständigen Kommunikation mit dem iranischen Volk.

Wie ich nachher herausfand, war mein Vater, trotz monatelanger Trennung von seiner Familie, glücklich, Khomeini zu begleiten und ihm zu dienen. Er war weder bei meiner Geburt dabei noch war er, als er in den Iran zurückkam, ein richtiger Vater für mich. Er besuchte uns kaum und, wenn er da war, musste er ständig telefonieren und sich um seine Arbeit kümmern.

Er sagte mir später, dass die Vorbereitung der Pressekonferenz in Frankreich der Höhepunkt seiner Karriere bei Khomeini gewesen sei. Er schrieb für das neue Staatsoberhaupt von Iran folgende Pressemitteilung:

„Unserer Meinung nach ist der Islam eine fortschrittliche Religion. Wir sind gegen diktatorische Regierungen. Wir sind für vollständige Freiheiten. Wir werden naturgemäß gegenüber den religiösen Vorstellungen der anderen mit Respekt vorgehen."

Allerdings konnte mein Vater die Antworten zu den Fragen der Reporter nicht vorbereiten, Khomeini musste sie selbst spontan formulieren und sein Ziel klar formulieren.

Er sagte bei dieser Pressekonferenz etwas, das sich einige Monate später als große Lüge erweisen sollte. Er sagte, dass *„wenn die bisherige Monarchie durch eine demokratische Republik ersetzt werde, er keine Funktion innerhalb der Regierung übernehmen wolle. Er wolle als Imam den Muslimen dienen."*

Als ein deutscher Reporter nach dem Grund für seine Bescheidenheit fragte, antwortete er:

„Es ist nicht daran gedacht, dass die religiösen Führer selbst die Regierung führen. Ich persönlich werde wegen meines Alters kein Interesse daran zeigen. Ich werde nie Staatspräsident sein, und ich werde auch nie ein anderes Regierungsamt bekleiden."

Ich weiß nicht, wie er als islamischer Religionsführer ruhig schlafen konnte, als er alle seine Zusagen vergaß und sich am 3. Dezember 1979 in der iranischen Verfassung als Staatsoberhaupt und Stellvertreter des 12. Imam auf Lebenszeit festschreiben ließ.«

Meister Radja blieb eine Weile still, trank langsam seinen Wein und sagte dann weiter: »Ich glaube, ich brauche Ihnen nicht zu erzählen, was innerhalb der zehn Jahre Regierung von Khomeini in unserer Heimat geschah. Auch wenn Sie zu dieser Zeit im Ausland lebten, wissen Sie, was aus dem ersehnten zweiten Mahatma Gandhi geworden ist und welche schmerzhaften Erfahrungen unser Volk hinnehmen musste. Die Verbrechen, die die Khomeini-Regierung, aber auch sein Nachfolger Khamenei begangen, waren in der Tat schrecklicher als die Rechtsbrüche jedes anderen Diktators in der Welt.

Schon nach dem dritten Jahr von Khomeinis Herrschaft war mein Vater äußerst enttäuscht, wollte sich zurückziehen und das Land verlassen. Aber Ahmad Khomeini, sein Sohn, der die Absicht meines Vaters bemerkte, warnte ihn, nicht zu resignieren, sondern seinem Chef weiterhin treu zur Seite zu stehen. Er sagte ihm: *„Wir haben bisher mehrere Tausende Konterrevolutionäre hingerichtet, auf einen mehr oder weniger kommt es nicht an.“*

Tatsächlich war das schauderhafte Programm „Säuberung von Ungläubigen“ eine Schande in der iranischen Geschichte. Es beinhaltete die Vernichtung von Linken, Liberalen, Monarchisten sowie die Verfolgung der Anhänger anderer religiöser Gruppen wie Bahia, Juden, sogar Muslimen, die sich weigerten, am Freitagsgebet teilzunehmen.

Über die Verbrechen dieser Regierung wurde viel geschrieben. Aber eines davon hat mich mehrere Jahre ganz besonderes geschmerzt.

Wegen eines Mangels an Blutkonserven in den Krankenhäusern ordnete Khomeini an, das Blut von denjenigen, die zum Tode verurteilt worden waren, vor der Vollstreckung abzunehmen und den Krankenhäusern zur Verfügung zu stellen; eine abscheuliche, aber angeblich islamkonforme Maßregel.

Sein Nachfolger Ajatollah Khamenei ging einen Schritt weiter: Er ordnete an, Organe wie Nieren, Leber und so weiter rechtzeitig von den gesunden Gefangenen, die zum Tode verurteilt worden waren, zu entfernen und einer bestimmten Privatklinik zur Verfügung zu stellen.

Die bestimmte Privatklinik gehörte einem Verwandten von Khamenei. Man kann den Verdacht nicht verdrängen, dass die Hinrichtung junge Iraner vielleicht einen politischen Anlass, aber auf jeden Fall ökonomische Gründe hat.«

Meister Radja schwieg wieder. Offensichtlich konnte er nicht weiterreden; es schien, als ob die Wut und Erregung ihm die Kehle zuschnürten. Nach einer Weile ergriff er sein Glas, trank seinen Wein bis auf den letzten Tropfen aus und erzählte weiter: »Mein Vater erzählte, dass, als Khomeini die Macht übernahm, es interessant war zu beobachten, wie jeder Mullah – egal, ob er Theologie studiert hatte oder Analphabet war - versuchte, eine wichtige Position in der neuen Regierung zu ergattern. Sie demonstrierten ihre Loyalität und signalisierten, alles, was der Führer verlangte, bedingungslos zu erfüllen.

Man feuerte sukzessiv fast alle erfahrenen Juristen, Professoren und Manager und setzte stattdessen ungebildete Mullahs in ihre Position, um nach den Gesetzen der Scharia zu richten, zu unterrichten und wichtige Entscheidung zu treffen. Wegen unislamischer Werte inhaftierten sie hunderte Wissenschaftler und übergaben ihre Posten einem Haufen Betonköpfigen, die von Philosophie, Psychologie, Medizin oder Wirtschaft überhaupt keine Ahnung hatten.

Die Iraner bekamen anfangs den Eindruck, dass die neue Regierung mit ihrem sogenannten Gottesstaat eine vorbildliche Republik für das persische Volk errichten wollte.

Sie dachten, mit Khomeini genossen sie ein freies Leben, freie Meinungsäußerung, eine freie Parlamentswahl, einen demokratischen Rechtsstaat, und litten vor allem nicht mehr unter Korruption.

Es hatte keine fünf Jahre gedauert, bis die meisten Iraner bemerkten, dass die neuen Machthaber viel schlimmer waren als die unterschiedlichen Regierungen in der Epoche des Schahs. Denn unter den Mitgliedern der islamischen Regierung konnte man kaum einen Mullah finden, der nicht bloß korrupt war und eigene Interessen verfolgte, sondern mit seinen fanatischen und erbarmungslosen Handlungen das iranische Volk in Zweifel, Hoffnungslosigkeit und Resignation trieb.

Ihre über vierzigjährige Regierungsbilanz: eine Million Tote im Krieg mit dem Irak, mehrere hunderttausend Hinrichtungen, Millionen Verhaftungen, eine zerrüttete Wirtschaft, große Armut und Arbeitslosigkeit und die Isolation Irans von fast der ganzen Welt.«

»Darf ich Ihnen eine Frage stellen?«, unterbrach ihn Sohrab und ohne auf Radjas Zustimmung zu warten, fuhr er fort: »Woher haben Sie diese Informationen? Sie haben erzählt, als Teenager mussten Sie Ihre Heimat verlassen. Sie sagten auch, dass Sie Ihren Vater kaum gesehen haben. Leben Ihre Eltern noch?«

»Nein, die beiden leben nicht mehr. Meine Mutter starb 2004 und mein Vater zwei Jahre später. 2006, nach mehr als 16 Jahren Trennung, besuchte mich mein Vater in Malaga und blieb vier Wochen bei mir.

Ich habe ihn zuerst nicht erkannt. Er schien krank, kraftlos und niedergedrückt. Er sagte, er verfolge mit seinem Besuch zwei Ziele. Zum einen wollte er mich gerne sehen und sich bei mir entschuldigen, weil er seine Vaterrolle nicht hatte erfüllen können. Er betonte jedoch, dass er mich sehr liebte. Sein zweites Ziel raubte mir jedoch den Atem.

Er wollte mir einen großen Karton von Papieren überlassen: etwa 500 Seiten an Kopien von Besprechungsprotokollen und Verordnungen, die er während seiner Tätigkeit als Sekretär und später als Archivar heimlich bei sich zu Hause aufbewahrt hatte. Er versteckte diese Belege ganz geschickt in seinen Koffern und schmuggelte sie unbemerkt aus dem Iran heraus.

Während seines Aufenthalts bei mir erzählte er von seiner Tätigkeit im Gottesstaat, einem Land, das ständiger Schauplatz von Morden, Hinrichtungen, Korruption und Missachtungen von Menschenrechten ist.

In der zweiten Woche, in der mein Vater bei mir zu Gast war, studierten wir gemeinsam einige seiner Dokumente. Schon am ersten Tag war ich erschüttert. Ich bekam den Eindruck, dass unser Land mit seiner ansehnlichen Vergangenheit jetzt unter der Flagge „Gottesstaat" von Dschingis Khan regiert wurde.

Es gab kaum ein Beschluss-Protokoll, in dem man die Wörter „Hinrichtung", „Vernichtung" oder „Verhaftung" nicht fand. Ihre kriminellen Handlungen beschränkten sich nicht allein auf Iran, sondern sie fangen auch im Irak, in Syrien, Palästina und sogar in Europa statt.

Ich empfahl meinem Vater, diese Dokumente dem Internationalen Gerichtshof in Den Haag zu übergeben, aber er war dagegen. Er meinte, er glaube nicht, dass die westliche Welt etwas gegen Iran unternehmen wolle. Sie brauchten den Iran zur Vermittlung im Nahen Osten.

Er bat mich, die Dokumente bei mir aufzubewahren und, wenn ich einmal einen ehrlichen, mutigen iranischen

Enthüllungsjournalisten fände, ihm diese zu überlassen. Ich müsse darauf bestehen, dass er alles ohne Zensur veröffentlicht.

Mein Vater meinte, die grausamen Verbrechen dieser Regierung dürften nicht verdeckt bleiben. Die ganze Welt solle wissen, dass diese Männer keine religiösen Männer, sondern erbarmungslose Gauner im religiösen Gewand seien.

Er bedauerte seine Zusammenarbeit mit Khomeini und später zwangsweise mit seinem Nachfolger Khamenei. Er wollte mit der Veröffentlichung dieser Dokumente auch etwas gegen sein schlechtes Gewissen unternehmen, weil er selbst Mitarbeiter dieser Regierung gewesen war.

Leider starb er drei Monate nach seiner Rückkehr in den Iran in einem Teheraner Krankenhaus.«

»Was haben Sie dann mit der heißen Ware gemacht?«, fragte Sohrab.

»Mehrere Jahre nichts, gar nichts. Die Dokumente steckten in einem Karton im Keller meines Hauses.

Jedes Mal, wenn ich aus dem Keller etwas holen wollte, vermied ich es, einen Blick auf die die Verbrechen des Mullah-Regimes enthüllenden Informationen zu werfen. Ehrlich gesagt: Ich hatte Angst. Es stand fest, dass ich selbst nichts unternehmen wollte; oder, besser gesagt, konnte.

Ich kannte auch keinen iranischen Journalisten, dem ich diese „heiße Ware" hätte zur Verfügung stellen können. Es ärgerte mich, dass ich mit meinem passiven Verhalten die riskanten Bemühungen meines Vaters zunichtemachte und die Informationen verhüllte, die er mühsam gesammelt hatte.

Anfang 2012 versuchte ich dann doch, einen iranischen Journalisten in Europa zu finden, der sich professionell mit der Aufarbeitung dieser historischen Dokumente auseinandersetzen würde.

Ich dachte, ich gäbe ihm den Karton mit den Dokumenten und er könne sich Zeit nehmen und sukzessiv eines nach dem anderen mit den erforderlichen Kommentaren veröffentlichen. Dann hätte ich meine Aufgabe erledigt und die Seele meinen verstorbenen Vater beglückt.

Aber dabei stieß ich auf eine beängstigen Reportage, die mich richtig erschrak. Es stand in diesem Bericht, dass Pasdaran Regimekritiker im Ausland verfolgte und ermordete. Ja, das war für mich ein Schock; ich entschied, den großen Karton weiterhin im Keller zu belassen.

Sechs Jahre später las ich einen interessanten Bericht über einen iranischen Journalisten, der nach mehreren Jahren Gefängnis im Iran nach Schweden geflohen war und dort Asyl suchte. Der zielstrebige Journalist hatte kurz nach Ansiedlung in einem Asylheim begonnen, seine Arbeit für mehrere englischsprachige Zeitungen fortzusetzen. Ich dachte, das müsse mein Mann sein.

Ich las mit großem Interesse seine politischen Kommentare und war von seiner stillen und intellektuellen Auffassung hellauf begeistert. Ich muss sagen, seine Thesen waren sachlich, glaubhaft und überzeugend. Ich entschied, unter einem Pseudonym mit ihm Kontakt aufzunehmen und zu prüfen, ob er der Kandidat war, den ich jahrelang gesucht hatte. Ja, er war mein Retter.«

»Sein Name war Ramin Rastegar. Richtig?«, fragte Sohrab mit einer Nuance von Ironie.

»Ja, richtig. Woher wissen Sie das?«

»Die Welt, von der Sie sprechen, ist in der Tat sehr klein.«

»Sehen Sie, das ist, was ich meinte. Ich habe nicht ohne Grund so viele Jahre nichts getan.

Ich hatte Angst, einen Mitarbeiter der Pasdaran zu erwischen. Aber Ramin ist in Ordnung, er ist ein leidenschaftlicher iranischer Journalist. Er wird nie aufhören, seinen Kampf gegen dieses diktatorische Regime fortzusetzen; er ist ein Patriot.«

»Warum sagen Sie „ist"? Er war ein leidenschaftlicher Journalist, er war ein Patriot. Aber leider lebt er nicht mehr.«

»Was erzählen Sie da? Ich weiß nicht, ob wir von zwei unterschiedlichen Personen reden. Mein Ramin lebt in Stockholm. Er versprach mir, bald mit mir Kontakt aufzunehmen; er wollte festlegen, wo und wann.«

»Ich weiß es. Ich weiß auch, dass Sie unter dem Pseudonym „Kondor" mit ihm kommuniziert haben; mit dem Namen des großen Vogels, der der Bote Gottes ist. Habe ich recht?« Meister Radja schaute ihn verzweifelt an und Sohrab sagte weiter: »Ramin war mein bester Freund. Ich besuchte ihn vor circa vier Wochen in Stockholm. Er erzählte mir stolz von seinen neuen Recherchen und seinem neuen Informanten mit Namen Kondor. Ich war froh, dass er nach mehreren Jahren harten Lebens wieder einen Anschluss an seine alte Welt gefunden hatte. Aber leider, am 21. Januar, überfielen ihn die Killer von Pasdaran in seinem Zimmer und ermordeten ihn. Es tut mir leid, Ihr Partner ist nicht mehr am Leben.«

Das Gesicht von Meister Radja bekam einen bekümmerten Ausdruck und er sagte:

»Oh Gott! Es tut mir leid. Bestimmt bin ich schuld daran, dass er tot ist.«

»Nein, Sie haben damit nichts zu tun. Er war seit ein paar Jahren auf der Liste von Pasdaran. Man wollte ihn schon in Teheran liquidieren, aber er hatte geschafft, rechtzeitig das Land zu verlassen und in Schweden Asyl zu suchen.«

»Das bedeutet, mir bleibt keine andere Wahl, als die Dokumente zu vernichten.«

»Nein, das dürfen Sie nicht tun. Bewahren Sie diese Schriftstücke sorgfältig auf; ich kenne einige zuverlässige Kollegen, die mit den größten Nachrichtenagenturen in Europa arbeiten und diese Papiere gerne veröffentlichen würden. Aber Sie müssen vorläufig Geduld haben. Wenn ich nach Deutschland zurückgehe, werde ich mich darum kümmern.«

Meister Radja schwieg und schien sichtlich traurig. Um ihn etwas abzulenken, wechselte Sohrab das Thema und fragte:

»Sie sagten, dass Sie ein Sufi sind. Ich bewundere Sie. Als ich in Iran lebte, befasste ich mich einige Zeit mit dem bekannten Mystiker und Dichter Molana, der große Philosoph des Sufismus. Ich erinnere mich, dass ich von einem seiner kurzen Gedichte so fasziniert war, dass ich es bis heute nicht vergessen habe. Er schrieb:

Wenn du durch eine harte Zeit gehst und
alles gegen dich zu sein scheint,
wenn du das Gefühl hast, es
nicht mehr eine Minute länger zu ertragen,
gib nie auf, weil dies die Zeit und der Ort ist,
wo sich die Richtung ändert.

Seine klugen Leitgedanken haben mich schon immer fasziniert. Aber ich denke, Molana war für Sie, als begeisterter Sufi, mehr als ein Dichter.«

Mit diesem Themenwechsel bemerkte Sohrab, dass Meister Radjas angespannte Gesichtszüge sich plötzlich entkrampften und wieder ihren natürlichen Ausdruck annahmen. Er sagte lächelnd:

»Ja, Molana ist für alle Sufis mehr als ein Dichter. Er war zu seiner Zeit ein geistlicher Forscher. Er war der Meinung, die drei grundlegenden Komponenten der menschlichen Natur – Verstand, Seele und Körper – können in sich vereint werden und in diese Innung nach Gott suchen. Molana distanzierte sich vom Materialismus und schwärmte vom Spiritualismus.

Wissen Sie, ein Sufi ist gewöhnlich ein mittelloser Mensch, der seine Armut gegenüber Gottes Reichtum klaglos erkennt.

Als erstes lernt man, dass der Mittelpunkt der sufischen Lehre die Liebe ist, die immer im Sinne von Hinwendung zu Gott zu verstehen ist.

Jeder Sufi ist bestrebt, in einer spirituellen Zeremonie seinem Orden der Wahrheit zu begegnen, um zur Vollkommenheit zu gelangen.

Die Suche nach Gott erfordert dabei eine besondere Schulung der Wahrnehmung, die durch verschiedene Methoden wie Musik, Tanz, oder Poesie vermittelt wird. Zum Beispiel dreht man sich in einem Trancetanz minutenlang genau auf einer Stelle, bis man die tiefste Stelle seines Geistes erreicht hat.

Dann kehrt man als jemand, der Reife und Ganzheit gefunden hat, von seiner spirituellen Reise zurück – fähig, zu lieben und der ganzen Schöpfung mit all ihren Geschöpfen zu dienen.

Sufismus ist keine einheitliche Größe und nicht an äußere Vorbedingungen gebunden. Sein Kern ist jedoch immer dasselbe: Das Wissen von der absoluten Einheit Gottes, der Einzige, der wahre Existenz hat.«

»Ist Sufismus ein Konkurrent des Islams?«

»Nein. Meiner Meinung nach kann man ein Muslim, ein Christ oder ein Jude sein und trotzdem die Philosophie des Sufismus ausüben.
Wie gesagt geht es um die Vereinigung von Verstand, Seele und Körper, um Gott nahezukommen.«
»Wo ist Gott?«
»Wir sind der Meinung, man kann Gott in seinem Verstand, seinem Herzen oder seiner Seele suchen. Als Voraussetzung muss man aber an Gott glauben und sich bei einer geistigen Wallfahrt vom Materialismus lösen.«
Meister Radja war wieder in seinem Element; er wirkte ruhig, aufmerksam und verbindlich. Er schien wieder glücklich zu sein. Sohrab wollte ihn noch einmal aus der Reserve locken. Er fragte:
»Sie sagten, man könne ein Muslim, ein Christ oder ein Jude sein und trotzdem ein Anhänger des Sufismus sein. Wie kann man als strenggläubiger Muslim durch verbotenes Vergnügen wie Weintrinken, Sinnenfreude, Gesang und Tanz Gott näherkommen?«
Radja blieb einige Sekunden nachdenklich und sagte dann:
»Es kommt darauf an, über welches islamische Land wir reden. Denn der Umgang mit Verbot und Gebot wird in den islamischen Ländern unterschiedlich interpretiert und praktiziert. In einigen islamischen Ländern wie zum Beispiel Tadschikistan gehen viele Menschen etwas lockerer mit dem Regelwerk der Scharia um, ohne ihren Glauben an den Islam, vor allem an Gott, zu vernachlässigen.
In anderen Ländern wie Iran und Saudi-Arabien hingegen wird der Islam von vielen Fundamentalisten als Mittel zur Durchsetzung ihrer fanatischen Ideologie, aber auch ihrer Machenschaften missbraucht.
Aus diesem Grunde sieht sich der Sufismus leider auch heftiger Kritik vonseiten islamischer Radikaler ausgesetzt.

Sie werfen den Sufi-Bruderschaften Verstöße gegen die religiösen Regeln vor.«

Sohrab griff nach der zweiten Flasche Wein, aber Meister Radja wollte nichts mehr trinken. Er stand auf und verkündete mit einer dankbaren Haltung, dass er gehen wolle.

Vor dem Gartentor sagte er: »Es war für mich eine große Freude, mich mit Ihnen zu unterhalten Wein zu trinken und vor allem über unsere verlorene Heimat zu sprechen. Ich hoffe, wir können das bald wiederholen.«

»Das war für mich auch eine ganz anregende Unterhaltung. Kommen Sie gerne wieder, ich möchte mehr über den Sufismus erfahren.«

Mit einer herzlichen Umarmung verabschiedete sich Meister Radja und verließ das Haus.

11. Subjektive Wahrnehmung

Am Donnerstag, den 31. Januar 2019, flogen Shapoor und Anna planmäßig nach Teneriffa. Mit dieser Reise wollte sich Shapoor vom Stress der riskanten Arbeit der letzten Monate erholen, aber auch seinen sehnlichsten Wunsch erfüllen: Er hatte vor, Anna einen Heiratsantrag zu machen.

Vor knapp einem Jahr hatte er Anna in einem Zug zwischen München und Frankfurt kennengelernt. Ihre reservierten Plätze hatten zufällig nebeneinandergelegen. Während der Fahrt sprachen sie zunächst über banale Themen wie das Wetter, überfüllte Wagen und dann über sich selbst. Anna erzählte, dass sie eine Studentin sei. Sie studiere Psychologie und hoffe, nächstes Jahr mit ihrem Studium fertig zu werden. Sie kam von einem kostenpflichtigen Seminar der Universität München und betonte, dass die behandelten Themen für ihre bevorstehende Diplomarbeit sehr nützlich seien.

Shapoor stellte sich als Wirtschaftsberater vor und sagte, dass er trotz der vielen, anstrengenden Reisen mit seiner Tätigkeit zufrieden sei; vor allem verdiene er viel Geld.

In Frankfurt tauschten sie ihre Telefonnummern aus und Shapoor bekräftigte aufrichtig, er würde sich über ein baldiges Wiedersehen freuen.

Die gewünschten Verabredungen hatten zu Beginn in einem Café stattgefunden, dann hatten sie sich in noblen Restaurants getroffen, waren ins Kino gegangen und, wenn er nicht gerade mit den Planungen für die Ermordung eines iranischen Oppositionellen beschäftigt gewesen war, in Shapoors Wohnung.

Im Gegensatz zu Shapoor schätzte Anna diese Beziehung als oberflächlich ein.

Sie glaubte nicht an eine gemeinsame Zukunft. Denn die widersprüchlichen Angaben ihres Partners bezüglich seiner Tätigkeit, seiner iranischen Familie und seiner Zukunftspläne lösten bei ihr ein gewisses Misstrauen aus. Es schien für sie rätselhaft, warum er manchmal ohne Zwang log.

Wenn sie ihn genauer beobachtete, bemerkte sie fast alles, was sie während ihres Studiums über das Verhalten eines Lügners gelernt hatte: die nervöse Körperhaltung, die offensichtlichen Versuche, lästige Themen zu wechseln, und die Art und Weise, eine unbequeme Frage beantwortete.

Dennoch: Was seine großzügigen Geschenke, die gemeinsamen Besuche im Restaurant, die Kurzreisen in luxuriöse Hotels und so weiter betraf, hielt sie Shapoor für einen netten Kerl und einen angenehmen Freund.

Anna war, im Gegensatz zu Shapoor, eine ruhige und ausgeglichene Frau. Sie hatte ein kindliches Gesicht, rund, mit kleinen und angenehmen, wenn auch unbeweglichen Zügen; ihre blauen Augen unter hohen, ebenfalls unbeweglichen Brauen blickten aufmerksam und fast immer erstaunt. Sie wirkte durchweg bedacht und sachlich. Sie sprach nicht viel, aber wenn sie etwas sagte oder ihren Standpunkt begründete, war sie präzise, logisch und glaubhaft.

In der ersten Woche ihres Urlaubes auf Teneriffa herrschte zwischen ihnen eine fröhliche Stimmung. Sie genossen das schöne Wetter, das leckere Essen und trieben viel Sport – Fitness, Joggen und Wandern.

Am Abend des 8. Februars nach dem Abendessen im Penthouse ihres Hotel-Restaurants entschied Shapoor, seinen Plan, den er zwei Mal hatte verschieben müssen, endlich zu realisieren.

Nachdem er sein zweites Glas Wein getrunken hatte, fasste er besonnen Annas Hand, schaute ihr liebevoll in ihre Augen und sagte:

»Liebe Anna, ich möchte dir eine wichtige Frage stellen. Deine Antwort bedeutet mir viel.« Eine Weile hielt er inne und fuhr dann unsicher fort: »Willst du meine Frau werden?« Anna sah ihn verwundert an und er sagte weiter: »Ich habe dich sehr lieb und möchte dich von ganzem Herzen heiraten.«

Zum ersten Mal in ihrer Beziehung sah er Bestürzung in ihrem Blick und hatte den Eindruck, als habe er eine undenkbare Frage gestellt. Sie blieb minutenlang stumm und dann sah sie ihm direkt in die Augen.

»Warum?«

»Was heißt „warum"? Wir kennen uns gut, wir verstehen uns vollkommen und wir sollten daher unsere Zukunft gemeinsam gestalten. Ich möchte mit dir eine Familie gründen und viele Kindern haben.« Er blieb eine Weile still und dann brach es aus ihm heraus: »Oder liebst du mich nicht? Vielleicht hast du einen anderen Freund? Eine große Liebe?«

»Nein, du bist mein einziger Freund und das ist gut so. Ich möchte in den nächsten Jahren weder dich noch sonst irgendjemanden heiraten. Mein Hauptziel ist der Abschluss meines Studiums und danach möchte ich mehrere Jahre arbeiten und Erfahrungen sammeln. Vielleicht werde ich noch für einige Jahre ins Ausland gehen. Es tut mir leid, ich kann zu deinem Heiratsantrag nicht „Ja" sagen.« Sie überlegte eine Weile und fügte ernsthaft hinzu: »Es gibt noch einen weiteren Grund dafür, dass ich dich auch in Zukunft nicht heiraten möchte.

Weißt du, die Grundlage für eine glückliche Ehe ist nicht nur Liebe, sondern auch Ehrlichkeit; keine Geheimnisse voreinander zu haben und einander uneingeschränkt zu vertrauen.

Ich gestehe, ich mag dich sehr, aber ich kenne dich nicht. Du bist ein freundlicher, lieber Kerl, aber in vielerlei Hinsicht bist du mir fremd und vor allem unzugänglich.

Ich weiß, du hast einen gut bezahlten Job, aber ich weiß nicht, was du machst und wo du wann wie oft unterwegs bist.

Ich habe nicht ausgeschlossen, dass du doch verheiratet bist, und deine wochenlange Abwesenheit damit zu tun hat, dass du deine Familie besuchst.

Ich meine, das ist wohl deine Sache. Von mir aus können wir unsere freundschaftliche Beziehung aufrechterhalten und uns öfter treffen, gemeinsam Urlaub machen, gemeinsam das Kino besuchen, aber heiraten ist ausgeschlossen. Bitte sei mir nicht böse, das ist mein Standpunkt und nicht verhandelbar.«

»Haben deine Bedenken mit meiner Nationalität zu tun? Du willst nicht mit einem Ausländer verheiratet sein?«

»Ach was! Wir sind in dieser Welt alle Ausländer. Du hast offenbar nicht verstanden, was ich meinte. Du bist ein gutaussehender junger Mann. Du kommst aus einem Land – wenn man die letzten vierzig Jahre ignoriert – mit mehreren tausend Jahren glorreicher Zivilisation. Du bist ein intelligenter und gebildeter Mann, aber du bist gleichzeitig ein undurchsichtiger Mensch.

Ich weiß von dir so gut wie gar nichts. Ich habe immer gemerkt, dass du niemals deine Geheimnisse preisgeben willst. Ich denke, du solltest es auch nicht tun, wenn du gewisse Verpflichtungen hast.«

Shapoor blieb still und nachdenklich. Die große Enttäuschung war in seinem Gesicht erkennbar. Er dachte daran, dass er auf keinen Fall mit ihr über seine kriminelle Tätigkeit bei Pasdaran sprechen konnte.

In diesem Fall würde sie gleich aufstehen und ihn für immer verlassen.

Er konnte ihr auch nicht wieder eine Lüge erzählen, um sie so vielleicht umzustimmen. Er wusste, dass sie äußerst intelligent und erfinderisch war. Nach langem Nachdenken sagte er mit ernster Stimme:

»Okay, ich habe dich verstanden und respektiere deine Meinung. Ich schließe dieses Thema mit drei kurzen Bemerkungen ab: Erstens glaube ich, dass du sehr wohl weißt, wie sehr ich dich liebe. Zweitens habe ich noch nie geheiratet und ich habe auch keine andere Frau. Und drittens werde ich dir irgendwann ausführlich von meiner Tätigkeit und den dazugehörigen Verpflichtungen erzählen, damit du mich und mein Leben besser kennenlernen kannst. Aber nicht heute, nicht hier während unseres Urlaubes. Wir sollten unsere Zeit auf Teneriffa genießen. Denn bald müssen wir in unseren Alltag zurückkehren.«

Die nächsten Tage verliefen noch harmonisch, obwohl Shapoor sich öfter verdrossen zurückzog. Er wusste nicht, wie er mit dem Rest seiner freien Tage zurechtkommen sollte. Im Gegensatz zu ihm versuchte Anna, das Beste aus ihren Ferien zu machen. Sie lag fast den ganzen Tag im Hotelgarten, las in einem Buch und gelegentlich schwamm sie im Pool.

Einmal, als beide sich auf eine große Liege am Swimmingpool legten, stieß Annas Blick plötzlich auf ein kleines, grünes Tattoo auf Shapoors. Es war keine Zeichen oder Symbol, sondern ein kurzer, persischer Text.

»Diese merkwürdige Tätowierung auf deinem Oberarm sehe ich zum ersten Mal. Was steht darauf?« Shapoor dachte eine Weile nach, dann antwortete er:

»Es heißt *„in niz bogzarad“*. Das ist ein persischer Spruch, eine Weise, um eine schlechte Situation zu beschönigen. Wenn ich an einen ähnlichen deutschen Spruch denke, fällt mir „Es wird alles gut“ ein.«

»Normalerweise tätowiert man positive Ereignisse; eine Liebe, eine Verlobung, oder man trägt begeistert ein Symbol wie Blumen, Tiere et cetera. Wenn ich dich richtig verstanden habe, deutet dein Tattoo auf schlechte Zeiten hin.«

»Ja, tut es. Eigentlich mag ich keine Tattoos. Aber während meines Militärdienstes haben meine Kameraden und ich beschlossen, jedem einen positiv beeinflussenden Spruch auf den Oberarm zu tätowieren.«

»Wieso? War der Militärdienst so unerträglich?«

»Das war die schlimmste Zeit meines Lebens. Es war die Hölle auf Erden. Jeden Tag zwölf Stunden Militärtraining in der Wüste, und zwar bei einer Hitze zwischen 30 und 40 Grad. Das war mörderisch.

Das Tattoo war für mich eine Therapie, ein Versprechen. Jeden Tag, wenn ich vor einem Spiegel stand und mein Tattoo betrachtete, war ich irgendwie beruhigt.

Ich sagte mir: *„In niz bogzarad, ja, es wird wieder alles gut“*. Oder, um beim genauen Sinn des Spruchs zu bleiben: Diese Episode wird irgendwann vorbei sein.«

»Und offensichtlich hat es funktioniert; du sitzt am Pool eines luxuriösen Hotels und genießt das Leben.«

»Stimmt. Wenn ich damals gewusst hätte, was ich eines Tages mit dir erleben würde, hätte ich meinen ganzen Körper mit diesem Text tätowieren lassen.«

Am nächsten Tag entdeckte Anna eine extravagante Diskothek im Nachbarhotel und wollte abends mit Shapoor dorthin gehen.

Es gab zwei Dinge in Shapoors Leben, die er nie gelernt hatte: Schwimmen und Tanzen. Tatsache ist: Mehr als 50 Prozent der iranischen Männer und 70 Prozent der iranischen Frauen konnten überhaupt nicht schwimmen. Denn in der Schule gab es keinen Schwimmunterricht und auch danach kaum Gelegenheiten, um schwimmen zu lernen. Was das Tanzen betraf, so hatte Shapoor im Gottesstaat Iran keine Möglichkeit gehabt, um zu tanzen; und in Deutschland, wenn es dazu eine Chance gab, hatte er Hemmungen. Besser gesagt: Er konnte nicht und war auch nicht dafür zu begeistern, es zu probieren.

Die entdeckte Diskothek war in der Tat ein wunderschöner Tanzpalast. In einer ganzen Etage gab es mehrere Räume mit unterschiedlichen Einrichtungen wie Bars, Restaurants, Lounges, mehrere Tanzflächen und unaufhörlich bewegungsanregende Tanzmusik.

Die ersten zehn Minuten in der Diskothek hielt sich Anna zurück. Dennoch sah sie Shapoor ab und zu auffordernd an, aber er benahm sich, als ob er ihre Absicht nicht bemerkte, und beobachtete amüsiert die tanzenden Gäste.

Als ein junger Mann Anna fragte, ob sie mit ihm tanzen wolle, willigte sie ohne Zögern ein und ließ Shapoor allein. Sie kam nach fünf Minuten fröhlich zurück und kaum begann Shapoor mit ihr zu sprechen, folgte sie der nächsten Einladung eines anderen Mannes.

Selbstverständlich war Shapoor nicht begeistert. Denn wenige Minuten, nachdem sie mit einem Tanz fertig war, erhielt sie die nächste Aufforderung.

Ihre Tanzpartner waren fremde Leute, alles junge Männer, die Anna, je nach dem Rhythmus der Musik, dicht zu sich zogen. Einer von ihnen, vermutlich ein Spanier, küsste sie sogar während eines langsamen Walzers auf die Wange.
Bei diesem Anblick spürte Shapoor, wie in seinem tiefsten Inneren Wut aufkeimte und er wünschte sich, seine afghanischen Mitarbeiter wären da, um den frechen Kerl einen Kopf kürzer zu machen.

Am nächsten Tag war Shapoor beim Frühstück unverkennbar mürrisch. Als er bemerkte, dass Anna ihn neugierig betrachtete, sagte er launisch:
»Du hast mich gestern Abend enttäuscht. Ich habe mir nicht vorgestellt, dass du mich ausgerechnet in unserem Urlaub absichtlich verletzt.«
»Verletzen? Es tut mir leid, das war nicht meine Absicht. Wenn du ehrlich bist, warst du damit einverstanden, dass wir gemeinsam die Disco besuchen.
Eine Diskothek ist keine Kneipe, wo du Bier oder Schnaps trinkst und über Politik, Sport oder die Nachbarn redest. Man geht dorthin, um zu tanzen und sich ein frei zu fühlen. Dass du nicht tanzen kannst, ist nicht meine Schuld. Ich tanze gerne und habe mich gut amüsiert. Wo war das Problem?«
»Das Problem waren deine wilden Tanzpartner. Was ich die ganze Zeit wahrnahm, war mir peinlich, ja, unangenehm.«
»Was war wirklich das Problem? Deine beeinflusste Wahrnehmung oder was du glaubst, beobachtet zu haben?«
»Ich verstehe nicht. Was ist der Unterschied?«
Sie sah ihn lächelnd an und erklärte:
»Das Thema Wahrnehmung ist das Hauptthema meiner Diplomarbeit.

Nach meinem Verständnis basiert die subjektive Wahrnehmung oft auf bereits bekannten Informationen in unserem Gehirn. Unsere grauen Zellen gieren nach geläufigen Mustern, denn diese lassen sich leichter und schneller bekannten Informationen zuordnen.
Die Psychologen sind der Auffassung, dass das, was wir als Realität ansehen, also ein Produkt unseres Wahrnehmungssystems ist.
Unsere Erziehung, kulturelle Erfahrung, Mentalität und oft Religion spielen dabei auch eine wichtige Rolle.
Die vom Wahrnehmungssystem beziehungsweise dem Gehirn generierte ‚Realität‘ ist also eine andere als das, was von der Physik als ‚Realität‘ vorausgesetzt wird. In anderen Worten: Du hast keinen Grund, eifersüchtig zu sein oder dich benachteiligt zu fühlen. Ein Tanz mit einem wildfremden Mann ist keine sexuelle Beziehung, die du in deiner Wahrnehmung festgestellt hast.« Sie drückte seine Hand, um ihre Ehrlichkeit zu vermitteln. Mit einem breiten Lächeln fuhr sie fort: »Letzten Monat las ich ein interessantes Buch von Paul Watzlawick[2] über die subjektive Wahrnehmung. Er schrieb:

„Nach dem Zweiten Weltkrieg schickte man von amerikanischer Seite aus eine Forschergruppe nach England, um ein soziologisch sehr interessantes Phänomen zu studieren, das es in diesem Ausmaß bisher noch nie gegeben hatte. Es handelte sich um die Durchdringung einer ganzen Bevölkerung durch Hunderttausende von Angehörigen eines anderen Kulturkreises, nämlich durch die amerikanischen Soldaten, die während der Invasion in England stationiert waren. Die Wissenschaftler untersuchten unter anderem auch das Paarungsverhalten

---

[2] 25.7.21 in Villach Kärnten; † 31. März 2007
(vom Unsinn des Sinns oder vom Sinn des Unsinns)

zwischen den amerikanischen Soldaten und den englischen Frauen. Dabei stieß man auf einem seltsamen Widerspruch. Die englischen Frauen bezeichneten die amerikanischen Soldaten als sexuell sehr direkt. Das war von Soldaten ja zu erwarten. Merkwürdigerweise aber sagten die Amerikaner von den englischen Mädchen genau dasselbe.

Man versuchte, diesen Widerspruch zu klären, und stellte fest, dass in beiden Kulturkreisen das Paarungsverhalten vom ersten Blickkontakt der zukünftigen Sexualpartner bis zum Vollzug des Geschlechtsverkehrs durch ungefähr 30 gut feststellbare Stufen läuft.

Allerdings ist in den beiden Kulturkreisen die Abfolge diese 30 Stufen verschieden. So kommt zum Beispiel Küssen im amerikanischen Paarungsverhalten relativ früh und ist eine harmlose Sache, während es im englischen Paarungsverhalten eine sehr erotische Bedeutung hat und daher erst spät kommt. Sagen wir, dass für Amerikaner Küssen bei Stufe 5 kommt, während es sich in England bei Stufe 25 ergibt.

[Man sollte sich vorstellen], was geschah, wenn der amerikanische Soldat annahm, dass der Moment gekommen sei, seine neue Freundin zu küssen. Diese war nun mit einem Benehmen konfrontiert, das nicht in das frühe Stadium der Beziehung passte und nur als unverschämt zu bezeichnen war. Das Mädchen hatte daraufhin zwei Möglichkeiten: entweder sie floh, oder aber – da zwischen 25 und 30 nicht mehr viele Stufen liegen – sie begann, sich auszuziehen."

Ich weiß nicht, ob du verstanden hast, was ich mit diesem Beispiel erklären wollte. Ich wollte sagen, dass doch ein erheblicher Unterschied besteht zwischen dem, was wir als Realität ansehen, und dem, was ein Produkt unseres Wahrnehmungssystems ist.

Es besteht doch ein erheblicher Unterschied zwischen dem, was man erfasst, und dem, was man wahrnimmt. So werden beispielsweise beim Betrachten eines Laubbaumes Millionen von Blättern auf die Netzhaut der Augen gespiegelt, doch ein Mensch nimmt diese nicht einzeln wahr, sondern den Baum als Ganzes.

Was du gestern Abend in der Disco gesehen und worüber du dich geärgert hast, ist ein Produkt deines Wahrnehmungssystems und hat mit der Realität wenig zu tun. Ich habe mit mehreren Leuten getanzt, ich habe mich amüsiert, aber ich hatte nie die Absicht, mit irgendeinem Tanzpartner eine sexuelle Beziehung zu haben.

Wenn wir bei der Geschichte von Paul Watzlawick bleiben, offenbarst du, dass du mit deiner generierten Realität auf Stufe 25 warst, während ich mit meiner Empfindung bei Stufe 3 gewesen bin.«

Shapoor sagte nichts. Er erkannte, dass er keine Chance hatte, ihre Argumente widerlegen. Sie war sehr schlau und vor allem hatte sie kein Verständnis für seine eingeprägte, orientalische Mentalität.

Während der restlichen Tage ihres Urlaubs erfuhr Shapoor eine neue Wirklichkeit: nämlich, dass er, auch wenn er eines Tages nicht mehr für Pasdaran arbeiten würde, trotzdem unmöglich würde Anna heiraten können.

Tatsächlich konnte man kaum zwei völlig unterschiedliche Gesinnungen miteinander in Einklang bringen. Zumal eine geprägt war von religiöser und streng konservativer Erziehung und die andere verwöhnt von einer freien und gleichberechtigten Gesellschaft.

Ihm war klar, dass die Anpassung und Handhabung eines solchen Lebensstils viel Kraft und Willen verlangen würde;

obwohl er nicht wusste, ob er diesen Schritt machen konnte oder wollte.

Am 14. Februar flogen sie nach Frankfurt zurück. Anna fuhr mit der Stadtbahn nach Hause. Zuvor dankte sie ihm für den schönen Urlaub und versprach, ihn anzurufen.

Shapoor fuhr mit dem Taxi nach Hause. Er war immer noch wegen seiner Niederlage enttäuscht und nachdenklich. Er konnte nicht einordnen, ob die Ursache seines Misserfolgs eine übertriebene Erwartungshaltung war oder ob er sich damit, dass Anna eine geeignete Braut für ihn wäre, verschätzt hatte.

Er ärgerte sich, dass er ihr überhaupt einen Heiratsantrag gemacht hatte. Eine so intelligente und emanzipierte Frau wie sie würde niemals jemanden heiraten, ohne zu wissen, wovon ihr Partner lebte und welche Zukunftsaussichten sie hatte. Abgesehen davon, dass sie in den nächsten paar Jahren nicht heiraten wollte.

Um das Thema „Anna Rosenberg" vollkommen aus seinem Gedächtnis auszuradieren, entschied er, ihre Telefonnummer aus seinem Handy zu löschen und sie einfach zu vergessen.

Am Abend verdrängte er seinen Frust und begann, den Fall „Sohrab Parsa-Pour" zu bearbeiten. Seine Adresse in Hamburg hatte er schon vor der Reise nach Teneriffa ermittelt. Er wohnte in einer neuen Siedlung im Stadtteil Wilhelmsburg.

Er entschied, in seiner gelb-orangen Uniform von DHL dort hinzufahren und mit seiner kleinen Videokamera unauffällig das Haus, dessen Sicherheitssysteme und die Umgebung aufzunehmen.

Sollte die Lage gefahrlos erscheinen, wollte er zu dem Haus gehen und während der Übergabe eines Paketes mit vielen alten Zeitungen darin einen Blick in das Haus werfen. Der Trick mit dem Paketdienst hatte bisher immer gut funktioniert.

Am Freitag, den 15. Februar, rief Shapoor sein Team im iranischen Konsulat an. Er wies sie an, sich für die nächste Operation vorzubereiten.

12. Vorbereitung des zweiten Attentats

Am Samstag, den 16. Februar 2019, zahlte Shapoor nach dem Frühstück im Hotel seine Rechnung und ging zu der Tiefgarage des Gebäudes. Er stellte sicher, dass dort, wo sein Transporter stand, niemand zu sehen war und dass es auf dem ganzen Parkplatz keine Videokameras gab.

Er holte schnell aus einem versteckten Holzkasten in seinem Auto zwei Hamburger Autokennzeichen und tauschte sie gegen das originale Frankfurter Kennzeichen aus. Dann stieg er in seinen Wagen, zog die DHL-Uniform an und fuhr in Richtung Hamburg-Wilhelmsburg.

In der Siedlung, in der Sohrab Parsa-Pour wohnte, reduzierte er die Geschwindigkeit. Während er mit Tempo 30 in eine ziemlich schmale Straße fuhr, hielt er seine Kamera hoch und ließ sie jedes Detail der Straße aufnehmen.

Er hatte keine Ahnung, dass sein Opfer längst abgereist war und das aufgenommene Video ihm nichts nutzen konnte.

Als er die Hausnummer 42 erreicht hatte, bremste er und lenkte die Kamera eine Weile in alle Richtungen. Er fuhr bis zum Ende der Straße und dann wieder zurück, parkte das Auto gegenüber Sohrabs Haus, stieg mit einem Paket aus und näherte sich damit der Haustür.

Schon beim ersten Klingeln bemerkte er, dass – auch wenn die Videokameras auf der rechten und linken Seite des Hauses ihn nicht richtig aufnehmen konnten – die Klingelanlage ebenfalls mit einer Kamera ausgestattet war, und möglicherweise sein Gesicht filmte. Ohne sich seine Nervosität anmerken zu lassen, drückte er den Knopf noch einmal. Beim dritten Versuch stellte er fest, dass die Bewohner nicht anwesend waren.

Er drehte sich um und plötzlich blieb sein Blick an einem Jungen – Timo – hängen, der auf dem Balkon des gegenüberliegenden Hauses stand und ihn beobachtete.

»Sie sind nicht zu Hause,« sagte Timo.

»Weißt du, wann sie zurückkommen?«

»Sie sind weg. Sie können das Paket bei uns lassen; wir werden es an sie weiterleiten.«

Shapoor dachte eine Weile nach, dann machte er ein Zeichen, dass er einverstanden war. Er ging zu dem anderen Haus und kurz danach öffnete Timo die Haustür.

»Was ist los mit dir? Du siehst nicht gut aus«, fragte Shapoor lächelnd.

»Ja, mir geht es auch nicht gut. Ich habe Grippe. Muss ich den Empfang des Pakets bestätigen?«

»Es tut mir leid, ich kann dir das Paket nicht geben. Ich weiß nicht, was drin ist. Es steht drauf, dass ich es Herrn Parsa-Pour persönlich aushändigen und er den Empfang bestätigen muss. Sind deine Eltern zu Hause? Vielleicht wissen sie, wohin ich es weiterleiten kann.«

»Nein, meine Eltern arbeiten. Glauben Sie mir, es ist okay, wenn Sie es mir geben. Familie Parsa-Pour hat uns gebeten, alle ihre Postsendungen an ihre neue Adresse zu schicken.«

»Es tut mir leid, das geht nicht. Du kannst Ihre Adresse aber auf dieses Paket schreiben, dann wird es spätestens übermorgen an sie zugestellt.«

Timo überlegte eine Weile und sagte dann:

»Okay. Warten Sie einen Moment, ich hole ihre Adresse.«

Er kam mit einem gelben Umschlag zurück und bevor er etwas sagen konnte, schnappte sich Shapoor den Umschlag und begann schnell, die Anschrift vom Umschlag auf das Paket zu schreiben.

Er war allerdings verwirrt, weil die neue Adresse in Spanien war. Er gab Timo den Umschlag zurück und sagte erleichtert:

»Vielen Dank. Du hast deinem Nachbarn einen großen Dienst erwiesen. Er wird sich freuen, dass seine wichtige Sendung übermorgen in Spanien ankommt. Weiß du, für wie lange er dortbleibt?«

»Nein, leider nicht. Ich weiß nur, dass sie vor zwei Wochen abgereist sind.«

Als Shapoor zu seinem Auto zurückging, bemerkte er, dass Timo von seiner freundlichen Tat nicht sonderlich begeistert war; er sah ihm die ganze Zeit missgestimmt nach.

Shapoor setzte sich in den Transporter und fuhr direkt los. Auf der A7 suchte er sich auf dem ersten Parkplatz eine freie, ruhige Ecke. Als er sicher war, von nirgendwo beobachtet zu werden, tauschte er schnell wieder die Nummernschilder seines Autos aus. Er befürchtete, unterwegs nach Frankfurt möglicherweise von der Polizei kontrolliert zu werden.

Während der Fahrt war er ziemlich verbittert, weil sein Opfer verschwunden war. Wenn er sich das kurze Gespräch mit dem Jungen in Erinnerung rief, stolperte er immer wieder über dessen ungewollte Bemerkung. Der Junge hatte gesagt, dass Parsa-Pour seine Familie beauftragt hatte, alle seine Postsendungen nach Spanien zu schicken. Er hatte ihnen sogar adressierte Umschläge zur Verfügung gestellt. Aber wozu? Wie lange und warum wollte er in Spanien bleiben? Ahnte er, dass er auf der schwarzen Liste von Pasdaran stand und diese Flucht war einfach eine Vorsichtsmaßnahme, oder hatte er einfach nur vor, mit seiner Frau Urlaub zu machen und gleichzeitig seine Postsendungen nicht zu verpassen?

Andererseits fühlte Shapoor sich erleichtert, da er wusste, wo genau er Sohrab suchen musste; vorausgesetzt, dass sein Chef die teuren Reisekosten genehmigen würde.

In Frankfurt besuchte er das Konsulat und schickte seinen Bericht zum Fall Parsa-Pour nach Teheran. Er schrieb, dass, sollte der Auftrag noch dieses Jahr erledigt werden, es erforderlich sei, gemeinsam mit seinem Team ein bis zwei Wochen nach Costa del Sol zu reisen. In diesem Fall brauche er einen ausreichenden Reisekostenvorschuss auf sein ausländisches Konto.

Am 19. Februar, während Shapoor und sein Team auf die Reisegenehmigung nach Spanien warteten, verbrachten sie ihre Zeit im Obergeschoss des iranischen Konsulats in Frankfurt. In einem zwanzig Quadratmeter großen und staubigen Raum lag ein abgenutzter Teppich auf dem Boden, in eine Ecke standen ein dampfender Samowar, mehrere Teegläser und lag eine Schachtel Kekse.

Shapoor, Yusuf und Rasul saßen wie gewöhnlich mit ausstreckten Beinen auf dem Boden, lehnten sich gegen die Wand und tranken Tee. Während Yusuf leidenschaftlich von seiner Tätigkeit bei den Taliban erzählte, reparierte Shapoor seine Werkzeuge.

Ganz stolz berichtete Yusuf von den Überfällen auf ein Kabuler Polizei-Revier, auf eine Mädchenschule und von der bewaffneten Attacke auf einen Basar. Bei jeder Geschichte, die er erzählte, lachte Rasul am meisten und zeigte dabei seine gelben Zähne, was seinem Gesicht einen sehr unangenehmen Ausdruck verlieh.

Shapoor schien von seiner grausamen Erzählung nicht sonderlich eingenommen zu sein. Er konzentrierte sich auf seine Arbeit. Aber irgendwann hatte er doch Lust, sich in ihre Unterhaltung einzumischen. Er unterbrach Yusuf.

»Ich wollte euch immer fragen, wieso ihr Afghanistan verlassen habt und Iraner geworden seid. War das wegen des Geldes oder gab es dafür einen anderen Grund?«

Yusuf sah Rasul eine Weile fragend an, überlegte eine Zeit lang und antwortete dann:

»Es gab insgesamt zwei gute Gründe, die uns dazu motiviert haben, Afghanistan zu verlassen und mit Pasdaran zusammenarbeiten.

Der Hauptgrund war, dass wir nicht mit der neuen Generation der Taliban zurechtkamen. Sie folgten nicht dem guten, alten Taliban-Ehrenkodex. Ich meine, es gab einige Weicheier, junge Truppenführer, die meiner Meinung nach sehr schwach und immer offen für jeden faulen Kompromiss waren. Sie wollten sogar mit den Amerikanern und den Europäern zusammenarbeiten.

Der zweite Grund war natürlich das Geld. Die Pasdaran stellten uns ein gutes Gehalt und eine sichere Zukunft in Aussicht. Sie versprachen, wenn wir die Probezeit bestünden, dürften wir iranische Staatsbürger werden und kämen als Mitarbeiter von Pasdaran in den Genuss einer guten Altersversorgung.«

»Du hast gesagt, „Ehrenkodex“; was heißt das? Mädchen-Schulbusse in die Luft jagen?«

Yusuf ignorierte Shapoors zynische Bemerkung und erwiderte:

»Ehrenkodex heißt, ohne Vorbehalte gegen die Feinde des Islams zu kämpfe und sie zu vernichten.«

»Wie schön! Vielleicht waren die jungen Truppenführer, die du als Weicheier bezeichnest, ja der Auffassung, dass die kleinen Mädchen oder die Polizisten in Kabul, die schließlich auch Muslime waren, nicht ohne Grund getötet werden durften.

Laut dem Koran darf ein Muslim keinen anderen Muslim töten. Habe ich recht?«

Yusuf mochte seine Frage nicht. Es ärgerte ihn, dass Shapoor Themen anfasste, mit denen er sich gedanklich nicht beschäftigen wollte. Bevor er seinem Chef widersprechen konnte, fragte Shapoor weiter:

»Meine zweite Frage betrifft die Pasdaran-Aufträge, die ihr unter meiner Regie erledigen müsst. Ich möchte gerne wissen: Wie fühlt ihr euch, wenn ihr mit eurem Messer jemanden enthauptet? Fühlt ihr euch zufrieden? Fühlt ihr euch glücklich? Oder doch ein bisschen abgehärmt?«

Dieses Mal meldete sich Rasul zu Wort und antwortete spontan:

»Wir machen unseren Job. Yusuf und ich fühlen uns zufrieden, wenn wir unsere Aufgabe einwandfrei erledigt haben.«

»Das heißt, es geht euch nur darum, eure Order vollständig zu erfüllen, aber es ist für euch uninteressant, ob ihr mit eurer Tat gegen islamische Vorschriften verstoßt?«

»Ich verstehe nicht, was du meinst.«

»Ich meine, du tötest einen Menschen. Einen Menschen, von dem du nicht weißt, ob er ein gläubiger Muslim, oder sogar noch ein guter Mensch war. Hast du dabei kein schlechtes Gewissen?«

»Schlechtes Gewissen? Nein. Wen wir töten müssen, ist ein Feind des Islams, ein Ungläubiger. In Sure 2, Vers 191 des Korans steht, dass ich das als gläubiger Muslim tun darf, ja, dass ich es tun muss.«

»Ich möchte meine Frage wiederholen. Woher weißt du, dass der Mann oder die Frau, den oder die du tötest, ein Ungläubiger, eine Ungläubige ist? Den Typen in Schweden hast du vorher nie gesehen.«

Rasul warf seinem Chef einen tadelnden Blick zu, blieb sekundenlang still und erwiderte dann impulsiv:
»Die Hohen Herren in Teheran wissen wohl, wer warum getötet werden muss, und wir glauben an ihren Standpunkt! Als Diener des Gottesstaats erfüllen Yusuf und ich ihre Befehle. Außerdem sagte Ajatollah Khomeini einmal: Wenn wir im Rahmen der Vernichtung der Ungläubigen irrtümlich einen gläubigen Moslem töten, brauchen wir kein schlechtes Gewissen zu haben, denn seine Seele wird im Paradies ankommen.«
Shapoor sah beide Afghanen eine Zeit lang an, ohne eine weitere Bemerkung zu machen.
Er strengte sich an, deren absurde Ausreden zu ignorieren und seine Empörung zu verdrängen. Ihm war wohl bewusst, dass mehrere Jahre Ausbildung und Leben in Europa mit seiner humanen und freien Gesellschaft ihn so umgeformt hatten, dass er solche Aussagen nur noch schwer einstecken konnte. Außerdem konnte er nicht leugnen, dass er selbst der Organisator dieser Attentate war.
Gegen sechzehn Uhr bekam er eine E-Mail von der Verwaltungsabteilung von Pasdaran: Er sollte mit seiner Mission sofort beginnen. Ein vorläufiger Etat in Höhe von 5.000 Euro war bereits genehmigt und auf sein ausländisches Konto überwiesen worden. Der Rest würde nach Vorlage der Reiseabrechnung ausbezahlt.
Prompt war er wieder in seinem Element; er wollte auch die bevorstehende Herausforderung wieder fehlerfrei meistern.
Als erstes buchte er unter seinem venezuelischen Namen und mit der Kreditkarte von der Bank de Caracas einen Ferienbungalow in Marbella.
Wegen der Off-Season hatte er eine große Auswahl an Ferienhäusern und die Preise waren relativ günstig.

Er wählte zwischen zahlreichen Häusern ein großes und preiswertes Objekt aus.

Dann schickte er Yusuf in die Stadt, um für die zwei Tage dauernde Reise durch Frankreich und Spanien ausreichend Lebensmittel zu kaufen, und Rasul sollte sich um eine Schlafgelegenheit im Auto kümmern. Sie wollten am nächsten Tag – am 20. Februar – gegen fünf Uhr morgens nonstop in Richtung Süden fahren.

13. Trampen nach Andalusien

Leonie Grünberg und Pedro da Silva waren Schüler und ein Liebespaar. Sie waren schon vom Sandkästchen an zusammen und gingen nun in die elfte Klasse.

Leonie war ein ausgesprochen schönes Mädchen, achtzehn Jahre alt, blond, schlank, 1,68 Meter groß und hatte eine ungemein selbstbewusste Haltung.

Pedro war knapp 1,80 Meter groß, hatte einen athletischen Körper, dunkle Haare, schwarze Augen und besaß eine starke, männliche Ausdruckskraft.

Sie lebten im gleichen Haus, besuchten die gleiche Schule und hatten beide die vierte Klasse wiederholen müssen; drei Male pro Woche gingen sie gemeinsam in einen Sportverein und sie verbrachten, wenn ihr Taschengeld es ihnen erlaubte, ihre Freizeit im Kino oder in der Diskothek. Jeder in der Familie, aber auch in der Schule wusste von ihrer festen Beziehung.

Wenn Pedro seine Verwandten in Spanien besuchte und Leonie für ein paar Wochen allein ließ, war diese die ganze Zeit über nervös und ungenießbar. Ihre Mutter beklagte dann stets, es wäre billiger gewesen, wenn sie mit ihm zusammen verreist wäre, denn die Summe der Telefonrechnungen war viel teurer, als ein Flugticket es je hätte sein können.

Die Eltern von Leonie waren beide Lehrer und Pedros Eltern betrieben gemeinsam mit einem Landsmann – Jerry – ein typisch spanisches Restaurant in der Nähe der Esplanade in Hamburg.

2018 starb Pedros Vater. Seine Mutter Linda musste nun das Geschäft mit Jerry allein weiterführen. Sie wollte auf keinen Fall ihren Sohn im Restaurant arbeiten lassen.

Er sollte, wie geplant, ungestört seine Ausbildung fortsetzen.

Sie legte Wert darauf, dass er durch seine gute Ausbildung eine vernünftige Stelle bekam und nicht wie sie jeden Tag mehr als zwölf Stunden als Köchin und Kellnerin arbeiten musste.

Jerry war fast zwanzig Jahre älter als Linda. Er war ein guter Koch, lebte allein, verbrauchte sein Einkommen für Schnaps, Zigaretten und Bordellbesuche.

Als er erkannte, wie abhängig Linda nach dem Tod ihres Mannes von ihm war, entschied er, seine Chance zu nutzen und setzte sie unter Druck: Er verlangte, dass sie ihn entweder heiratete, oder er würde kündigen und sich eine neue Stelle suchen.

Linda fühlte sich verzweifelt und wusste nicht, wie sie einen Mann, den sie überhaupt nicht liebte, heiraten konnte, wusste aber auch nicht, wie sie ohne Jerry zurechtzukommen sollte. Nach wiederholten Diskussionen und weiterem Erpressungsdruck gab sie ihren Widerstand auf, informierte Pedro von ihrer Entscheidung und heiratete Jerry standesamtlich.

Ab diesem Zeitpunkt kehrte wieder ein bisschen Normalität in ihr Leben zurück, vor allem der Restaurantbetrieb lief noch besser als früher. Jerry war in der Tat ein kreativer Koch und seinetwegen war das Restaurant jeden Abend bis auf den letzten Tisch besetzt.

Dennoch begann gleichzeitig eine unerträgliche Zeit für Pedro. Sein Stiefvater war kein barmherziger oder toleranter Mensch, im Gegenteil: Er nutzte seine neu gewonnene Position unanständig aus.

Er verlangte von Pedro, jeden Tag drei Stunden in der Küche zu arbeiten. Darüber hinaus bestimmte er, wann Pedro schlafen, wann er seine Freundin besuchen durfte; vor allem aber musste er ihm Respekt erweisen und ihm gehorchen.

Die neue Situation war für Pedro unerträglich, aber er erkannte die Sachlage und zwang sich, alles in seiner Macht Stehende zu tun, um seine Mutter nicht unglücklich zu machen.

Ja, er biss die Zähne zusammen. Mit Geduld und Rücksichtnahme versuchte er, keinen Streit mit seinem unangenehmen Stiefvater zu provozieren. Leider konnte er diese Versuche nicht immer durchhalten. Denn Jerry war ihm gegenüber gemein, gewalttätig und oft feindselig. Je mehr Pedro versuchte, Jerrys verärgerte Befehle zu befolgten, desto mehr wollte der ihn absichtlich demütigten.

Jerry beschimpfte ihn oft: »Wasch das Geschirr, du Ratte. Putz den Boden, du Esel!« Und als Krönung seiner Anmaßung schubste er ihn voller Hass hin und her. Einmal erwischte Jerry Pedro im Lagerraum, als er mit Leonie telefonierte. Er sprang auf ihn zu, entriss ihm sein Handy, warf es auf den Boden und schrie: „Du musst arbeiten. Ich verbiete dir, ohne meine Erlaubnis mit irgendjemandem zu telefonieren!" Und dann verpasste Jerry ihm eine Ohrfeige.

Theoretisch hätte Pedro seinen Stiefvater jederzeit zu Boden ringen und ihn niederschlagen können; der Mann war 1,65 Meter groß und wog höchstes sechzig Kilo. Aber er wusste auch, dass, wenn er seiner Wut freien Lauf und seine Selbstkontrolle fahren ließe, dieses künstlich gebastelte Leben zusammenbrechen würde wie ein Kartenhaus. Das wollte er seiner Mutter auf keinen Fall zumuten. Er blieb stumm, unterdrückte seine Wut und entschuldigte sich für sein unerlaubtes Benehmen.

Die Auswirkungen dieses nervenaufreibenden Zustands waren nach und nach in Pedros Gesicht zu erkennen.

Er sah ständig mitgenommen und verbittert aus. Seine Leistungen in der Schule ließen deutlich nach und sein Kontakt zu Leonie wurde außerhalb der Schule immer seltener und, wenn sie überhaupt miteinander zu tun hatten, dann nur kurz.

»Was habe ich dir getan? Du gehst mir andauernd aus dem Weg. Warum bist du immer so unruhig?«, fragte Leonie verzweifelt, wenn sie ihn irgendwo allein erwischte. Und er antwortete, ohne seine unerträglichen Probleme zu erwähne, dass er zu Hause viel zu tun habe. Aber Leonie ahnte, dass er mit seinem Stiefvater nicht zurechtkam.

Am Donnerstag, den 24. Januar 2019, schickte er eine SMS an Leonie und bat sie, um neunzehn Uhr an ihren Stammtreffpunkt zu kommen. Er wollte sie über eine wichtige Entscheidung informieren.

Seit einer Woche arbeitete er heimlich an seinem Plan: Er wollte weg, weg von diesem missmutigen Leben. Er beabsichtigte, nach Ronda zu seiner Großmutter zu gehen und dort seine Ausbildung fortzusetzen.

Er löste sein Sparbuch auf, kaufte sich ein Flugticket nach Malaga, verstaute heimlich seine Sache in einem Koffer und deponierte ihn in einem Schließfach am Bahnhof.

Niemand wusste, was er vorhatte, auch seine Mutter nicht. Er schrieb nur einen kurzen Brief für Linda und erklärte, dass er sich in Deutschland nicht wohlfühle und bei seiner Großmutter in Ronda leben wolle. Er bat sie, so schnell wie möglich mit seiner Schule Kontakt aufzunehmen und alle seine Zeugnisse an die Adresse seiner Großmutter zu schicken. Er versprach, sich zu melden, sobald er in Spanien angekommen sei.

Der Treffpunkt war in einem Park in Hamburg-Altona. Schon aus der Entfernung bemerkte Leonie, dass mit ihm etwas nicht stimmte. Sie starrte ihn verwundert an, als er mit hängendem Kopf, traurig und gedankenverloren zu ihrem

Treffpunkt kam. Sie fieberte ungeduldig dem Grund entgegen, aus dem er so krank aussah, aus dem er sie so plötzlich treffen wollte, und dann noch an einem kalten und regnerischen Tag.

Endlich stand er ihr gegenüber. Kein strahlendes Lächeln, kein direkter Blickkontakt, keine Umarmung. Dennoch fühlte sie seine rasanten Herzschläge. Sie schaute ihn fragend an und er blieb eine Weile stumm. Dann trug er vor, was er vorher mehrfach geübt hatte:

»Ich habe wenig Zeit. Aber ich muss dir etwas Wichtiges mitteilen. Bitte, bitte stelle mir keine Fragen. Was ich sage, klingt zwar absurd, aber es ist wahr.

Morgen früh fliege ich nach Malaga. Von dort fahre ich mit dem Bus nach Ronda zu meiner Großmutter. Ich werde bei ihr wohnen und meine Ausbildung dort fortsetzen.«

Leonie erwiderte nichts. Sie sah ihn perplex an, nur nach und nach rollten Tränen über ihre Wange. Er sagte weiter:

»Es tut mir leid, ich kann diese Situation einfach nicht mehr aushalten. Seit Monaten erlebe ich keinen einzigen Tag, an dem ich nicht ohne Sorge, ohne Wut ins Bett gehe. Ich glaube, den Grund kennst du. Ja, ich habe jeden Tag Ärger mit Jerry. Jeden Tag macht er mein Leben zur Hölle. Ich habe versucht, seine Beleidigungen zu ignorieren, aber seine Schläge kann ich nicht mehr einstecken. Ich habe Angst, irgendwann meine Selbstkontrolle zu verlieren und seinen Kopf in seine heiße Fischsuppe zu drücken, bis er sich nicht mehr bewegen kann.

Bisher habe ich mich zurückgehalten, denn ich möchte das Leben meine Mutter nicht durcheinanderbringen. Sie ist wieder glücklich; sie freut sich, dass ihr Laden jeden Abend voll ist und sie keine finanziellen Probleme mehr hat. Ich möchte, dass sie glücklich bleibt.

Ich denke, meine Entscheidung ist das Beste für alle: für meine Mutter, für Jerry und für mich.«

»Und meine Gefühle zählen nicht?«, erwiderte Leonie mit gebrochener Stimme.

»Es tut mir leid. Du weißt doch, wie sehr ich dich liebe. Aber ich muss weg. Ich muss verschwinden, weil, wenn ich hierbleibe, ein Unglück passiert.

Malaga ist weniger als drei Stunden Flugzeit entfernt von Hamburg. Sobald du mich besuchen kannst, werde ich dich mit Großmutters Auto vom Flughafen abholen. Außerdem werden wir jeden Tag miteinander telefonieren. Nach dem Abitur können wir irgendwo in Europa zusammen studieren. Diese Trennung ist vorübergehend. Ich verspreche dir, dich während der Schulferien in Hamburg zu besuchen. Selbstverständlich kannst du auch nach Spanien fliegen und deine Ferien bei uns in Ronda verbringen. Glaube mir, diese Entscheidung ist mir nicht leichtgefallen, aber ich muss es tun.«

»Weiß deine Mutter, was du vorhast?«

»Bis jetzt nicht. Ich habe ihr einen Brief geschrieben und – ohne Jerry schlecht zu machen – zu verstehen gegeben, dass ich mich in meinem Umfeld nicht mehr wohlfühle und es für mich besser ist, wenn ich bei meiner Großmutter lebe. Ich versprach, weiter zur Schule zu gehen und meine Ausbildung fortzusetzen.«

»Ist dir klar, dass du mit deiner Flucht zwei Leben zerstörst? Meines und das deiner Mutter?«

»Bitte, Leonie, versuche nicht, mich zu kränken. Ich will kein Leben zerstören; im Gegenteil, ich will Frieden schaffen.

Du hast keine Ahnung, wie Jerry mit mir umgeht. Er provoziert mich andauernd, er schlägt mich auch hin und wieder.

Ich habe Angst, dass ich ihn irgendwann umbringe. Es ist vernünftig, wenn ich von hier verschwinde.«
»Das ist kein Ausweg. Du musst darüber mit deiner Mutter sprechen. Sie hat ein Recht zu wissen, was zwischen euch läuft. Sie wird bestimmt eine Lösung finden.«
»Was soll sie machen? Sich von ihm scheiden lassen? Wenn er sie verlässt, zur Konkurrenz geht und dort arbeitet, muss sie das Restaurant schließen. Das Restaurant läuft, weil er gut kochen kann. Ich will nicht für das Unglück meiner Mutter verantwortlich sein. Nein, bitte keine Diskussion. Es ist besser, wenn ich gehe und sie ihr erfolgreiches Leben fortsetzen kann.«
Leonie schwieg. Sie verstand, dass sie ein mächtiges Problem hatte: Der Mann, den sie von ganzem Herzen liebte, ging von ihr weg. Eine frostige Verzweiflung presste ihr Herz zusammen. Sie wusste nicht, mit welchem Argument sie ihn vom Bleiben überzeugen konnte. Sie stand hilflos da, schüttelte mutlos ihren Kopf, während ununterbrochen Tränen über ihr Gesicht liefen.
»Bitte mach es für mich nicht schwerer, als es schon ist, Leonie. Ich kann mich nicht ständig quälen und diesen Zustand hinnehmen. Ich bin am Ende, ich halte es nicht mehr aus. Bitte verstehe doch, dass ich von hier weg muss.«
Sie standen noch einige Minuten unter unablässigem Regen schweigend und traurig beieinander, bis Pedro ein Zeichen machte zu gehen. Hand in Hand kehrten sie nach Hause zurück. Unterwegs sagte keiner ein Wort. Beide waren pitschnass. Dennoch ließ die Wärme ihrer Hände sie die durchnässte Kleidung und den kalten Ostwind kaum spüren.
Als sie vor ihrer Haustür standen, umarmte Leonie ihn begierig, küsste leidenschaftlich seine Lippen und sagte nach einer Weile:

»Wenn du gehst, komme ich nach. Ich glaube, ohne dich kann ich die Zeit hier nicht durchstehen. Meine Eltern werden bestimmt dagegen sein, aber ich komme nach.«

Pedro sah sie verwundert an. Er wusste, dass sie es ernst meinte. Sie tat immer das, was sie sich vornahm, egal, wie ihre Familie darüber dachte. Pedro drückte sie an sich und erwiderte:

»Bitte sei vernünftig und warte, bis ich mich bei dir melde. Keine Dummheiten, keine übereilten Entscheidungen. Ich denke, in den nächsten Schulferien kannst du schon zu mir kommen. Bis dahin will ich mein neues Leben ordnen.«

Sie umarmte ihn wieder volle Zuneigung, küsste seine Wangen und seine Lippen. »Ich liebe dich, ich liebe dich, du verrückter Ausreißer! Du wirst mich niemals loswerden. Rufst du mich an, sobald du bei deiner Großmutter bist?«

Sie zog sich langsam zurück. Die Tränen rollten weiterhin unkontrolliert über ihr Gesicht, dann verschwand sie schnell im Treppenhaus und ließ den *verrückten Ausreißer* traurig und nachdenklich auf der Stelle stehen.

Am nächsten Tag beeilte sich Pedro gegen sieben Uhr, zum Bahnhof zu kommen, holte dort seinen Koffer aus dem Schließfach, fuhr mit der Bahn zum Hamburg-Airport und um elf Uhr hob seine Maschine Richtung Malaga vom Boden ab.

Leonie wusste, dass sie die Abwesenheit von Pedro nicht aushielt. Sie hatte schon ein paar Male dieses brennende Gefühl in ihrer Seele gespürt, wenn Pedro nur für ein paar Wochen in Spanien gewesen war. Aber dieses Mal fühlte sie sich verloren, entzwei, ja, zerbrochen.

Sie realisierte, dass er nicht zurückkommen würde, jedenfalls nicht wie in der Vergangenheit nach zwei oder drei Wochen. In den letzten Monaten, als Pedro im Restaurant seiner Mutter gearbeitet und kaum Zeit dazu gehabt hatte, mit ihr etwas zu unternehmen, hatte sie ihn zumindest in der Schule sehen und während der Pausen mit ihm sprechen können. Aber jetzt, da der Stern ihres Himmels – so hatte sie ihn immer genannt – auf einmal verschwunden war, schien die ganze Welt für sie kalt, dunkel und bedrückend zu sein. Die erste Woche nach dem unerwarteten Abschied von Pedro musste Leonie zu Hause bleiben. Sie war krank. Alle Symptome eines Liebeskummers wie Verzweiflung, Sehnsucht, Antriebslosigkeit und innere Leere betrübten ihre Seele. Außerdem hatte sie am Abend ihres Abschieds gemeinsam mit Pedro fast eine ganze Stunde unter kaltem Wind im Regen ausgeharrt. Sie hatte sich eine schwere Erkältung geholt. Sie litt zwei Tage unter hohem Fieber und schien die meiste Zeit ohnmächtig.

Am fünften Tag ihrer Erkrankung kam Linda zu Besuch. Sie war bestürzt, als sie die Freundin ihres Sohnes in einem so elenden Zustand sah. Sie küsste ihr Gesicht, strich über ihre Haare und berichtete, dass sie im Auftrag von Pedro da sei. Er mache sich große Sorgen, weil sie nicht an ihr Handy gehe.

Sie erzählte, dass er gut in Ronda angekommen sei und jetzt bei seiner Großmutter lebe.

Er habe schon erste Schritte zur Aufnahme in ein Gymnasium unternommen und warte auf seine deutschen Schulzeugnisse.

Leonie verfolgte ihren Bericht mit großem Interesse, aber blieb stumm, bis Pedros Mutter sich verabschiedete. Als Linda ihr Zimmer verlassen wollte, sagte Leonie leise:

»Ich wünschte, sein Vater wäre am Leben geblieben.«

Linda sah Leonie eine Weile verwundert an und erwiderte:

»Ich auch, ich wünschte es mir auch.«

Eine Woche später ging Leonie wieder zur Schule. Jeder, der Leonie kannte, wunderte sich über ihr passives Verhalten, ihre zaghaften Reaktionen und ihre ungewöhnliche Zurückhaltung. Im Gegensatz zu früher benahm sie sich sehr ernst und redete kaum mit jemandem. Noch auffälliger war ihr Verhalten im Klassenzimmer: Sie beteiligte sich nicht an Diskussionen im Unterricht, sie nahm nicht am Sport teil und während der Pause vermied sie jeden Kontakt mit ihrer langjährigen Clique.

Zu Hause verhielt sie sich nicht anders. Sie sperrte sich in ihrem Zimmer ein und hörte laute Musik mit dem Kopfhörer.

Mindestens zwei Mal pro Woche telefonierte sie mit Pedro und war erstaunt, wie schnell er es geschafft hatte, seine Laufbahn am Gymnasium fortzusetzen. Der einzig beängstigende Gedanken, der sie die ganze Zeit beschäftigte, war, was sie täte, wenn Pedro sich mit einem Mädchen an seiner neuen Schule anfreunden sollte. Deshalb wollte sie während ihrer Telefongespräche immer wieder herausfinden, ob eine Rivalin ihre große Liebe bereits erobert hatte.

Pedro verstand ihre Sorgen und bemühte sich, sie zu beruhigen und ihr glaubhaft zu bekunden, dass er nur sie liebe und sie niemals betrügen würde.

Aber all diese Gespräche und Versprechen konnten Leonie nicht überzeugen und so blieb sie immer unruhig, misstrauisch und war oft aggressiv.

Sie wollte einfach bei Pedro sein, ihm zuhören, ihn umarmen und, wie in den letzten Jahren auch, mit ihm gemeinsame Zeit verbringen.

Einmal fragte sie ihre Eltern nach dem Abendbrot, ob sie ihr erlaubten, Pedro in Ronda zu besuchen. Während des Gespräches schimmerten Tränen in ihren Augen.

Sie erzählte von ihrem Kummer, ihrer schmerzlichen Sehnsucht nach Pedro. Sie gab zu, dass sie sich deswegen in der Schule nicht konzentrieren konnte.

Eigentlich hatte sie erwartet, dass zumindest ihre Mutter sie verstehen und dafür sorgen würde, dass ihr Wunsch in Erfüllung ginge. Aber sowohl ihr Vater als auch ihre Mutter lehnten ihre Forderung ab und gaben ihr zu verstehen, dass sie diesen Schritt niemals machen dürfe.

Ihre Mutter war der Meinung, was sie gerade durchmache, sei nur ein vorübergehendes, „dummes Gefühl“. Bald würde sie einen netten Deutschen kennenlernen und das Thema Pedro nach und nach vergessen.

Und Ihr Vater setzte noch einen drauf, indem er sagte: »Wenn ich dich nächstes Jahr frage: ‚Was ist mit Pedro?‘, dann wirst du mir die Gegenfrage stellen: ‚Wer ist Pedro?‘« Und er fügte hinzu: »Es gibt ein Sprichwort, das besagt: *Wer aus den Augen entschwindet, entschwindet auch aus dem Herzen; das ist nur eine Frage der Zeit.*«

An diesem Abend entschied Leonie, egal wie, Pedro in Ronda zu besuchen. Ihr war bewusst, dass sie sich weder ein Flugticket leisten, konnte noch eine Fahrt mit der Bahn. Sie hatte nur hundertfünfzig Euro in ihrem Portemonnaie. Als einzige Möglichkeit blieb eine Reise per Anhalter.

Am nächsten Tag stand sie während der großen Pause neben Olga, von der sie wusste, dass sie eine Expertin fürs Trampen war.

Leonie wollte wissen, was es bei einer Reise per Anhalter zu berücksichtigen gab.

Olga war eine Deutsch-Russin. Jeder in der Schule wusste, dass sie in den Sommerferien allein per Autostopp in die Türkei, nach Polen oder nach Italien reiste und genauso wieder zurückkam.

Sie erzählte ihren Schulkameraden ständig, dass sie dabei kaum Probleme hatte.

»Olga, du bist eine erfahrene Tramperin. Wenn ich es wage, per Anhalter zu reisen, was muss ich dabei beachten?«, erkundigte sich Leonie, ohne ihre Absicht zu erwähnen. Olga sah Leonie eine Weile prüfend an und erwiderte:

»Reisen per Autostopp sind abenteuerlich, aber etwas unbequem, manchmal auch gefährlich. Ja, wirklich! Wenn man nicht aufpasst, ist es in der Tat sehr unsicher, als Anhalter mitzufahren. Wer sich für diesen Weg entscheidet, muss wissen, dass es darauf ankommt, ob man allein oder zu zweit reist. Zu zweit kann man aufeinander aufpassen. Die meisten Autofahrer würden keinen sexuellen Übergriff riskieren, wenn sie zwei Personen mitnehmen.

Problematisch wird es aber, wenn man allein unterwegs ist, und einen Autofahrer erwischt, der eine Gegenleistung von seiner Mitfahrerin erwartet. Im Klartext: Er will mit ihr Sex.«

»Wie kann man sich in solchen Situationen retten?«

»Retten kannst du dich, wenn du vorher alles gut organisierst und dich abwehrmäßig einigermaßen vorbereitet hast. Unter guter Organisation verstehe ich, dass man, bevor man in das Auto eines fremden Mannes einsteigt, zuerst mit dem Handy die Rückseite des Autos fotografiert. Auch ein Bild von dem Fahrer wäre sehr nützlich. Die aufgenommenen Bilder vom Auto und vom Fahrer muss man sofort an eine bestimmte Person mailen.

Eine Person, die über dein Reiseziel Bescheid weiß und damit einverstanden ist, dass sie, wenn du dich nicht innerhalb einer vereinbarten Zeit meldest, deine Eltern oder die Polizei informiert und die aufgenommenen Bilder an sie weiterleitet. Wohlgemerkt: *Normalerweise* würde der Fahrer, wenn er erkennt, dass die Polizei oder deine Eltern wissen, wo du dich gerade befindest und mit welchem Auto du fährst, von seiner Absicht Abstand nehmen. Entweder bringt er dich zur nächsten Ortschaft oder er schmeißt dich irgendwo an einer Autobahn-Raststätte raus. Aber immerhin erfährst du keine Unannehmlichkeiten.

Aber wenn der Bursche nicht aufgibt, kann es doch eklig für dich werden. Ich meine, es kann sein, dass der Kerl doch versucht, dich zu vergewaltigen.

Dennoch: Wenn du die Bilder bereits an deine Bezugsperson geschickt hast, würde seine kriminelle Handlung nicht verdeckt bleiben. Man weiß schließlich, welches Auto und welcher Autofahrer beteiligt sind.«

Leonie schaute Olga eine Weile ängstlich an. Sie wunderte sich darüber, wie sie so kalt und sachlich über sexuelle Übergriffe sprechen konnte.

»Okay, ich habe verstanden. Aber du hast auch von guter Vorbereitung gesprochen. Was meinst du damit?«

»Unter guter Vorbereitung verstehe ich, dass man die ganze Strecke über online bleibt. Dein Handy muss immer betriebsbereit sein und noch etwas Wichtiges: Entweder musst du einen Ersatz-Akku dabeihaben oder eine geladene Power-Bank mitnehmen, um dein Handy unterwegs zu laden. Denn du findest kaum die Möglichkeit, Strom von fremden Leuten anzuzapfen.

Zu guter Letzt: Kauf dir mindestens zwei Dosen Pfefferspray und stecke sie griffbereit in deine Tasche.

Wenn der Fahrer das Auto unterwegs anhält und anfängt, dich zu befummeln, musst du dich sofort wehren! Wenn du merkst, er meint es ernst, nimm keine Rücksicht, halte die Dose vor seine Augen und drücke fest auf den Knopf – dann rennst du weg, so weit du kannst. Ich habe schon einmal in

Griechenland eine Dose Pfefferspray gegen einen Kerl eingesetzt und konnte mich unverletzt befreien.«

Die beiden Mädchen blieben eine Weile stumm. Leonie überlegte, ob sie eine so lange und vielleicht auch gefahrvolle Reise antreten wollte, vor allem, ob sie in der Lage war, sich so gut vorzubereiten, wie Olga es ihr geraten hatte, und alles für unterwegs zu organisieren.

»Du willst Pedro besuchen, nicht wahr?«, fragte Olga.

Leonie nickte und erwiderte ziemlich verzweifelt:

»Ja, ich vermisse ihn. Ich halte es ohne ihn nicht aus. Meine Eltern wollen mich dabei aber nicht unterstützen und ich will nicht mehr warten. Ich muss ihn unbedingt sehen! Kannst du mich verstehen?«

»Oh ja, ich verstehe dich. Liebe ist geil, aber kann auch schmerzlich sein. Wenn du willst, werde ich dir helfen.«

Leonies Augen blitzten triumphal auf.

»Würdest du das wirklich tun?«

»Ja, ich werde dich unterstützen. Ich leihe dir meine Power-Bank und zwei unbenutzte Pfefferspraydosen. Wenn du sie benutzt, musst du aber für mich Neue kaufen, okay? Du kannst auch die Bilder der Autos und von deren Fahrern an meine E-Mail-Adresse schicken. Und wenn du mich in diese Sache involvierst, musst du mich ständig informieren, wo du gerade bist, wo die nächste Station sein wird und ob alles in Ordnung ist. Ist das klar? Du musst mir auch die Mail-Adressen deiner Eltern geben. Wenn bei dir irgendein Problem auftaucht, werde ich sie informieren.«

Eigentlich hatte Leonie in den letzten Jahren so gut wie keine Beziehung zu Olga gehabt. Sie hatte sie in der Schule oder bei einer Klassenfahrt kaum richtig wahrgenommen. Leonie schämte sich jetzt, dass sie in ihrer elenden Situation auf Olgas Hilfe angewiesen war.

Plötzlich umarmte sie sie überschwänglich und bedankte sich bei Olga. »Du bist meine Rettung! Wenn ich zurück bin, werde ich mich revanchieren.«

Olga sagte nichts. Aber offenbar freute sie sich darüber, dass ihre extravagante Klassenkameradin auf ihre Hilfe angewiesen war. Sie sagte vertrauensvoll:

»Morgen bringe ich meine Power-Bank, das Pfefferspray und eine große Europakarte mit. Wann willst du losfahren?«

»Eigentlich wollte ich schon unmittelbar nach der Abreise von Pedro weg. Aber wenn du morgenfrüh alles mitbringst, was ich brauche, gehe ich nicht zum Unterricht, sondern breche gleich in Richtung Autobahn auf.«

»Kein Problem. Ich warte auf dich gegen sieben Uhr vor der Schule. Vergiss nicht, die E-Mail-Adressen deiner Eltern mitzubringen. Das ist nur für den Notfall. Sonst, wenn alles gut geht, halte ich mich komplett zurück. Ich weiß von nichts.« Olga zwinkerte Leonie verschwörerisch zu.

Sie mussten mit ihrer Unterhaltung aufhören und in die Klassenzimmer gehen; die Pause war zu Ende.

Am Abend desselben Tages bereitete Leonie heimlich ihre Reise vor. Sie verstaute mehrere warme Kleidungsstücke, Unterwäsche, ihre Kulturtasche, eine Taschenlampe, zwei Flaschen Wasser und eine große Packung Schokoriegel in ihrem Rucksack. Ganz leise holte sie aus dem Keller ihren Schlafsack. Sie schrieb einen kurzen Brief für ihre Mutter und erklärte, dass sie unterwegs nach Spanien sei, um Pedro zu besuchen. Ihre Mutter brauche sich keine Sorgen zu machen, sie werde gut auf sich aufpassen und sich aus Ronda zurückmelden. Um keinen Verdacht zu erregen, erschien sie wie gewöhnlich im Wohnzimmer, aß mit ihren Eltern Abendbrot und schaute mit ihnen zusammen eine halbe

Stunde fern, ohne etwas davon mitzubekommen. Ihre Gedanken waren schon bei der bevorstehenden Reise. Gegen zwanzig Uhr wünschte sie ihren Eltern eine gute Nacht und verschwand in ihrem Zimmer.

Die ganze Nacht hindurch warf sie sich in ihrem Bett hin und her, abwechselnd im Halbschlaf und von schrecklichen Träumen geschüttelt. Sie träumte von kriminellen Autofahrern, deren Vergewaltigungsversuchen, aber auch von schrecklichen Autounfällen.

Gegen sechs Uhr stand sie auf, aß eine Kleinigkeit und als sie sicher war, dass ihre Eltern noch schliefen, nahm sie den Ruck- und Schlafsack und verließ das Haus. Den Brief für ihre Mutter hatte sie auf ihr Kissen gestellt.

Als sie vor der Schule erschien, war sie erstaunt: Olga wartete schon auf sie. Offenbar war ihre Schulkameradin aufgeregter als Leonie.

Dann ging alles ganz schnell: Olga gab ihr die versprochene Power-Bank, die Pfefferspraydosen und die Europakarte und Leonie drückte ihr ein Stück Papier in ihre Hand, worauf die Mail-Adresse ihrer Eltern stand. Die beiden umarmten sich voller Emotionen. Als Leonie weggehen wollte, ermahnte sie Olga:

»Denke daran, dass ich dir nur helfen kann, wenn du mich ständig auf dem Laufenden hältst. Ich werde mein Handy Tag und Nacht bei mir haben. Schreib du mir eine SMS, wo du dich gerade befindest, wo der nächste Halt sein soll, und nicht vergessen: Schicke mir die Bilder von den Autokennzeichen und den Fahrern.«

»Ja. Ich habe verstanden. Ich hoffe, die erste Mail mit Bildern bekommst du in einer Stunde.«

Am 19. Februar 2019 um acht Uhr dreißig stand Leonie schon vor der Auffahrt zur A7 – Richtung Süden.

14. Nachbarschaftshilfe

Seit der Abreise des Ehepaars Parsa-Pour und der Einrichtung der Sicherheitssysteme auf ihrem Grundstück beobachteten die zuständigen Mitarbeiter von ISC das gesamte Wohnhaus rund um die Uhr. Die acht Infrarot-Kameras und das neue Beleuchtungssystem ermöglichten es, jeden Besuch und jede noch so kleine Veränderung in diesem ziemlich großen Objekt gründlich zu überwachen.

Die Mitarbeiter waren angewiesen, beim geringsten Verdacht auf Anwesenheit eines Fremden auf dem Grundstück sofort die Polizei zu informieren.

Dennoch bemerkte der zuständige Sicherheitsanalytiker erst am 19. Februar – drei Tage nach dem Besuch des DHL-Paketdienstes am 16. Februar beim Haus von Sohrab Parsa-Pour –, dass etwas mit dem Paketboten nicht stimmte; vor allem sein Auto schien atypisch zu sein.

Aber er konnte nicht sagen, was genau auf ihn verdächtig wirkte. Er prüfte mehrere Male aufmerksam die aufgenommenen Videos und merkte plötzlich, was ihn gestört hatte: Der Postbote trug zwar eine DHL-Uniform, aber der Transporter hatte kein DHL-Logo oder irgendeinen anderen Hinweis, dass er im Auftrag von DHL unterwegs war.

Merkwürdig schien ihm auch, dass, nachdem der Postbote mit dem Nachbarsjungen gesprochen hatte, er das Paket wieder ins Auto nahm und wegfuhr. Warum hatte er nicht, wie andere Lieferanten, das Paket dort abgegeben?

Der Sicherheitsanalytiker notierte das Auto-Kennzeichen und leitete es – mit einem kurzen Bericht und einer Kopie des Videos – an Kommissar Kruse weiter.

Die Überprüfung des Auto-Kennzeichens durch die Polizei löste große Alarmbereitschaft aus; das Nummernschild war vor einem Jahr als gestohlen gemeldet worden.

Diese schockierende Erkenntnis, auch wenn sie harmlos erschien, war für Kommissar Kruse wie eine schmerzliche Niederlage.

Ohne Zeit zu verlieren, fuhr er gemeinsam mit seinem Stellvertreter zu Familie Traber, um herauszufinden, worüber der falscher DHL-Mitarbeiter mit Timo gesprochen hatte.

Offenbar hatte Timo seine Eltern nicht von der Begegnung mit dem Paketboten von DHL informiert; sie wussten von nichts.

Timo, dem sein Fehler bewusst war, machte einen schuldbewussten Eindruck. Aber die ruhige Art von Kommissar Kruse hatte dazu geführt, dass er das ganze Geschehen bildhaft schilderte und am Ende zugab, dass er dem DHL-Boten die Adresse von Familie Parsa-Pour in Spanien weitergegeben hatte.

Kommissar Kruse vermied trotz seiner sichtbaren Verärgerung jeden Kommentar dazu, bat Familie Traber jedoch ernst, in Zukunft niemanden mehr über die Abwesenheit ihres Nachbarn zu informieren. Er übergab seine Visitenkarte und betonte, dass, wenn es in diesem Zusammenhang etwas Neues gäbe, sie ihn sofort informieren sollten.

Als er in sein Büro zurückkam, befahl er, den weißen Transporter mit dem Hamburger Kennzeichen sofort auf die Fahndungsliste zu setzen.

Tatsächlich fühlte sich Kommissar Kruse, der geglaubt hatte, mit der Umsiedlung von Parsa-Pour nach Costa del Sol und der Einrichtung moderner, technischer Geräte in dessen Haus diese Verbrecher unter Kontrolle zu haben, in seiner Haut nicht wohl.

Er machte sich große Sorgen, dass die Killer von Pasdaran ihren Auftrag in Spanien jetzt noch leichter würden erfüllen können als ursprünglich in Hamburg. Er musste alles daransetzen, dass das grausame Ereignis in Schweden sich nicht wiederholte.

Als erstes rief er Sohrab auf seinem Handy an und erzählte ihm, was neulich in Hamburg geschehen war. Er versicherte, er würde alle erforderliche Maßnahme in die Wege leiten, um diese Verbrecher rechtzeitig zu erwischen. Verzweifelt wies er Sohrab darauf hin, dass es für ihn besser wäre, wenn er nach Wien reisen und bei seiner Frau bleiben würde.

»Das kann ich nicht machen,« erwiderte Sohrab ziemlich resigniert. »Der gesundheitlichen Zustand meines Schwiegervaters ist schlechter geworden. Sie haben in Wien genug Probleme, ich kann nicht noch ein neues mitnehmen.«

»Okay, wie Sie wollen. Aber vergessen Sie nicht: Das iranische Mordkommando ist möglicherweise unterwegs nach Spanien. Sie dürfen Ihr Haus auf keinen Fall ohne triftigen Grund verlassen. Schließen Sie bitte alle Türen und Fenster. Ich schicke per E-Mail das Bild eines Mitglieds des Killerkommandos an Sie und an die spanische Polizei. Das ist der Mann, der sich als DHL-Bote verkleidet und Ihre neue Adresse von Familie Traber ergattert hat. Weiterhin werde ich in diesem Zusammenhang die spanischen Kollegen bitten, im Rahmen ihrer Möglichkeiten auf Sie aufzupassen. Ich gehe davon aus, dass nach meinem Telefonat ein Polizeibeamter mit Ihnen Kontakt aufnehmen wird. Ich möchte Sie bitten, mich über das Resultat Ihres Gesprächs per E-Mail zu informieren.«

»Selbstverständlich werde ich Sie auf dem Laufenden halten,« erwiderte Sohrab.

Das Bild von Shapoor in DHL-Uniform, das Kommissar Kruse wie zugesagt als Anhang in seiner E-Mail schickte, war sehr scharf. Man konnte ihn leicht identifizieren. Offenbar hatten die eingebauten Kameras die allerbeste Qualität. Sohrab druckte das Bild auf einem DIN-A4- Blatt aus und klebte es neben ein Bücherregal.

Zwei Stunden später standen zwei spanische Polizisten vor dem Gartentor. Während einer von ihnen unaufhörlich läutete, betrachtete der andere kritisch die Umgebung des Hauses. Sohrab öffnet das Gartentor und bat die Beamten, ins Haus zu kommen. Die erste ihrer Fragen war, ob er Spanisch spräche, was er positiv beantwortete.

»Es freut mich, dass wir uns gut verständigen können. Mein Name ist Mario Zapata; das ist mein Assistent Henry Pique. Ich bin der Chef des lokalen Polizeireviers von Marbella. Wir sind vom Polizeipräsidium in Malaga beauftragt worden, mit Ihnen Kontakt aufzunehmen und Ihnen Polizeischutz zu gewähren, soweit es in unserer Macht steht. Ich gehe davon aus, dass Sie wissen, um was es geht.« Er überreichte Sohrab seine Visitenkarte und sagte weiter: »Ich habe gesehen, dass Sie mehrere Überwachungskameras installiert haben. Können Sie die aufgenommenen Bilder jederzeit sehen?«

»Ja, ich kann jede Bewegung auf meinem Grundstück direkt auf einem Monitor im Wohnzimmer verfolgen.«

»Das ist sehr gut. Sie sollten in nächster Zeit sehr aufmerksam sein und uns beim geringsten Verdacht sofort verständigen. Wenn Sie uns erlauben, würden wir jetzt gerne einen Blick auf Ihr Haus und auf Ihren Garten werfen. Wir wollen sehen, ob man Ihr Grundstück vom Nachbarhaus aus betreten kann.«

Tatsächlich war die einzige Schwachstelle der gemeinsame

Gartenweg zwischen beiden Häusern. Man konnte jederzeit unbeobachtet durch ein kleines Gartentor auf das Grundstück der Familie Parsa-Pour gelangen. Allerdings war dieses Manko von der Straßenseite aus nicht ersichtlich.

Mario Zapata meinte, Sohrab solle einen Techniker damit beauftragen, eine Kamera zwischen beiden Häusern zu installieren und diese in das Gesamtüberwachungssystem zu integrieren, um das Risiko zu minimieren. Als sie sich verabschieden wollten, meinte sein Kollege Henry Pique in solidarischem Ton:

»Rufen Sie uns sofort an, wenn Sie einen Fremden oder eine andere verdächtige Person in der Nähe Ihres Hauses bemerken, egal zu welcher Uhrzeit. Alle meine Kollegen auf dem Revier wissen Bescheid und werden in wenigen Minuten bei Ihnen sein. Anderseits möchte ich Sie dringend bitten, Spaziergänge am Strand oder an Straßen zu vermeiden, besonders an Plätzen, an denen kaum jemand verkehrt. Schließen Sie außerdem alle Türen zu und schalten Sie abends sämtliche Beleuchtung im Garten ein.« Bevor sie sich endgültig verabschiedeten, sagte Mario Zapata, dass er bereits veranlasst habe, dass jeden Tag die Verkehrspolizei mehrere Male bei seinem Haus vorbeifahren und die ganze Umgebung genau beobachten werde.

Sohrab fühlte sich besser, weil die Polizei in Hamburg seine Angelegenheit ernst nahm, und die spanische Polizei dazu anhielt, ihm zu helfen. Was ihm aber als störend erschien, war die Tatsache, dass er jetzt wegen der notwendigen Installation einer Überwachungskamera zwischen ihren Grundstücken Suzan und Brian seine bedrohliche Situation erklären musste. Das war für ihn irgendwie unangenehm.

Er rief gleich seine Frau in Wien an. Wie er vermutet hatte, war der Zustand von Claudias Vater nach wie vor kritisch.

Aber sie war dieses Mal gesprächiger. Sie berichtete von ihrem Tagesablauf und dem gemeinsamen Leben mit ihrem Vater und ihrer Schwester. Sie erzählte, dass sie nebenbei im Auftrag eines Verlages arbeite und diese Tätigkeit sie von ihren bedrückenden Gefühlen ablenke.

Nachdem Sohrab von seiner eigenen, neuen Lage erzählt hatte, fragte er seine Frau, ob sie Suzan anrufen und ihr für ihn die Sachlage erklären könne, ohne die Situation zu dramatisieren. Sie solle für Suzan plausibel machen, dass die Installation einer Kamera zwischen beiden Häusern erforderlich sei.

»Kein Problem, ich werde gleich mit ihr reden. Die Idee mit der Kamera zwischen beiden Gärten finde ich sehr gut; lass sie morgen unbedingt sofort anbringen!«

Gegen zwanzig Uhr standen Suzan und Brian vor seiner Haustür. Sohrab war zuerst erschrocken darüber, Stimmen aus dem Garten zu hören, denn er war sich sicher, dass das Gartentor abgeschlossen war. Aber als er durch den Türspion guckte, erkannte er seine Nachbarn; offenbar waren sie durch das kleine Gartentor zwischen den beiden Grundstücken gekommen.

Er öffnete die Tür und mit einer herzlichen Umarmung ließ er seine Gäste in das Wohnzimmer eintreten. Als sie sich setzten, sagte Sohrab zu Suzan:

»Ich habe heute deinen Garten genauer begutachtet und, wie du gesagt hast, sieht er richtiggehend verwüstet aus. Zugegeben, mein Garten ist in keinem besseren Zustand. Wir brauchen mindestens zwei Tage, um die beiden Gärten in Ordnung zu bringen. Ich schlage vor, wir beginnen gleich morgen Früh mit der Arbeit.«

»Leider kann ich euch nicht helfen. Ich muss morgen direkt

dienstlich nach England reisen und komme erst übermorgen zurück,« sagte Brian entschuldigend.

»Wir brauchen dich nicht. Wenn du dabei bist, säufst du die ganze Zeit und hältst uns nur von der Arbeit ab. Du sollst lediglich deine Leute beauftragen, mit einem Lastwagen hierherzufahren, um damit die Gartenabfälle zur Mülldeponie zu bringen.«, gab Suzan zurück. Offenbar freute sie sich, dass Sohrab sein Versprechen nicht vergessen hatte. Brian wechselte zu einem ernsteren Thema:

»Eigentlich sind wir nicht hier, um mit dir über Gartenarbeit zu sprechen, sondern um dich zu beschimpfen. Warum hast du uns nicht erzählt, dass ein paar Dschihadisten dich umlegen wollen? Wir sind gute Freunde und wir müssen zusammenhalten!« Er sah Sohrab mit ernstem Antlitz an und fügte hinzu: »Weißt du nicht, wer ich bin und welche Möglichkeiten ich habe? Man bedroht dich mit dem Tod und du lässt deine Freunde nichts davon wissen?« Sohrab erkannte sofort, dass seine Frau mit Suzan über die Morddrohung gesprochen hatte und die wiederum mit ihrem Mann.

»Mach uns einen starken Drink und ich werde dir sagen, wie man diese Dschihadisten zur Hölle schickt.« Kaum hatte Sohrab Brians Glas mit Whisky gefüllt, kippte er alles auf einmal runter und verkündete ziemlich stolz: »Du weißt doch, wo ich stationiert bin. Meine Soldaten leiden unter Langeweile. Bei uns ist nicht viel los. Jeden Tag nur die allgemeine Reinigung, ein paar Stunden Militärübungen, dann essen und schlafen. Meine Jungs würden sich riesig freuen, wenn sie sich wie in einem echten Krieg mit schwarz beschmiertem Gesicht in den Büschen unserer Gärten verstecken und auf diese verdammten Terroristen lauern könnten. Sie würden liebend gerne Hackfleisch aus ihnen machen!«

»Was erzählst du da? Deine Soldaten sind Engländer.

Wir befinden uns in Spanien, nicht in Gibraltar,« protestierte Suzan.

»Es ist mir völlig egal, in welchem Territorium wir uns befinden. Wer unbefugt unsere Grundstücke betritt, vor allem mit Mordabsicht, muss mit einer heftigen Reaktion von uns rechnen. Das ist kein offensiver Angriff; wir verteidigen uns. Das kann dir jeder Richter bestätigen.«

»Das ist nett von dir, dass du mir mit ‚deinen Jungs' helfen willst,« erwiderte Sohrab und füllte wieder sein Glas. »Aber die spanische Polizei weiß Bescheid und sie will mein Haus konstant überwachen. Ich glaube, es ist besser, wenn du dich zurückhältst.«

»Die spanische Polizei kannst du vergessen, Sohrab. Glaub mir, sie wird vielleicht ein paar Mal am Tag bei deinem Haus vorbeifahren, aber du kannst dich nicht darauf verlassen, dass sie Tag und Nacht auf dich aufpasst. Man darf diese verdammten Terroristen nicht unterschätzen, sie haben nichts zu verlieren. Wir müssen sie in eine Falle locken und dann eingreifen.

Meine erfahrenen Soldaten sind hungrig nach echter Aktion. Lass die Jungs dir helfen und auch ein wenig Spaß haben. Selbstverständlich werde ich auch dabei sein. Du kannst jeden Abend beruhigt schlafen gehen: Wir werden uns im Garten verstecken und auf sie warten. Alles, was du tun musst, ist, eine Thermosflasche Kaffee, kalte Getränke und meinetwegen eine Flasche harten Alkohol irgendwo in den Garten zu stellen, damit die Jungs sich wachhalten können.« Er trank mit großem Genuss seinen Whisky bis zum letzten Tropfen aus und sprach lächelnd weiter: »Wenn du noch eine Flasche von diesem zwölfjährigen Scotch hast, wird diese Mission noch mehr Freude machen.«

»Nehmen wir an, deine Soldaten erwischen die Killer im

Garten. Was würden sie mit ihnen machen? Sie haben keine Befugnis, sie zu verhaften«, fragte Sohrab.
»Bist du naiv oder hörst du mir nicht zu? Wer redet von Verhaftung? Überlege, was das für eine Situation wäre, wenn bewaffnete Killer in unsere Grundstücke einbrächen. Sie kämen bestimmt nicht, um ein Mitternachtsgebet zu sprechen. Sie kämen, um dich zu töten. Verstehst du? Sie wollen dich enthaupten. Mit solchen Killern geht man nicht sanft um, sondern man schießt mit einem Revolver Kaliber 36 direkt zwischen ihre Augen.« Er bemerkte schon, dass weder seine Frau noch Sohrab von seiner Idee begeistert waren. Er bemühte sich, noch deutlicher zu werden: »Wenn ich dich richtig verstanden habe, weiß die Polizei Bescheid. Also ist die Sachlage eindeutig. Wir verteidigen uns und, wenn sie dabei ihre dreckigen Leben verlieren, so what? Das ist ihr Pech.« Er bediente sich selbst am Whisky, ein merkwürdiges Lächeln zuckte auf seinem Gesicht und er erklärte in angeheitertem Ton weiter: »Ich denke, wenn wir sie umgelegt haben, wäre es nicht nur gerecht, sondern auch überaus lustig, ihre besten Stücke abzuschneiden, damit sie, wenn sie im Paradies landen, kein Glück mit den versprochenen Jungfrauen haben!«
Suzan schaute Sohrab entschuldigend an, versuchte, ihr Lächeln zu verbergen, und sagte zu Brian:
»Komm, jetzt reicht es, du bist betrunken. Die Idee mit der Überwachung durch deine Soldaten ist nicht schlecht, aber wir wollen kein Blut vergießen. Das soll die Aufgabe der spanischen Polizei sein.«
Brian schüttelte seinen Kopf, während er laut lachte. Er sah seine Frau belustigt an.
»Du hast nicht verstanden, was ich meinte, Suzi.
Du weißt doch: Ich war mehrere Jahre im Irak stationiert

und ich kenne diese Fanatiker. Sie sind fest überzeugt davon, dass, wenn sie einen Ungläubigen töten oder von einem Ungläubigen getötet werden, ihre Seele im Paradies landet, wo viele schöne Jungfrauen – sogenannte Huri – auf sie warten. Ich persönlich glaube an solchen Nonsens nicht, aber wenn an dieser Hypothese doch etwas dran ist, sollten wir es verhindern. Es wäre für sie die beste Strafe, wenn sie im Paradies landen und schmerzlich bemerken, ja, da fehlt doch was! Und sie kommen nicht in den Genuss ihrer Belohnung.« Er lachte jetzt lauter und fügte stockend hinzu: »Ich meine, dass sie feststellen, dass sie nicht die All-Inklusiv-Leistungen des Paradieses in Anspruch nehmen können.« Er sah Suzan freudig an und ergänzte seine Idee: »Stell dir vor, die Kerle landen im Paradies, die blonden Jungfrauen strömen zu ihnen und die Terroristen merken enttäuscht, dass sie in den Sektor für Schwule gehen müssen!«

Suzan stand auf, schüttelte befremdet ihren Kopf, zog die Hand von Brian und sagte: »Lass uns gehen und morgen, wenn du wieder nüchtern bist, werden wir uns darüber unterhalten. In diesem Zustand redest du nur Unsinn; sowas Makabres … die besten Stücke von Terroristen abzuscheiden!« Sie sagte zu Sohrab:» Ich bin sehr froh, dass wir unsere Gärten wieder fit machen wollen. Ich werde mich gegen neun Uhr bei dir melden.«

»Ich freue mich auch. Ein bisschen Bewegung und Ablenkung wird mir guttun. Also bis morgen.«

Brian wollte noch etwas sagen, vielleicht auch noch ein Glas Whisky trinken, aber Suzan war entschlossen zu gehen. Sie zog Brian aus der Wohnung, wünschte Sohrab eine gute Nacht und ging mit Brian durch das kleine Gartentor in Richtung ihres Hauses.

Als Sohrab die Haustür schloss, hörte er, wie Brian zu seiner

Frau sagte: »Kannst du dir diese Szene vorstellen? Die Dschihadisten landen im Paradies, die Huris kommen ihnen erwartungsvoll entgegen und die Terroristen sagen: Sorry, Darlings, wir müssen in eine andere Abteilung gehen.« Und lachte schallend.

*

Wie Sohrab vermutet hatte, brauchten sie fast zwei Tage, um die beide Gärten ordentlich aufzuräumen und teilweise neu zu gestalten.

Am 20. Februar begannen Sohrab, Suzan und Carmen, ihre spanische Putzfrau, systematisch damit, verfaulte oder langgewachsene Äste zu schneiden, Unkraut zu beseitigen und den hochgewachsenen Rasen zu mähen. Es war eine mühsame und auch knochenharte Arbeit.

Währenddessen installierte ein Elektriker eine Videoüberwachungskamera zwischen den Häusern und band sie am dazugehörigen Monitor an, indem er sie in die schon bestehende Sicherheitsanlage integrierte.

Am Ende des zweiten Tages, am 21. Februar, stand ein Berg abgeschnittener Äste, verfaulter Buchenzweige, jede Menge Laub und Rasenschnitt.

Gegen Nachmittag kam Brian mit zwei Soldaten, räumte die Gartenabfälle auf und brachte sie zur Mülldeponie.

Suzan und Sohrab sahen erschöpft aus, aber freuten sich über den neuen, frischen Look ihrer Gärten. Bevor Sohrab zum Duschen ins Haus ging, sagte Suzan zu ihm:

»Als Dankeschön möchte ich dich morgen früh zu einem original englischen Frühstück einladen.«

»Mit dem größten Vergnügen. Wann soll ich kommen?«

»Wir erwarten dich ab neun Uhr.«

»Mal sehen, ob ich so früh überhaupt schon aus dem Bett herauskomme.«

15. Begegnung mit dem Killerkommando

m zweiten Tag ihrer Reise nach Andalusien stellte Shapoor wieder einmal verärgert fest, dass er nie mehr zusammen mit den beiden Afghanen reisen würde. Sie sägten die ganze Zeit unentwegt an seinen Nerven.

Seit Yusuf und Rasul seinem Team zugeordnet worden waren, reisten sie die meiste Zeit getrennt: er mit seinem Auto und sie mit der Bahn, dem Flugzeug oder per Bus.

Bei dieser Mission mussten sie aber doch zusammenfahren, denn er hatte kaum Zeit gehabt, um für sein Team andere Transportwege zu organisieren. Für ihn war es unerträglich, zwei Tage neben diesen kaltschnäuzigen Afghanen zu sitzen und ihren niveaulosen Gesprächen zuzuhören.

Wie immer, wenn er mit ihnen zu tun hatte, gab es gewisse Störfaktoren, die bei ihm zu Empörung und Passivität führten: Zum Ersten sprachen Yusuf und Rasul die ganze Zeit laut und nach seinem Geschmack wieder nur dummes Zeug. Zum Zweiten konnte Shapoor auch jetzt ihren Körpergeruch kaum aushalten – das würde er nie können.

In Frankfurt hatte er beide unter Druck gesetzt: Bevor sie in sein Auto einstiegen, sollten sie sich im Badezimmer des Konsulats gründlich duschen.

Sie waren seiner Anweisung nörgelnd gefolgt, hatten jedoch wieder die gleiche Unterwäsche und Kleidung angezogen, die sie davor schon getragen hatten; so konnte man ihren Gestank noch immer riechen, ganz besonderes nach den ersten acht Stunden Autofahrt.

Es war geplant, die ganze Strecke ohne Übernachtung durchzufahren; alle zwei Stunden sollte einer von ihnen der Fahrer sein und die anderen konnten sich im Laderaum hinlegen. Aber Rasul und Yusuf waren unzertrennlich: Entweder setzten sie sich gemeinsam in das Fahrerhaus oder sie legten sich zusammen zum Schlafen in den Laderaum.

Während der Fahrt konnte Shapoor ihre lauten und ununterbrochenen Diskussionen kaum ertragen. Manchmal stritten sie miteinander über ihre Zeit in Afghanistan oder debattierten über die europäischen Frauen.

Yusuf wollte unterwegs – er betonte nebenbei, natürlich nur, wenn der Chef es erlaube – eine blonde, französische Frau finden und mit ihr Sex haben. Das hatte er sich immer gewünscht, aber noch keine Gelegenheit dazu bekommen.

Er behauptete, dass er von einem Freund in Afghanistan erfahren habe, dass die europäischen blonden Frauen, besonderes die deutschen oder französischen, schwarzhaarige Männer aus Asien bevorzugen würden.

Während Shapoor im Laderaum war, tat er so, als ob er schlafe und ihre Gespräche nicht hörte.

Rasul, der von der Idee seines Kumpels begeistert war, meinte, wenn Allah seinen Wunsch erfülle, solle er diese Geselligkeit mit einem Vers aus dem Koran legitimieren. Er wusste aber nicht, welche Sure des Korans er aussprechen sollte. Dann sagte er etwas lauter, damit Shapoor es besser hören konnte: »Vielleicht weiß ja der Chef, welche Sure man aufsagen muss – schließlich lebt er seit Jahren in Europa und hat bestimmt genug Erfahrungen.«

Dann debattierten sie leidenschaftlich darüber, ob es Sünde sei, mit einer nicht-islamischen Frau zu schlafen und ob die Aussprache einer Sure des Korans diese Sünde gegebenenfalls legalisieren könne.

Die Frage stachelte Yusuf emotional so an, dass er sich, ohne darüber nachzudenken, ob Shapoor gerade schlafe, plötzlich umdrehte und in den Laderaum rief:

»Chef, was meinen Sie? Darf man mit eine unislamischen Frau verkehren? Und wenn ja, welche Sure aus dem Koran muss man lesen?«

Shapoor, der die ganze Zeit versucht hatte, ein bisschen auszuruhen, stand auf, warf einen verächtlichen Blick auf Yusuf und sagte mit fester Stimme:

»Die Frage musst du anders formulieren, du Schwachkopf. Du musst dich fragen, ob sich eine europäische Frau mit einem peinlich aussehenden Typen wie dir oder Rasul auf eine solche Geselligkeit einlassen würde!«

Die Antwort wirkte zunächst wie ein Eimer eiskalten Wassers auf die heißen Köpfe der Afghanen. Sie blieben mehrere Minuten still und schauten sich gegenseitig entsetzt an. Shapoor spürte schon das Feuer ihrer Wut. Plötzlich bremste Yusuf scharf ab, hielt das Auto am Rande der Autobahn an und schrie:

»Wir fahren nicht mit! Wir steigen hier aus.«

Der laute Schrei von Yusuf und das Knirschen der Bremse erschraken Shapoor. Er sah völlig fassungslos aus. Für eine Weile betrachtete er seine Mitarbeiter mit hasserfülltem Blick; dann brüllte er:

»Seid ihr verrückt geworden? Was soll das werden, du Idiot?«

»Ich sagte schon, wir fahren nicht mit. Wir haben die Nase voll von Ihren Beleidigungen. Wer, glauben Sie, dass Sie sind? Prinz Pahlavi?«

»Sei still, du hässlicher Affe. Sonst werde ich gleich den General anrufen und ihm von eurem Aufstand berichten. Dann werdet ihr merken, was dieser Streit für Konsequenzen hat. Ihr werdet in einer Woche nach Afghanistan abgeschoben und dort müsst ihr dann die Schuhe der Taliban putzen!«

Er stieg wütend aus dem Laderaum, öffnete die Beifahrertür und mit einer aggressiven Haltung befahl er Rasul und Yusuf, dass sie aus dem Fahrerhaus aussteigen sollten, was sie auch unverzüglich taten. Dann forderte er sie auf, sofort in den Laderaum zu klettern.

Schuldbewusst und mit hängenden Köpfen stiegen die beiden Afghanen aus dem Auto und betraten ohne weitere Proteste den Laderaum. Shapoor setzte sich an das Steuer und beschleunigte wieder den Wagen, noch bevor sich sein Team im Ladenraum richtig positionieren konnte.

Die ermahnende Beschwerde beim General war wie ein zweiter Eimer kaltes Wasser auf Yusufs Wutausbruch. Er blieb die ganze Zeit ruhig, dennoch bekam sein Gesicht nach und nach eine blasse Farbe und seine Hände zitterten fürchterlich.

Rasul, der die meiste Zeit versuchte, besonnen zu wirken, drückte die Hände seines Kumpels solidarisch und forderte ihn aus dem Augenwinkel auf, sich zu beruhigen.

Danach herrschte eine angespannte Ruhe. Alle zwei Stunden wechselten sie den Fahrer und die anderen beiden konnten sich ausruhen.

Auf der zweiten Etappe der Reise, mit Ausnahme der Kaffee- und Mittagspausen oder zum Tanken, fuhren sie hunderte Kilometer durch Frankreich. Die beiden Afghanen bemühten sich, die ganze Zeit ruhig zu bleiben – sie wisperten miteinander und für Shapoor kaum hörbar. Dennoch: Kurz, nachdem sie die Pyrenäen überquert hatten, geschah noch eine dramatische Szene.

An der spanischen Grenze, während Shapoor wieder einmal sein Auto volltankte, saßen die beiden Afghanen in dem fast leeren Coffeeshop der Tankstelle. Offenbar war die unbeherrschte Auseinandersetzung schon vergessen. Yusuf und Rasul tranken schweigend ihren Tee und glotzten ein junges, blondes Mädchen an, das aufmerksam eine große Europakarte studierte.

Das junge Mädchen – es war Leonie – war für jeden Betrachter unverkennbar eine Tramperin. Neben ihr lagen ein Rucksack und ein gebündelter Schlafsack.

Vor ihr stand eine Tasse Kaffee und ein angebissenes Biskuitstück lag auf dem Tisch.
»Ist das nicht ein wunderbarer Zufall? Ein blondes, alleinstehendes Mädchen an diesem gottverlassenen Ort? Ist das nicht das, wovon du immer geträumt hast?«, wollte Rasul mit einem triumphalen Lächeln von seinem Kumpel wissen.
»Klar, das ist es. Ich habe gehört, Tausende von solchen Blondinen reisen per Anhalter durch Europa und sie haben nichts dagegen, sich für eine kostenlose Fahrt zu revanchieren«, antwortete Yusuf. Er fügte ärgerlich hinzu: »Ich kann nicht verstehen, warum sich Shapoor so abartig benimmt. Was ist dabei, wenn wir unterwegs ein bisschen Spaß haben?« Er hielt inne und fügte dann mit trotziger Miene hinzu: »Eigentlich ist mir egal, was er dazu sagt. Ich frage ihn ja auch nicht, warum er manchmal nach Alkohol riecht. Ich mache, was ich will.« Plötzlich stand er auf und fügte hinzu: »Ich möchte es doch probieren; vielleicht nimmt das Mädel mein Angebot an.« Und mit entschlossenem Gesichtsausdruck nährte er sich Leonie und fragte in gebrochenem Englisch:
»Hello, you need help? You need a ride? I have a car. You come with me.«
Leonie war perplex. Eine Weile lang sah sie Yusuf mit einer Mischung aus Angst und Verwunderung an.
Eigentlich hätte sie bei einem solchen Angebot jubelnd hochspringen und sofort mit ihm zu seinem Auto gehen müssen. Denn bevor sie sich in den Coffeeshop gesetzt hatte, hatte sie bei einem unangenehmen kalten Wind fast zwei Stunden am Rande der Auffahrt zur Autobahn stehen müssen und versucht, die vorbeifahrenden Autofahrer zu bitten, sie mitzunehmen. Aber keiner hatte Interesse gezeigt, alle waren schnell an ihr vorbeigefahren. Allmählich hatte sie Angst bekommen, dass es bald dunkel würde und sie bei dieser beißenden Kälte irgendwo im Busch würde übernachten

müssen. Schließlich hatte sie es aufgegeben und war enttäuscht zum Coffeeshop zurückgekehrt. Und jetzt, jetzt bot jemand unaufgefordert seine Hilfe an.

Obwohl sie kaum Erfahrung mit fremden Menschen hatte, spürte sie sofort, dass das Angebot an eine Bedingung geknüpft war. Sie fand in den blitzenden Augen von Yusuf nicht Gutes. Er betrachtete sie so, wie ein Raubtier seine Beute schon als gejagt ansah. Sie schüttelte ablehnend ihren Kopf und studierte weiter ihre Landkarte.

Yusuf wollte nicht lockerlassen. Er zeigte auf den Transporter an der Tankstelle und bemühte sich, sie mit seinem begrenzten englischen Wortschatz zu überzeugen.

»You see that? That is a big car. You can sleep in it. Understand?«

»Where is your Destination?«, fragte Leonie, war aber immer noch skeptisch.

»We drive to direction Malaga.«

Das war in der Tat genau die Richtung, in die sie schon seit Stunden fahren wollte. Dennoch war sie immer noch unsicher; der Bursche schien unaufrichtig, ja, ziemlich gefährlich zu sein. Sie wusste nicht, wie sie sich entscheiden sollte. Noch eine Nacht wollte sie aber auch nicht auf dem kalten Boden schlafen.

Einen Moment dachte sie an die Vorsichtsmaßnahmen, zu denen Olga ihr geraten hatte: wenn sie in ein fremdes Auto einstieg, von dem Auto und dem Autofahrer Bilder machen und die Daten an ihre Mitschülerin weiterleiten. Außerdem immer eine Hand auf die Pfefferspraydose halten.

Während sie überlegte, ob sie seinen Vorschlag annehmen oder doch ablehnen sollte, nahm Yusuf ihren Schlafsack an sich und sagte mit einer übertriebenen Höflichkeit, dass sie ihm folgen solle. Inzwischen war Shapoor mit dem Tanken seines Autos fertig, zahlte an der Kasse für den Sprit und hatte die Absicht, vor der Weiterfahrt noch eine Tasse Kaffee zu trinken.

Plötzlich stieß sein irritierter Blick auf Yusuf, der mit einer Hand einen Schlafsack trug und mit der anderen versuchte, ein fremdes Mädchen gewaltsam zum Transporter zu ziehen.

Er beeilte sich zur Eingangstür, wo Yusuf sich bemühte, das Mädchen zum Folgen zu motivieren. Den Afghanen interessierte es überhaupt nicht, dass es nicht mitfahren wollte.

»Warte! Warte, was machst du Yusuf?«, fragte Shapoor, unverkennbar verärgert.

»Diese junge Dame möchte bei uns mitfahren,« antwortete Yusuf, fast ein wenig peinlich berührt.

»Was hast du vor? Sie ist fast noch ein Kind!«

»Ach was! Im Vergleich zu meiner ersten Frau ist sie ein erwachsenes Weib. Meine Frau war zwölf Jahre alt.«

»Du bist ein ekelhaftes Schwein!« Shapoor schubste Yusuf zur Seite und sagte zu Leonie auf Englisch:

»Sorry, we cannot take you. « Und dann befahl er Yusuf, dass er sofort zum Auto gehen solle.

Leonie, die erleichtert war, nickte zustimmend, kehrte schnell zu ihrem Tisch zurück und beobachtete von dort eine unfassbare Szene. Sie sah, wie Yusuf Shapoor böse beschimpfte, woraufhin Shapoor ihm eine schallende Ohrfeige verpasste.

Einen Moment lang wirkte es so, als wolle Yusuf zurückschlagen, aber dann beherrschte er sich doch wieder schnell, blieb still und stumm. Offenbar hatte er Angst vor weiteren Schlägen.

Shapoor schien außer sich. Seine Lippen bebten vor niedergepresstem Zorn. Mit einer autoritären Handbewegung zeigte er auf das Auto und befahl Yusuf, sofort einzusteigen. Dann tat er das Gleiche mit Rasul, was der wie ein braver Hund über sich ergehen ließ.

Shapoor verzichtete auf seinen Kaffee, ging selbst ebenfalls zu dem Transporter, setzte sich in den Fahrerraum, schaltete den Motor ein, und fuhr, nachdem er die Tankstelle verlassen hatte, schnell auf der A7 in Richtung Barcelona.

Die Afghanen hielten sich im Laderaum wieder ungewöhnlich ruhig; man hörte kaum einen Ton. Dennoch konnte Shapoor, wenn er sich anstrengte, ihren flüsterartigen Gesprächen zuhören und er bemerkte dabei, dass Yusuf seine unbedachte Tat bereute. Aber er interessierte sich nicht dafür. Eines war ihm klar: Dies war, das letzte Mal, dass er mit ihnen zusammen reiste.

In der Nähe von Tarragona parkte er das Auto auf einem großen Rastplatz. Dort gab es auch ein gutes Restaurant. Nach einer Stunde Pause, satt und ausgeruht, setzten Shapoor, Rasul und Yusuf ihre Reise fort.

Shapoor wollte sich einige Stunden hinlegen und die beide Afghanen sollten noch insgesamt vier Stunden fahren. In einem Ton, der keinen Widerspruch duldete, befahl er ihnen, nicht schneller als hundert Kilometer pro Stunde zu fahren – nicht wegen der Radarkontrolle, sondern weil sie nicht vor sieben Uhr in Marbella sein durften. Denn die Schlüsselübergabe war für den 21. Februar 2019 um acht Uhr vereinbart. Sonst müssten sie in Marbella stundenlang auf den Verwalter warten.

Trotz der langsamen Fahrt erreichten sie Marbella um sechs Uhr morgens. Das gemietete Ferienhaus, ein nobler Bungalow, war fast hundert Meter vom Strand entfernt. Zu dieser Jahreszeit war es überall noch dunkel, nirgendwo war ein Geschäft offen und es waren kaum Fußgänger unterwegs.

Shapoor hatte bei der Reservierung angegeben, dass er mit seiner Frau und zwei kleinen Kindern dort Urlaub machen wolle. Es war geplant und mit seinem Team abgestimmt, dass Rasul und Yusuf mit Ausnahme des Tages des Attentats, genau wie in Schweden, die ganze Zeit im Haus bleiben mussten. Sie wussten schon, dass sie weder im Garten noch auf der Terrasse erscheinen durften.

Aus diesen Gründen fuhren sie mit dem Auto einige Kilometer weiter, bevor die Schlüsselübergabe stattfand. Die beiden sollten dortbleiben, bis Shapoor sie per SMS zum Zurückkommen auffordern würde.

Kurz nach acht Uhr rief Shapoor die Ferienhaus-Agentur an und erklärte, dass er schon vor dem Haus stehe. Zu seiner Erleichterung fanden die Übergabe der Schlüssel und die Erklärung zur Hausinfrastruktur zügig statt.

Die Leiterin der Ferienhaus-Agentur – Melanie Borchert – war Deutsche, circa dreißig Jahre alt, hellblond, ziemlich mollig und außerordentlich freundlich. Sie begrüße Shapoor und gab ihm ein Formular, das er in aller Ruhe ausfüllen und bei seiner Abreise abgeben sollte. Sie sah Shapoor prüfend an und erkundigte sich:

»Habe ich richtig verstanden, dass Sie aus Venezuela stammen?«

»Ja, aber eigentlich bin ich nur Halb-Venezolaner. Mein Vater kommt aus Afghanistan.«

»Aha, deshalb sprechen Sie spanisch mit asiatischem Akzent.« Sie überlegte eine Weile und fragte:

»Wo ist Ihr Auto? Wo ist Ihre Familie?«

»Ich bin nach Malaga geflogen. Heute Nachmittag bekomme ich einen Mietwagen. Und was meine Familie betrifft, wird sie morgen nachkommen und in Malaga landen,« antwortete er mit einer freudestrahlenden Miene.

»Das ist wunderbar, dann werden Sie in dem großen Haus nicht allein sein. Wie alt sind Ihre Kinder?«

»Drei und fünf,« antwortete er spontan.

»Ich habe auch eine Tochter, die fünf ist. Vielleicht können unsere Kinder miteinander spielen.«

»Ja, warum nicht? Aber erst wollen wir etwas von der Provinz Malaga sehen.«

»Unbedingt. Bei nächster Gelegenheit bringe ich einen Veranstaltungskalender und einige Prospekte von sehenswürdigen Städten in Andalusien mit. Sonst wünsche ich Ihnen und Ihrer Familie einen angenehmen Urlaub.«
Sie hatte zwar noch weitere Fragen, aber das müde und ernste Gesicht von Shapoor änderte ihre Absicht. So verabschiedete sie sich mit einem Handdruck von ihrem Gast und verließ das Haus. Zehn Minuten später schickte Shapoor die angekündigte SMS an sein Team und schrieb, die beiden sollten sofort und unauffällig zurückkommen.
Das war für die Afghanen eine unangenehme Aufforderung, denn vor ihnen lag ein traumhafter Strand, der sich trotz des schwachen Sonnenscheines abgöttisch bewundern ließ. Sie waren sich darüber im Klaren, dass sie auf diesen verlockenden Anblick verzichten und sich mehrere Tage in den geschlossenen Räumen des Ferienhauses aufhalten mussten.
Shapoor war von den Eigenschaften des Bungalows außerordentlich begeistert; der Carport war groß genug, um seinen Transporter zu parken, und mehrere hochgewachsene Palmen ließen den Nachbarn keine Möglichkeit, einen Blick in den Wohnbereich zu werfen. Er freute sich außerdem, dass im Gartenschuppen zwei Fahrräder standen, die er benutzen durfte.
Obwohl er wegen der langen Fahrt völlig erschöpft war, wollte er, bevor er sich hinlegte, die erste Phase seines Auftrags erledigen.
Er wies sein Team an, sich auszuruhen; er werde das Zielobjekt besichtigen und beim nächsten Supermarkt Lebensmittel kaufen. Dann studierte er aufmerksam den Stadtplan von Marbella und stellte zufrieden fest, dass das Haus von Sohrab Parsa-Pour nur drei Blöcke von seinem eigenen entfernt war. Er befestigte eine kleine Kamera an seiner Mütze, schaltete sie ein, stieg auf ein Fahrrad und fuhr parallel zu der Promenade in Richtung Calle Picasso, Hausnummer 28.

Der erste Blick auf das Heim seines Opfers machte ihn unruhig. Das Haus war von einer hohen Mauer umgeben, besaß mehrere sichtbare Überwachungskameras und ein massives Stahleisen-Gartentor. Das Wohngebäude stand in der Mitte eines großen Gartens.

Er bremste vor dem Haus ab, stieg von seinem Fahrrad und prüfte, um seine Anwesenheit dort nicht verdächtig erscheinen zu lassen, demonstrativ den Luftfüllstand der Reifen seines Fahrrads, während er das Gartentor aufmerksam betrachtete. Schon auf den ersten Blick erkannte er, dass das Tor mit einem Sicherheitsschloss ausgestattet war. Dieses könnte man nicht einfach aufbrechen. Durch die gleichmäßigen Löcher des Gartentors bemerkte er, dass aller Fenster des Hauses vergittert waren. Die Haustür konnte er aber nicht sehen; denn eine große, runde Veranda in der Gartenmitte versperrte ihm seine Sicht. Immerhin wusste er jetzt, was für eine schwierige Aufgabe auf ihn und sein Team wartete.

Dann stieg er wieder auf sein Fahrrad und fuhr zum erstbesten Supermarkt, kaufte zwei große Tüten voll mit Lebensmitteln ein und fuhr zurück nach Hause.

Während er minutenlang unter der Dusche stand, dachte er verzweifelt über einen sicheren Weg nach, um seine Mitarbeiter ins Haus einbrechen und ihren Auftrag ausführen zu lassen. Die lange Reise, der Ärger mit seinem Team und die Sorge über die bevorstehende, schwierige Arbeit hatten bei ihm Auswirkung; fast jeder Nerv in seinem Körper zitterte vor Anspannung.

Er musste sich beruhigen, sich Zeit nehmen und für die Durchführung seines Auftrags eine intelligente Lösung finden.

Er ging in sein Zimmer, legte sich flach auf das Bett und schlief kurz darauf tief ein.

16. Die Zeugin

Am 22. Februar 2019 um neun Uhr, als Sohrab in das Haus der Familie Foster eintrat, stand Brian gerade in der Küche und bereitete gebratenen Schinken mit Spiegeleiern zu. Von Suzan gab es kein Zeichen.

»Komm rein, Suzan ist noch weg. Sie wollte frisches Brot holen,« sagte Brian, wie gewöhnlich gut gelaunt.

»Kann ich bei etwas helfen?«

»Nein, setz dich einfach an den Tisch. Ich bin gleich mit meiner Kochkunst fertig.«

Plötzlich ging die Tür auf und Suzan betrat das Haus, begleitet von einem jungen Mädchen. Beide Männer betrachteten verwundert den unbekannten Besuch.

»Dieser jungen Frau bin ich vor dem Supermarkt Mercadano begegnet. Sie heißt Leonie. Die Kleine war fast gefroren,« sagte Suzan, nahm Leonie ihren Ruck- und Schlafsack ab und sagte zu ihr auf Englisch, dass sie ihren Anorak ablegen und in die Küche gehen solle.

Brian stellte die Pfanne mit dem Schinken und den Eiern auf den Tisch und kam nah zu dem fremden Mädchen, schaute sie prüfend an und sagte ebenfalls auf Englisch:

»Hallo Leonie, willkommen in meinem Haus. Bist du eine Tramperin?«

»Du solltest sie nicht verhören, Brian. Siehst du nicht, dass sie völlig durcheinander ist? Mir scheint, dass sie seit Tagen nicht geschlafen und wahrscheinlich auch nichts gegessen hat. Lass sie in Ruhe. Sie wird uns bestimmt erzählen, woher sie kommt und vor allem, wohin sie will.« Dann nahm sie ihre Hand und führte sie zu dem Tisch.

Leonie setzte sich, ohne jemanden anzusehen. Während des Frühstücks unterhielten sich Brian, Suzan und Sohrab auf

Englisch und ab und zu warfen sie einen verstohlenen Blick
auf den unbekannten Gast. Aber sie vermied jeden Blick-
kontakt mit den anderen und aß gierig ihr Essen. Sohrab
schenkte ihr eine Tasse Kaffee ein und fragte unbedacht auf
Deutsch:
»Zucker und Milch?«
Verwundert fuhr Leonie hoch und fragte Sohrab leise:
»Sie sprechen Deutsch?«
»Ja, ich spreche auch Deutsch. Ich vermute, Sie sind Deut-
sche, nicht wahr?«
»Ja, ich komme aus Hamburg.«
»Was? Hamburg? Das darf nicht wahr sein! Ich auch. Ich
heiße Sohrab. Das ist Suzan und dieser dicke und muntere
Herr heißt Brian. Sie sind Engländer.« Er stellte Zuckerdose
und Milchkännchen neben ihren Teller und fragte: »Wollen
wir uns duzen?« Sie nickte lächelnd.
Suzan und Brian betrachteten die beiden interessiert. Auch
wenn sie kaum Deutsch verstanden, dem Dialog konnten sie
leicht folgen. Suzan sagte:
»Ich habe kapiert, dass sie German ist. Fragst du, warum sie
neben dem Supermarkt auf dem Boden saß?«
Leonie sprach Schulenglisch und verstand, was Suzan wissen wollte. Sie hörte auf mit essen und antwortete auf Englisch, dass sie seit drei Tagen unterwegs sei. Von Hamburg
bis Malaga hatte sie zehn Mal den Pkw gewechselt, war mit
vier Lastwagen mitgefahren und hatte auf zwei Motorrä-
dern gesessen. Sie schaute Sohrab an und erzählte den Rest
ihrer Geschichte auf Deutsch:
»Eigentlich hatte ich, mit Ausnahme des letzten Autofahrers
und eines ekligen Vorfalls an der spanischen Grenze, Glück:
Alle Fahrer waren freundlich und hilfsbereit. Aber der letzte

Autofahrer, der mich von Valencia bis Marbella gefahren hat, war ganz gemein.

Letzte Nacht, zwischen Malaga und Marbella, als ich so müde gewesen bin, dass ich in seinem Auto einschlief, stahl er mein Geld. Er nahm 110 Euro aus meinem Rucksack. Als ich wach wurde, schmiss er mich aus seinem Auto raus. Es war kalt und dunkel. Nach einer halben Stunde, in der ich orientierungslos herumgelaufen bin, entdeckte ich den Supermarkt. Ich war froh, dass ich zwischen den Einkaufswagen eine geschützte Ecke fand und dort ausruhen konnte. Heute Morgen überlegte ich, wie ich meine Reise fortsetzen könnte, als Suzan zu mir kam und fragte, ob ich mit ihr frühstücken wolle.«

»Als ich sie dort sah, war mir unwohl, weil sie fast wie gelähmt auf dem Boden hockte,« setzte Suzan die Geschichte ihrer Begegnung fort. »Ich bemerkte gleich, dass sie weder ein Junkie noch eine Obdachlose war. Sie kam mir völlig verloren vor. Ich verstehe die jungen Leute nicht mehr. Warum bringen sie sich so leichtsinnig in Gefahr? Ich möchte wissen, was ihre Eltern dazu sagen.«

Sohrab fragte Leonie, ob sie Suzan verstanden habe, und ergänzte ihre Frage. »Wohin willst du?«

»Ich reise meiner Liebe nach. Er heißt Pedro und wohnt in Ronda. Ich muss ihn unbedingt sehen. Meine Eltern waren dagegen, aber ich musste es tun. Ich liebe ihn.«

»Wissen deine Eltern, dass du in Spanien bist?«

»Inzwischen schon,« sagte Leonie ziemlich beschämt. Sie versuchte, das Thema zu wechseln, holte ihr Handy aus ihrer Tasche und sprach weiter: »Jedes Mal, wenn ich in ein fremdes Auto stieg, habe ich den Fahrer und sein Auto fotografiert.

Die Bilder und die Daten von der Reisestrecke schickte ich sofort an meine Freundin. Das sind die Bilder von meiner letzten Etappe. Dieser Fahrer klaute mein Geld.«
Sie tippte auf ihr Handy und zeigte Fotos eines kleinen, roten Autos mit einem jungen Mann am Steuer.
»Das ist aber raffiniert. Wie hast du das gemacht?«, jubelte Sohrab.
Das Handy wurde von Hand zu Hand weitergereicht und alle sahen sie bewundernd an.
»Hast du gut gemacht,« lobte Sohrab und fügte hinzu: »Nach dem Frühstück rufe ich die Polizei an und bitte sie, anhand des Autokennzeichens den Fahrer zu ermitteln.«
Suzan interessierten der Autofahrer und der Diebstahl überhaupt nicht. Sie wollte wissen, warum ein Mädchen allein und noch dazu bei dieser kalten Witterung von Hamburg bis Marbella fuhr – dazu per Anhalter.
Während Leonie ihren Kaffee trank, erzählte sie ausführlich von ihrer Liebesgeschichte mit Pedro und Sohrab übersetzte Satz für Satz für Suzan und Brian. Ihre ganze Erzählung über schimmerte Tränen in ihren Augen und sie schien mal traurig, mal kämpferisch. Leonie betonte am Ende ihrer Geschichte, dass sie ihre Entscheidung nicht bereue, im Gegenteil: Sie freue sich, bald ihre große Liebe wiederzusehen und zu umarmen.
Die Einzige, die Leonie anerkennend betrachtete, war Suzan. Auch sie hatte Tränen in den Augen. Nach einer Weile des Schweigens sagte sie:
»Junge Dame, ich verstehe dich jetzt gut und beneide dich. Die Liebe ist etwas Wunderbares. Ich hoffe, dass du von dem Ergebnis deiner Bemühungen nicht enttäuscht wirst.«
Nach dem Frühstück rief Sohrab Comisario Zapata an und berichtete ihm von dem Vorfall, der sich bei Leonie ereignet

hatte, und fragte, ob er ihr helfen könne, ihr Geld wieder zurückzubekommen.

»Geben Sie mir das Autokennzeichen. Ich denke, in ein paar Stunden werden wir den Kerl erwischt haben.« Dann fragte er, ob die Videokamera zwischen beiden Grundstücken schon installiert worden sei.

»Ja, die Kamera ist installiert und auch meine Nachbarn können darauf zugreifen.«

»Denken Sie an unsere Abmachung: Bleiben Sie die ganze Zeit im Haus und schließen Sie alle Türen zu.«

Mit einem Blick auf Leonie erkannte jeder, dass sie völlig erschöpft war. Ihre Augen wirkten müde, kaum Farbe war in ihrem Gesicht und sie war auffallend still geworden.

Sohrab ergriff das Wort:

»Ich schlage vor, Leonie, wir gehen in mein Haus; das ist das nächste Gebäude gleich nebenan. Zuerst rufst du deine Eltern an und informierst sie darüber, wo du bist und vor allem, dass du gut durchgekommen bist. Ich bin sicher, sie sind unruhig und verzweifelt. Wenn es dir recht ist, möchte auch ich gerne mit deinen Eltern sprechen. Dann nimmst du ein heißes Bad und schläfst ein paar Stunden im Gästezimmer. Inzwischen hast du vielleicht Glück und die Polizei findet den Autofahrer, der dich bestohlen hat, und bringt dir dein Geld zurück.«

Leonie war damit einverstanden. Sohrab nahm ihr Gepäck und bevor sie das Haus verließen, umarmte sie Suzan voller Zuneigung und dankte ihr für Ihre Hilfe.

»Warte. Warte noch, Leonie,« sagte Suzan. »Ich bin bereit, dich mit meinem Auto nach Ronda zu bringen. Ich bin so neugierig, wie dein Prinz aussieht. Wir können gegen sechzehn Uhr von hier losfahren. Ich schätze, die siebzig Kilometer Entfernung können wir in einer Stunde schaffen.

Wenn du willst, werde ich deine Sachen in die Waschmaschine schmeißen und anschließend bügeln. Du sollst für deinen Romeo doch gut aussehen!«

Wieder umarmten sich die beiden Frauen wie zwei gute Freundinnen. Natürlich war Leonie mit Suzans verlockendem Vorschlag einverstanden.

Das erste Telefongespräch mit Leonies Eltern dauerte keine Minute. Sohrab hörte im anderen Zimmer lautes Geschrei und dann plötzlich absolute Ruhe. Verwundert kam er in das Gästezimmer und fragte:

»Was ist passiert, Leonie? Mit wem hast du gesprochen?«

»Mit meinem Vater. Er hat mich gar nicht erst zu Wort kommen lassen. Kaum hörte er meine Stimme, beschimpfte er mich. Deshalb habe ich aufgelegt.«

»Das hättest du nicht tun dürfen. Kannst du nicht verstehen, dass deine Eltern völlig außer sich sind vor Sorge? Rufe noch einmal an und lasse zuerst mich mit ihnen sprechen.«

Das zweite Gespräch lief ebenfalls Gefahr, danebenzugehen, denn kaum gab Sohrab einen Ton von sich, hörte er einen lauten, weiblichen Schrei. »Wo bist du?!« Offenbar war dieses Mal Leonies Mutter am Apparat.

»Hallo, bitte bleiben Sie ganz ruhig. Ihre Tochter ist wohlauf. Mein Name ist Sohrab, Sohrab Parsa-Pour. Normalerweise wohne ich in Hamburg. Wir rufen Sie aus meinem Ferienhaus in Marbella an. Sie brauchen sich keine Sorgen machen, Ihre Tochter ist bis jetzt gut durchgekommen und befindet sich zurzeit in meinem Haus.« Als er bemerkte, dass seine Gesprächspartnerin ruhiger geworden war, erzählte er alles, was er über Leonies Reise wusste. Schließlich berichtete er vom Zustand ihrer Tochter und ergänzte, dass sie ziemlich erschöpft sei. Er hielte es für richtig, dass sie sich, bevor sie ihre Reise fortsetzte, ein paar Stunden in seinem

Gästezimmer ausruhe. Er fügte hinzu, dass er dafür sorgen würde, dass sie sicher zu ihrem Freund Pedro fahren könne.
»Ich weiß nicht, wie ich Ihnen danken soll,« sagte Leonies Mutter aufrichtig. Sie fügte einmütig hinzu: »Wissen Sie, seit sie weg ist, sind wir sehr nervös. Die Polizei konnte uns nicht helfen, weil sie volljährig ist. Ich bin aber sehr froh, dass Sie bei Ihnen gelandet ist.«
»Eigentlich ist sie nicht bei mir gelandet, sondern meine Nachbarin hat sie heute Morgen bei einem Supermarkt getroffen. Sie hat gefroren, war hungrig und ziemlich verstört. Aber Gott sei Dank geht es ihr jetzt wieder gut, auch wenn sie noch etwas müde ist. Wir haben gerade gemeinsam gefrühstückt und, wie gesagt, bevor sie ihre Reise fortsetzt, wird sie sich ein paar Stunden in meinem Gästezimmer ausruhen. Meine Nachbarin – sie ist Engländerin – möchte, während sie schläft, ihre Wäsche waschen und trocken. Sie wird heute Nachmittag mit ihr nach Ronda fahren.«
»Danke, danke, dass Sie uns von unserer großen Sorge und Verzweiflung befreit haben! Kann ich jetzt mit Leonie sprechen?«
»Aber selbstverständlich. Bitte denken Sie daran: Zum Schimpfen und für Vorwürfe ist jetzt nicht die richtige Zeit. Abgesehen davon ist sie so erschöpft, dass sie Ihre Kritik kaum wird verarbeiten können.«
Das Gespräch zwischen Mutter und Tochter verlief versöhnlich. Beide vereinbarten, dass Leonie, bevor sie Marbella verließ, noch einmal zu Hause anrufen sollte.
Leonie wirkte erleichtert und sorgenfrei. Als Sohrab sie allein ließ und in sein Arbeitszimmer gehen wollte, sagte er:
»Lass deine Bluse und Wäsche in dem Korb. Suzan will sie waschen und danach wieder zurückbringen.

Und wenn du dich ein bisschen erholt hast, kannst du mich in meinem Arbeitszimmer finden.«

Sie sah Sohrab eine Weile dankbar an und sagte mit einem kindlichen Lächeln:

»Vielen Dank; heute ist wirklich mein Glückstag.«

Gegen halb zwei öffnete Leonie langsam ihre Augen und betrachtete ihre Umgebung. Die unbequeme und ereignisreiche Reise hatte sie in den letzten Tagen so geprägt, dass sie zuerst nicht wusste, wo sie war. Ein Blick auf einen Haufen gewaschene und gebügelte Wäsche – ihre Hose und Bluse lagen auf dem Tisch – erinnerte sie an die letzte Bemerkung von Sohrab, bevor sie eingeschlafen war.

Langsam stand sie auf, ging in das Badezimmer und stellte sich für einige Minuten unter die Dusche. Anschließend zog Leonie ihre sauberen Sachen an und klopfte zaghaft an die Arbeitszimmertür.

»Komm rein. Hast du gut geschlafen?«, fragte Sohrab.

»Ja, danke. Ich fühle mich jetzt viel besser! Es war sehr angenehm, endlich wieder in einem kuscheligen Bett zu schlafen und sich nach Tagen auch wieder zu waschen.«

»Hast du Hunger?«

»Ja, ein bisschen.«

»Brian und Suzan haben uns zum Grillen eingeladen. Wenn du vorher etwas essen willst, schau mal in den Kühlschrank: Es gibt Wurst, Käse und Salat. Ich bin in zehn Minuten mit meiner Arbeit fertig. Dann können wir zusammen Kaffee trinken.«

Als Leonie der Raum verlassen wollte, blieb ihr Blick auf einem Bild auf einer DIN-A4-Seite Papier neben dem Drucker hängen: Es war das Bild von Shapoor, als er am 16. Februar in einer DHL-Uniform vor Sohrabs Haus stand.

Fast eine Minute lang schaute sie es verwundert an. Sohrab bemerkte ihre unsichere Haltung. Er fragte:

»Ist alles in Ordnung?« Zuerst blieb seine Frage unbeantwortet. Sie starrte weiterhin so bewegt auf das Bild, als ob sie nicht glauben könnte, was sie darauf sah. Aber dann antwortete sie leise:

»Ja, alles okay.« Und als sie in die Küche gehen wollte, fragte er: »Kennst du diesen Herrn?«

Sohrab, der die ganze Zeit über ihre zweifelnde Haltung beobachtet hatte, stand schnell auf und näherte sich Leonie.

»Wieso? Kennst du diese Person?«, wiederholte er.

Sie nickte und antwortete zögernd: »Ich kenne ihn nicht, aber ich denke, ich habe ihn gestern gesehen. Er trug keine Uniform wie auf diesem Bild, aber ich bin mir sicher, dass er das war. Er war nicht allein, zwei weitere asiatisch aussehende Männer reisten mit ihm.«

»Das ist unglaublich, was du sagst. Wo hast du ihn gesehen?«

»An der spanischen Grenze. Einer seiner Begleiter wollte mich mit Gewalt in ihrem Auto mitnehmen, aber dieser Mann war nicht einverstanden. Im Gegenteil, er war so wütend, dass er seinen Freund angebrüllt und ihm sogar eine reingehauen hat.«

»Bist du sicher, dass das der gleiche Mann war wie auf diesem Bild?«

»Ja, ich bin absolut sicher. Ich vergesse nie ein Gesicht. Er hat die gleiche Gesichtsform und wirkte wie auf diesem Bild selbstbewusst. Ja, ja, ich bin sicher, es ist dieselbe Person, die ich an der spanischen Grenze gesehen habe.« Sie sah Sohrab verwirrt an und fragte: »Wer ist das? Ist er Ihr Freund?«

»Nein. Er und seine Begleiter sind wahrscheinlich in Spanien, um mich zu töten.«

»Was? Das glaube ich nicht. Er sah sehr streng aus, aber nicht wie ein Krimineller. Obwohl: Wenn ich zurückdenke, sahen seine Mitfahrer irgendwie wie Gewalttäter aus ...«
»Was passierte dann?«
»Er war wegen des Verhaltens seines Begleiters außer sich. Ganz streng befahl er den beiden Männern, in den Laderaum eines Transporters einzusteigen, und dann setzte er sich wütend an das Steuer und fuhr schnell weg.« Sie sah Sohrab lächelnd an und sagte: »Ich glaube nicht, dass diese Leute in Spanien sind, um Sie zu töten. Das war doch ein Witz, nicht wahr?«
»Nein, leider kein Witz.«
»Aber warum? Was haben Sie getan?«
»Das ist eine lange Geschichte. Hast du dir das Kennzeichen des Transporters gemerkt?«
»Leider nicht. Es war ein großer, weißer Lieferwagen.«
»Das ist immerhin ein guter Hinweis. Gehst du bitte in die Küche und isst eine Kleinigkeit, bis wir gemeinsam mit Familie Foster grillen? Ich muss sofort jemanden anrufen.«
Während Leonie in der Küche für sich etwas zu essen vorbereitete, rief Sohrab Comisario Zapata an und berichtete, was Leonie ihm erzählt hatte.
»Das ist eine interessante Information. Wie es aussieht, sind sie schon in dieser Region. Wir müssen herausfinden, wo sie übernachten. Ich komme gleich zu Ihnen und bringe ein Bildalbum mit verschiedenen Autos mit. Wenn sie die Wahrheit sagt, werden wir diesen Bastard rechtzeitig finden und ihn überwachen können,« sagte Comisario Zapata.
Offenbar war die spanische Polizei noch nervöser als Sohrab. Denn dreißig Minuten nach seinem Anruf standen Comisario Zapata und sein Stellvertreter vor dem Gartentor.

Die zwei großen Ordner, die sie mitbrachten, beinhalteten Hunderte Bilder von Transportern aller möglichen Automarken.

Sie setzten sich ins Wohnzimmer und Leonie, die inzwischen wusste, um was es ging, wartete gespannt auf ihre Fragen. Aber Comisario Zapata legte zuerst einen Umschlag auf den Tisch und ging auf ein anderes Thema ein.

»Ich habe eine gute Nachricht für dich. Wir haben das Auto des Mannes, der dein Geld gestohlen hatte, gefunden und den Autofahrer verhaftet. Er gab zu, dass er dein Geld gestohlen hatte. In diesem Umschlag befindet sich dein Geld: 110 Euro. Ich kann dir versichern, dass er für seine kriminelle Tat bestraft werden wird.« Er hielt eine Weile inne und fuhr dann etwas schärfer fort: »Ich muss allerdings ganz ehrlich sagen, dass ich dich überhaupt nicht mag. Ich mag auch nicht die Tausenden deiner Gesinnungsfreunde, die das ganze Jahr über mit ihrem leichtsinnigen Trampen, besonderes zu dieser Jahreszeit, für uns Polizisten viel Arbeit machen.

Wir müssen jedes Jahr Hunderte von Strafanzeigen wegen Vergewaltigung, Diebstahl oder Schlägereien bearbeiten. Es kommt auch häufig vor, dass wir viel Mühe aufwenden müssen, um einen Totschlag oder gar einen Mord aufzuklären.

Ich frage mich, warum man in einer Zeit, in der man ein Flugticket für weniger als 200 Euro kaufen kann, sein Leben riskiert und bei Regen und Kälte am Rande einer Autobahn steht, nur um möglicherweise von jemandem kostenlos von Ort A nach Ort B mitgenommen zu werden.«

Leonie verstand nicht ein Wort von dem, was Zapata in zornigem Ton sagte. Sie sah Sohrab irritiert an, aber er verzichtete auf eine Übersetzung mit der Ausnahme, dass man den gesuchten Autofahrer gefunden hatte und sich ihr gestohlenes Geld in dem Umschlag befand.

»Ich halte es für angemessen, wenn wir uns jetzt auf die Aktivitäten des Mordkommandos konzentrieren. Wir sollten Leonies Erziehungsmaßnahmen lieber ihren Eltern überlassen«, entschied Sohrab ziemlich ungeduldig.

Comisario Zapata nickte resigniert, griff einen Ordner, legte ihn vor Leonie auf den Tisch.

»In diesem Ordner sind alle großen Transporter der letzten zehn Jahre abgebildet. Die meisten von ihnen sehen trotz unterschiedlicher Fabrikate ähnlich aus. Aber es wäre hilfreich, wenn du den Richtigen fändest.«

Leonie verstand, was er wollte, betrachtete aufmerksam die Bilder der Transporter und schon nach zehn Minuten hin und her blättern war sie sich sicher, dass sie das richtige Auto gefunden hatte. Es war ein Minibus Fiat Talento.

»Bist du ganz sicher, dass das Auto keine schwarzen Streife hatte?«, wollte Zapata wissen.

»Ja, ich erinnere mich genau. Das Auto war ganz weiß und hatte keine besonderen Merkmale.«

Sohrab dolmetschte Wort für Wort. Zapata erwiderte:

»Die breiten, schwarzen Streifen kann man nicht übersehen. Ich glaube dir, dass es keine schwarzen Streifen hatte. Es ist trotzdem ein guter Hinweis. In dieser Jahreszeit dürften nicht viele solcher Autos in dieser Region verkehren. Wir werden dieses Modell auf die Fahndungsliste stellen. Außerdem ziehen wir bei unserer Untersuchung die Straßenkameras in Betracht.« Dann sagte er zu Sohrab: »Ich vermute, dass die iranischen Verbrecher bereits irgendwo in der Nähe sind. Wie vereinbart, dürfen Sie nicht ohne Schutzmaßnahmen das Haus verlassen und nicht vergessen, alle Türen und

Fenster verschlossen zu halten. Ich werde veranlassen, dass Ihr Haus ab sofort Tag und Nacht überwacht wird.
Keine Sorge, wir werden sie schnappen.« Als wollte er gehen, sah er Leonie wieder streng an.
»Und was wird mit dieser jungen Dame geschehen? Wird sie ihr gefährliches Trampen fortsetzen?«
»Nein, das werde ich nicht zulassen. In ein paar Stunden wird meine englische Nachbarin sie zu ihrem Freund nach Ronda mitnehmen. Ich werde ihr nach Abstimmung mit ihren Eltern ein Flugticket nach Hamburg besorgen. Wenn sie von Ronda zurückkommt, wird sie mit der Vueling Airlines von Malaga aus nach Hause fliegen.«
Comisario Zapata schüttelte Sohrabs Hand und gemeinsam mit seinem Assistenten verabschiedete er sich. Sohrab schloss das Gartentor ab und ging dann wie verabredet zusammen mit Leonie zu Familie Foster.
Schon seit fünf Minuten konnte man den Rauch brennender Holzkohle riechen. Brian bereitete das Barbecue vor.
Die stürmische Begegnung Suzans mit Leonie war für Brian verwunderlich. Sie umarmten sich so leidenschaftlich, als wären sie eine Mutter und Tochter, die seit Jahren auf diese Begegnung gewartet hatten. Leonie bedankte sich teils auf Englisch, teils auf Deutsch für ihre Unterstützung. Sie küsste Suzan mehre Male und dankte ihr aufrichtig: »Ich stehe tief in deiner Schuld. Du hast mein Leben gerettet.« Und Suzan, die sich über ihr Lob freute, versicherte, dass Leonie, solange sie sich in Spanien befinde, mit ihrer Unterstützung rechnen könne. Sie sagte auch, dass sie sich darauf freue, mit ihr nach dem Essen nach Ronda zu fahren.
Brian gab Sohrab ein Flaschenbier und fragte auf seine fröhliche Art, ob die Polizisten im Zusammenhang mit dem Plan der Dschihadisten inzwischen etwas Neues erfahren hätten.

»Nein; die einzige, aber auch eine wichtige Neuigkeit erfuhren wir von Leonie.

Sie erzählte, sie habe an der spanischen Grenze drei asiatisch aussehende Männer gesehen. Einer von ihnen versuchte, sie mit Gewalt in einen weißen Transporter zu schleppen. Aber ein anderer Mann, wahrscheinlich ihr Boss, hat es verhindert.

Der Mann, der so möglicherweise eine brutale Vergewaltigung vereitelte, war nach Feststellung von Leonie derselbe Mann, der am 16. Februar in einer DHL-Uniform mein Haus in Hamburg aufgesucht hat und seitdem von der Polizei gesucht wird. Laut Aussage von Comisario Zapata muss er folglich inzwischen in dieser Region sein.«

»Mein Angebot steht noch. Ich kann jeden Abend ein paar Berufssoldaten in deinem Garten positionieren und, wenn die Killer bei dir einbrechen, ihnen das Ticket fürs Paradies überreichen.«

»Danke, Brian. Aber wir sollten die Situation nicht noch komplizierter machen. Comisario Zapata sagte mir vor ein paar Minuten, dass er mein Haus ab sofort rund um die Uhr überwachen lasse. Zapata ist meiner Meinung nach sehr zielstrebig, aber auch empfindlich. Ich schätze, er mag es nicht, wenn jemand sich in seine Arbeit einmischt. Warten wir ab, vielleicht findet er bald den Transporter und damit auch die Berufskiller.«

Wie Suzan es versprochen hatte, fuhr sie Leonie nach dem Mittagessen mit ihrem Auto nach Ronda. Sohrab rief wie vereinbart noch ihre Mutter an und versicherte, dass es keinen Grund gebe, sich weiter Sorgen zu machen. Ihre Tochter sei gesund und unverkennbar glücklich. Er fügte hinzu, dass er für sie ein Flugticket nach Hamburg kaufen wolle; das

Geld könnten sie ihm zurückzahlen, wenn auch er wieder in Hamburg sei.

»Ich weiß nicht, wie ich Ihnen danken soll,« sagte Leonies Mutter aufrichtig. »Ja, bitte tun Sie das und, wenn Sie wieder in Hamburg sind, besuchen Sie uns. Ich möchte mich persönlich bei Ihnen erkenntlich zeigen.«

Dann sprach wieder Leonie mit ihrer Mutter und erzählte begeistert von der fürsorglichen Unterstützung und Gastfreundschaft von Sohrab und Suzan. Sie war mit dem Vorschlag ihrer Mutter einverstanden, dass sie maximal drei Tage bei Pedro bleiben solle.

*

Am Abend, als Suzan aus Ronda zurückkkam, saßen Sohrab und Brian noch im Garten. Offenbar hatten sie ein unterhaltsames Gespräch; ihr Lachen konnte Suzan schon vor dem Haus hören. Sie schloss sich ihnen an, nahm sich ein Flaschenbier und sagte mit strahlendem Gesicht:

»Sie ist jetzt bei ihrem Romeo. Ich musste die ganze Strecke nach Hause an die herzzerreißende Szene ihres Zusammentreffens in Ronda denken. Diesen emotionalen Anblick muss man einmal im Leben genossen haben. Ich war hingerissen! Als ich vor Pedros Haus parkte, ging plötzlich die Tür auf und ein sehr gutaussehender junger Mann kam heraus. Eine Weile betrachtete er irritiert mein Auto und als Leonie ausstieg, rannte er Hals über Kopf zu ihr. Sie umarmten sich innig, sie küssten sich leidenschaftlich, sie schmolzen ineinander wie zwei heiße Kerzen, während viele Tränen über ihre Gesichter strömten.« Sie blieb eine Weile in sich versunken und schwärmte dann weiter:

»Stellt euch vor, plötzlich spürte ich ein Gefühl, dass mir seit mehreren Jahren ferngeblieben war; ein Glücksgefühl, eine wunderbare Seelenmassage.

Ja, ich empfand eine berauschende Empfindung, die ich nicht beschreiben kann. Ich weiß nicht, ob ihr mich versteht. Ich war so bezaubert, ich war so glücklich, dass ich diese herzreißende Szene in meiner ganzen Seele spürte ...« Sohrab und Brian betrachteten sie verwundert und Suzan sprach gedankenverloren weiter: »In unserem Alter verlernt man, wie echte Liebe aussieht. Jetzt weiß ich es wieder; ja, bei ihrer Begegnung spürte ich, wie einem das Herz plötzlich unzähmbar wild wird, die Freudentränen unkontrolliert über das Gesicht fließen und man sich fühlt, als wäre man im siebten Himmel!

Oh Gott, ich wünschte, ich wäre wieder achtzehn!« Sie blieb erneut eine lange Weile still und fuhr leiser fort: »Mein Gott, wie gut die jungen Leute es haben. Sie können sich aus ganzem Herzen ineinander verlieben. Ein Privileg, was wir ältere und abgenutzte Wesen längst verloren haben.«

Zum ersten Mal erlebte Sohrab Suzan so erregt und so euphorisch, aber auch so verzweifelt.

Während sie still und nachdenklich ihren verträumten Blick auf einen Punkt irgendwo in die Ferne richtete, standen Tränen in ihren Augen. Sohrab stand auf, ging zu Suzan und sagte:

»Meine liebe Suzan, ich bin so begeistert, dass in dieser Welt, in der die meisten Menschen sich vom Materialismus beherrschen lassen, du deine Seele mit Leidenschaft und Liebe nährst. Nein, du bist kein abgenutztes Wesen. Du hast ein gutes Herz und du bist voller Empfindungen.

Ich bin allerdings mit deiner These nicht einverstanden. Eine echte Liebe ist nicht das exklusive Recht der Jugend.

Ich liebe meine Frau und wir sind nicht jung; man kann in jedem Alter lieben und geliebt werden.
Bleib du, wie du bist. Unsere kalte Welt braucht mehr Menschen wie dich.« Dann klopfte er auf die Schulter von Brian und fügte hinzu: »Alter Mann, kümmere du dich um deine bezaubernde Frau. Sie muss geliebt werden.« Er ging langsam zurück zu seinem Haus und ließ sie allein.

17. Plan B

Am selben Tag erwachte Shapoor gegen fünfzehn Uhr aus seinem tiefen Schlaf. Zuerst war er kurz orientierungslos, aber allmählich kam ihm die rauchige Stimme von Yusuf bekannt vor. Obwohl er und Rasul sich in einem anderen Zimmer aufhielten, war ihr lauter Streit im ganzen Haus zu hören.

Einen Augenblick lang erwog Shapoor, sofort aufzustehen, den Revolver, den er im Transporter versteckte, zu holen und die beiden Afghanen auf der Stelle zu erschießen. Er stellte wieder einmal fest, dass er, auf Dauer gesehen, ihr rücksichtloses Verhalten nicht mehr ertragen konnte. Sie hatten kein Gefühl dafür, wo und in welcher Situation sie sich befanden. Diese Sorglosigkeit konnte für ihn und seinen Plan gefährlich werden – abgesehen davon, dass er nicht sicher war, ob er seinen Auftrag an diesem Ort problemlos würde durchführen können. Denn in Marbella, zu dieser Zeit, in der kaum Touristen verkehrten, war das Einbrechen in ein gut geschütztes Haus zu riskant. Außerdem würden ohne weitere Vorsichtsmaßnahmen in kürzester Zeit alle Nachbarn und möglicherweise auch die Polizei erfahren, dass der neue Urlauber in dieser renommierten Siedlung – im Gegensatz zu seiner Behauptung – nicht mit seiner Familie, sondern mit zwei verdächtigt aussehenden Männern zusammenlebte.

Er stand auf und beeilte sich, in das Zimmer seiner Mitarbeiter zu kommen. Kaum betrat er den Raum, unterbrachen Rasul und Yusuf schlagartig ihre laute Diskussion und betrachteten ihren Chef ehrfürchtig. Ein Blick auf sein zorniges Gesicht und sie spürten, wie wütend ihr Chef war.

»Habt ihr den Verstand verloren?«, rief Shapoor außer sich. »Was glaubt ihr, wo wir uns befinden? Die ganze Siedlung hört euer schrilles Gebrüll.«

»Entschuldigung, Chef,« sagte Yusuf respektvoll. »Seit ein paar Stunden wollen wir beten, aber wir wissen nicht, in welcher Richtung Osten liegt. Rasul behauptet, in dieser Richtung. Aber wie Sie sehen, befindet sich dort das Badezimmer. Ich kann nicht beten und dabei auf das Klo gucken!«

»Wenn ihr euch so unvorsichtig benehmt, müsst ihr bald in einem spanischen Gefängnis beten!« Er milderte seinen Tonfall und sagte weiter: »Warum versteht ihr nicht? Wir müssen dafür sorgen, dass niemand in diesem Ort eure Anwesenheit bemerkt. Aber wenn ihr so weitermacht, werden bald alle Nachbarn und die Polizei wissen, was hier los ist. In diesem Fall können wir unseren Auftrag nicht erledigen.«

»Rasul meint –«, wollte Yusuf seinem Kumpel beistehen.

»Halt deinen Mund. Du redest wieder zu laut. Ich möchte von euch keinen Ton mehr hören. Ist das klar?«

»Jawohl, Chef.«

»Okay. In einer Stunde versammeln wir uns im Wohnzimmer. Ich habe heute Morgen ein kurzes Video von dem Haus von Parsa-Pour gedreht. Ich möchte es euch zeigen und mit euch über meinen Plan sprechen. Ich werde jetzt alles vorbereiten und ihr bleibt absolut ruhig, bis ich euch rufe. Habt ihr das verstanden?«

»Jawohl.«

Shapoor ging in das Wohnzimmer, verband seine Kamera mit dem Fernseher und überprüfte die Bilder und Videos, die er bei seiner Fahrradtour aufgenommen hatte. Aus seiner Sicht gab es bei diesem Auftrag mehrere Probleme, die ihm Kopfschmerzen bereiteten.

Erstens: Sein Auto, der weiße Transporter, war für diese Siedlung zu auffällig. Außerdem konnte er nicht ausschließen, dass es nach den Ereignissen in Schweden möglicherweise auf der Fahndungsliste von Interpol stand. Also musste er in diesem Ort mit einem anderen Auto verkehren. Zweiten: Das Schloss des Gartentors vom Haus Parsa-Pour sah sehr widerstandsfähig aus. Wahrscheinlich war das Schloss der Haustür genauso stabil. Dies konnte man unmöglich mit einfachen Werkzeugen aufschließen. Dazu brauchten seine Leute einen Hartmetall-Bohrfräser. Er hatte zwar mehrere Metallbohrfräser zu Hause, aber keinen im Wagen.

Drittens: Das ganze Haus war mit zahlreichen Gartenstrahlern gut beleuchtet. Diese und mehrere Videokameras an verschiedenen Ecken des Hauses waren große Hindernisse. Er fürchtete, die Chance, dass sie diesen Auftrag problemlos und ohne Aufsehen ausführen könnten, war gering. Er musste für alle diese Hindernisse durchführbare Lösungen finden.

Um sechzehn Uhr, als Rasul und Yusuf das Wohnzimmer betraten, hatte Shapoor aber zumindest schon einen Hauch einer Idee, wie er diese Probleme aus der Welt schaffen konnte.

»Setzt euch! Ich möchte euch anhand einiger Bilder und Videos zeigen, wo Parsa-Pour wohnt, wie das Haus aussieht, wie dicht die Nachbarhäuser sind und schließlich weitere ernstzunehmende Schwierigkeiten, die uns möglicherweise Probleme machen könnten.«

Fast fünfzehn Minuten lang präsentierte er mehrere kurze Videos, die er bei seiner ersten Tour aufgenommen hatte. Er schloss mit den Worten:

»Hier müssen wir völlig anders an die Arbeit gehen als in Schweden.

Erstens können wir nicht mit dem Transporter umherfahren; das Auto ist zu auffällig. Ich habe im Internet geprüft, ob es hier in der Nähe eine Autovermittlung gibt. Nach dieser Sitzung werde ich dort für eine Woche ein kleines Auto anmieten.

Zweitens: Nach meiner Einschätzung ist es sehr schwierig, ins Haus von Parsa-Pour einzubrechen. Das heißt, wir können nicht mit einfachen Werkzeugen das Schloss aufmachen oder über die hohe Mauer in den Garten springen.«

»Darf ich fragen, warum nicht? Wir können doch wie immer mit einer Bohrmaschine das Schloss aufbrechen«, warf Yusuf in einem versöhnlichen Ton ein, um sich kooperativ zu zeigen.

Shapoor zeigte ein Bild von einem ähnlichen Schloss und antwortete mutlos:

»Ich kenne diesen Typ von Schlössern sehr gut. Mit einer einfachen Bohrmaschine und in der kurzen Zeit, die uns zur Verfügung steht, werden wir keinen Erfolg haben. Man muss dieses Schloss mit einem Hartmetall-Bohrfräser zerschlagen. Leider habe ich keine Bohrfräser in meinem Werkzeugkasten. Aber dafür habe ich eine Lösung. Ich habe im Internet gesehen, dass es ein Fachgeschäft für Handwerkerbedarf in Malaga gibt. Dort gibt es alle vorstellbaren Sorten von Bohrfräsern – jedoch muss man dort online bestellen. Nach Beendigung unsere Sitzung werde ich das erledigen. Wir verlieren allerdings ein paar Tage wertvolle Zeit, aber ohne geeignete Werkzeuge habt ihr keine Chance, die Türschlösser in der vorgegebenen Zeit aufzubekommen.

Das dritte Problem ist noch schwerwiegender: Die zahlreichen Beleuchtungseinrichtungen und Videokameras im Garten machen mir Sorgen.

Dieses Problem ist allerdings bedingt lösbar: Bevor ihr in das Haus reingeht, müsst ihr den Strom abschalten.«

»Wie denn? Normalerweise befindet sich der Stromanschluss doch im Haus?« Dieses Mal wollte Rasul auf sich aufmerksam machen.

»Das ist normalerweise richtig, aber nicht in Spanien, jedenfalls nicht in herkömmlichen Ferienhäusern an der Küste. In fast allen Chalets sind die Strom- und Wasseranschlüsse und deren Zählerkästen in einem kleinen Schacht an der Mauer neben dem Eingang angebracht. Der Grund ist, dass die meisten Eigentümer beim monatlichen Ablesen des Strombeziehungsweise Wasserverbrauchs häufig nicht anwesend sind. Die Mitarbeiter von den Wasser- und Energieversorgern müssen die Zähler aber trotzdem monatlich ablesen können.

Diese Art von Infrastruktur ist für uns vorteilhaft. Wir müssen, bevor wir ins Haus einbrechen, die Stromleitung abschneiden. Ihr müsst lediglich die Kunststoffhaube des Schachtes mit einem Schraubenzieher öffnen. Das heißt, während einer von euch mit der Bohrmaschine das Torschloss auseinandernimmt, muss der andere die Elektrokabel – blau oder rot – durchschneiden. Dadurch wird das ganze Haus in Dunkelheit gehüllt. Ich vermute, die Videokameras werden dadurch ebenfalls ausgeschaltet. Dennoch braucht ihr für eure Arbeit Licht. Ihr müsst die ganze Zeit eure Stirnlampen einsetzen.

Wenn ihr es geschafft habt, das Gartentor zu öffnen, hält einer von euch Wache und der andere geht, ohne Zeit zu verlieren, zur Haustür, um dort ebenfalls das Schloss aufzubohren. Ihr müsst versuchen, die ganze Prozedur leise, schnell und fehlerfrei auszuführen. Sobald ich ein paar Bohrfräser besorgt habe, werden wir das mehrfach üben. Anhand mehrerer Bilder und einer Schloss-Musterform zeige ich euch, wie die Konstruktionen solche Schlösser aussehen und an welcher Stelle ihr die vorgerichteten Profilzylinder zertrümmern müsst.« Shapoor betrachtete seine Mitarbeiter eine Zeit lang mit einem prüfenden Blick, als ob er ihnen die Durchführung dieser Aufgabe nicht zutraute. Dennoch wollte er deren Fähigkeiten nicht infrage stellen. Die Aufgaben waren klar definiert: Er war für die Organisation und die Logistik zuständig und die beiden für das Einbrechen bei und den Mord an der Zielperson.

Grundsätzlich hatte Shapoor für jeden Mordauftrag einen klaren und durchdachten Plan A und einen Plan B – wobei sich sein Plan B auf eine Flucht bezog, wenn Plan A schiefging.

Weil er dieses Mal ernsthaft an der reibungslosen Ausführung des Auftrags zweifelte, bemühte er sich, sich gleichzeitig auch intensiv auf Plan B zu konzentrieren.

Aus diesem Grund benutze er seine südamerikanische Kreditkarte und reservierte ein Zimmer im Hapimag Resort, circa zwanzig Kilometer weit von dem Ferienhaus entfernt, und zwar für den 25. Februar 2019 – am geplanten Ausführungstag. Er hoffte allerdings, dass dieser Fluchtort nicht genutzt werden musste.

Gegen siebzehn Uhr verließ er das Haus und besuchte zu Fuß die Filiale Castro Service Rent-a-Car.

Er hatte schon telefonisch einen kleinen Pkw bestellt und wollte ihn jetzt abholen. Die Übergabe des Autos, eines weißen Seats, erfolgte gegen Vorlage seines venezuelischen

Reisepasses, seiner Kreditkarte und seines Führerscheins – alles ausgestellt unter dem Namen Juan Sanchez– problemlos.

Kurz vor neunzehn Uhr und zur großen Freude der Afghanen kam er mit dem Auto, beladen mit zwei großen Tüten Lebensmittel, nach Haus zurück. An diesen Tag wollte Rasul ein typisch afghanisches Gericht vorbereiten.

Nach dem Abendessen fuhr Shapoor mit dem Mietwagen mehrere Male die Straße entlang, in der Sohrab Parsa-Pour wohnte. Er wollte prüfen, ob das Haus unter Aufsicht der Polizei stand, oder ob es noch irgendein weiteres Hindernis gab, das er bei seinem ersten Besuch nicht gesehen hatte, aber gegebenenfalls bei seinem Plan berücksichtigen musste. Aber alles sah ruhig und unverdächtig aus. Die ganze Straße war menschenleer, nur die hohe Mauer, die Videokameras und das widerstandsfähige Gartentor machten ihm nach wie vor Sorgen. Als er zurückkam, ließ er die beide Afghanen von seinem unguten Gefühl nichts merken.

Drei weitere Tage vergingen und sie blieben untätig zu Hause. Die bestellten Bohrfräser konnten erst am 25. Februar abgeholt werden.

*

Am Nachmittag, den 24. Februar, genoss Shapoor die ungewöhnliche Ruhe im Haus. Normalerweise schwatzten Yusuf mit Rasul um diese Zeit ununterbrochen miteinander. Das gab ihm dann doch zu denken.

Neugierig betrat er ihr Zimmer und stellte fest, dass Rasul in seinem Bett schlief, dass es aber hingegen von Yusuf keinerlei Anzeichen gab.

Zuerst suchte er ihn im ganzen Gebäude, dann im Garten, sogar in dem Transporter sah Shapoor nach, aber Yusuf war nirgendwo zu sehen.

Panikartig kehrte er wieder in das Zimmer seines Teams zurück, weckte Rasul, und als der die Augen öffnete, fragte Shapoor erregt: »Wo ist Yusuf?«

Rasul blieb stumm. Als Shapoor ihn heftig schüttelte und seine Frage wiederholte, antwortete er stockend:

»Ich glaube, er ist am Strand. Ich habe ihm gesagt, er soll zu Ihnen gehen und um Erlaubnis bitten, aber ich denke, er wollte Sie nicht stören.«

»Verdammter Mist! Seid ihr verrückt geworden?! Habe ich nicht gesagt, dass ihr das Haus nicht verlassen dürft? Wie oft soll ich euch noch sagen, dass kein Mensch in dieser Gegend eure Existenz bemerken darf?«

»Ich weiß, aber wir sitzen seit mehreren Tagen hier herum und wissen nicht, wann wir unseren Auftrag erfüllen können. Es ist hier verdammt langweilig. Ich kann die Situation aushalten, aber Yusuf ist mit seiner Geduld am Ende. Soll ich nach ihm suchen?«

»Du bleibst, wo du bist. Ich hole ihn gleich zurück.«

Er verließ das Zimmer, eilte in den Garten und holte das Fahrrad.

Während er langsam über den Fahrradweg der Promenade fuhr, betrachtete er aufmerksam die wenigen Menschen am Strand, die entweder barfuß über den weichen Sand liefen oder unter Strahlen herrlichen Sonnenscheins auf einem Liegestuhl relaxten.

Nach zehn Minuten Hin und Her entdeckte er Yusuf in der Nähe des Strandes des Hotels Europa. Die Szene, die sich ihm bot, war beängstigend. Yusuf war nicht allein:

Eine aufgeregte Frau im Bikini stand ihm gegenüber und beschimpfte ihn sehr laut und sehr aggressiv.

Ohne Zeit zu verlieren, stellte er das Fahrrad an eine Straßenlaterne, nährte sich der Szenerie und fragte die junge, blonde Frau respektvoll auf Spanisch:

»Hat dieser Mann Sie belästigt, Señora?«

Sie sah Shapoor eindringlich an und erwiderte vorwurfsvoll:

»Kennen sie ihn? Dieser Kerl ist verrückt, krank! Man muss ihn einsperren.«

»Sie haben recht, er ist nicht klar im Kopf. Ich entschuldige mich für das, was er getan hat. Ich werde ihn gleich wieder in sein Zimmer bringen.«

»Machen Sie das. Ich wollte gerade die Polizei anrufen.«

Yusuf, der vom plötzlichen Erscheinen seines Chefs erschrocken war, fühlte sich ertappt und versuchte, den Dialog zwischen Shapoor und der blonden Frau zu verstehen. Shapoor warf seinem Mitarbeiter einen tadelnden Blick zu und sagte dann zu der Frau:

»Keine Sorge, Sie werden ihn nie wieder sehen. Das verspreche ich Ihnen. Darf ich fragen, was er getan hat?«

Die Frau versuchte, sich etwas zu beruhigen und erwiderte klagend:

»Während ich auf meiner Liege ausruhte, kam der Mistkerl hierher, berührte meine Brüste und fragte mich auf Englisch, ob ich ihn für kurze Zeit heiraten wolle.«

»Unglaublich! Ich entschuldige mich noch einmal. Wissen sie, er ist tatsächlich gestört. Seit seine Frau tot ist, hat er öfter solche Anfälle. Bitte verzeihen Sie, was passiert ist.«

Die Information über den Tod seiner Frau bewirkte eine Veränderung in der gereizten Atmosphäre. Auf einmal zeigte die Frau betretene, ja, bedauernde Gesichtszüge.

Sie sah Yusuf verlegen an und eine Spur von Sanftheit schwang in ihrer Stimme mit, als sie sagte:
»Oh, der arme Kerl. Es tut mir leid, das wusste ich nicht.«
»Vergessen Sie es. Er hätte Sie trotzdem nicht so belästigen dürfen.« Er ging zu Yusuf, nahm seine Hand und während er ihn vorwärtsschubste, wünschte er der Frau einen schönen Tag.
Yusuf ging mit seinem Chef stumm mit und leistete keinen Widerstand. Er wusste sehr wohl, dass sein unerlaubter Ausgang ihm seinen Job kosten konnte.
Zu Hause hielt Shapoor sich trotz seiner schlechten Laune optisch unbefangen und er machte auch keine Bemerkungen über Yusufs unerlaubten Ausgang und das skandalöse Verhalten seines Mitarbeiters am Strand. Er wusste, dass das nicht die richtige Zeit für Belehrungen oder Sanktionen war; er musste gemeinsam mit seinem Team alles für ihren Auftrag vorbereiten. Die disziplinarischen Maßnahmen von Yusuf konnten später noch vorgenommen werden.
Mit ruhigem, aber festem Ton befahl er Rasul und Yusuf, das original Frankfurter Kennzeichen des Transporters abzumontieren und alle Materialien, die nicht zu dem Transporter gehörten – Werkzeuge, gestohlene Autokennzeichen, Uniformen und so weiter – im Kofferraum des Mietwagens zu verstauen. Schließlich ließ er sie Gummihandschuhe anziehen und alle möglichen Stellen, an denen er vermutete, dass sie ihre Fingerabdrücke hinterlassen hatten, mit einem Mikrofasertuch und Glasreiniger säubern. Abschließend sollten sie den Autoschlüssel in den Zündbereich einstecken.
»Wollen Sie den Transporter hierlassen?«, fragte Rasul verwirrt.

»Ja, wir können nicht mit dem Transporter zurückfahren. Ich vermute, unser Auto steht auf der Fahndungsliste von Interpol. Wir fahren mit dem Mietwagen.«

»Wollen Sie wirklich mit dem kleinen Mietwagen nach Frankfurt zurückfahren?«

»Nein, wir fahren zuerst nach Madrid, bleiben dort einige Zeit im iranischen Konsulat und warten, bis wir sicher sind, dass keine Gefahr mehr besteht, und problemlos nach Hause fliegen können.

In Madrid veranlasse ich, dass ein Mitarbeiter des Konsulats mit dem Mietwagen hierherfährt, das Auto bei der Firma abgibt und dann unseren Transporter nach Madrid zurückbringt.«

»Wenn das Auto tatsächlich auf der polizeilichen Fahndungsliste steht, wird der Mitarbeiter des Konsults Ärger bekommen. Oder nicht?«, hakte Rasul ziemlich verwundert ein.

»Nein: Erstens kann man ihm keine Schuld nachweisen, zweitens kann das Konsult behaupten, dass er das gestohlene Auto nach Frankfurt hat zurückbringen zu wollen.

Sollte die Polizei andererseits vorher den Transporter hier finden und ihn beschlagnahmen, können sie uns nicht anhand unserer Fingerabdrücke oder des Originalkennzeichens identifizieren – vorausgesetzt, dass ihr das Auto wirklich makellos putzt. Ich denke, das ist eine sichere und vernünftige Sicherheitsmaßnahme.

Geht jetzt nochmal an die Arbeit. Ich möchte innen und außen keine Fingerabdrücke mehr am Auto sehen. Ich ziehe mich währenddessen in mein Zimmer zurück und überprüfe noch einmal die Einzelheiten unseres Plans.

Vielleicht finde ich eine Lösung, wie wir unsere Arbeit leichter erledigen können.«

Am 25. Februar wollte Shapoor schon um zehn Uhr zu dem Fachgeschäft in Malaga fahren, um die bestellten Bohrfräser abzuholen. Die Adresse hatte er bereits im Navi des Mietwagens gespeichert.

Er traute sich allerdings nicht, die beiden Afghanen mehrere Stunden im Haus alleinzulassen.

Am meisten sorgte er sich Yusufs wegen. Er war wie ein ungezähmtes Pferd: fast unerziehbar. Er kam ihm bei dieser Mission ungewöhnlich wild und unbeherrscht vor.

Shapoor entschied, einen von ihnen mitzunehmen und das Eingangstor abzuschließen, damit der andere während seiner Abwesenheit keine Dummheiten beging – zum Beispiel an der Strandpromenade die Frauen zu belästigen und damit auf sich aufmerksam zu machen.

Er holte aus seinem Zimmer einen dicken Ordner über verschiedene Türschlösser mit anschaulichen Abbildungen sowie Erklärungen über ihre einzelnen Elemente in persischer Sprache.

Er sagte Yusuf, er solle alle Bilder und ihre Beschreibungen genau studieren. Ihre bildhafte Darstellung könne ihm bei seiner bevorstehenden Aufgabe sehr helfen.

»Warum nehmen Sie Rasul mit? Wir müssen zusammen in das Haus von Parsa-Pour einbrechen. Er kann hierbleiben und mitlernen,« protestierte Yusuf, unverkennbar verärgert.

»Ich will meine Entscheidung nicht mit dir diskutieren. Du machst, was ich dir sage. Basta!«

Yusuf wollte ihm widersprechen, aber ein scharfer Blick von Shapoor unterdrückte seinen Widerstand.

Kurz vor zehn Uhr setzte Shapoor sich mit Rasul in den weißen Seat und fuhr in Richtung Malaga. Zuvor hatte er das Eingangstor abgeschlossen und die Schlüssel mitgenommen.

Shapoor war trotz seiner sonst besonnenen Art und Organisationsfähigkeit sichtlich sehr besorgt. Der brennende Gedanke, dass die Polizei über ihr Vorhaben bereits informiert sein könnte, trieb ihn in Panik und Schrecklähmung. Diese Unsicherheit drängte ihn dazu, mehr über seinen Plan B nachzudenken.

Er spielte mit den Gedanken, dass er im Fall des Falles – wenn bei der Ausführung ihres Auftrags alles schiefgehen und die Polizei sie verfolgen sollte – unterwegs ein weiteres Fahrzeug brauchen würde, um der Polizei auszuweichen. Dieses musste irgendwo nahe der Autobahn stehen.

In der Stadtmitte Malagas hielt er den Wagen in der Nähe einer SIXT-Filiale an, sagte zu Rasul, er solle sich hinter das Steuer setzen und im Auto auf ihn warten. Dann trat er in das Geschäft ein und mietete für die Laufzeit von einer Woche ein Auto Klasse B – einen roten Peugeot.

Nach Erledigung aller Formalitäten übernahm er das Auto und fuhr bei Rasul vorbei, um ihm mitzuteilen, dass er ihm mit dem Seat folgen solle.

Nach einer halbstündigen Fahrt parkte er den Peugeot in einer Nebenstraße der Avenida de Andalucía. Er stieg aus und schloss die Tür. Ganz konzentriert betrachtete er die Umgebung und dann machte er mit seinem Handy einige Bilder des Straßennamensschilds und seiner besonderen Merkmale.

Dann machte er Rasul ein Zeichen, sich wieder auf den Beifahrersitz zu setzen. Er stieg wieder in den weißen Seat und fuhr in Richtung Stadtmitte.

»Wozu brauchen wir ein zweites Fahrzeug?« Rasul war ziemlich verwirrt.

»Vor ein paar Jahren musste ich in London vier Autos mieten und jedes von ihnen in einem anderen Ortsteil abstellen.

Gerade das vierte Auto hat meine Leute und mich gerettet. Ich erfuhr rechtzeitig, dass die Polizei die anderen Autos überwachte; von dem vierten Auto hatte sie keine Ahnung. Der zweite Mietwagen ist ein Teil von Plan B. Ich hoffe, wir werden ihn nicht brauchen.
Aber falls die Polizei inzwischen weiß, dass wir mit einem Transporter und einem Seat verkehren, müssen wir in Malaga ein Fluchtauto parat haben.
Wie gesagt, das ist eben eine Option. Sollten wir es nicht brauchen, werde ich es online stornieren und seine Position bekannt geben. Aber wenn unsere Operation schiefgeht, haben wir immerhin ein Auto in Malaga.« Er sah Rasul prüfend an. Er schien Shapoors Absicht nicht richtig verstanden zu haben. »Jetzt fahren wir in die Stadt zu dem Fachgeschäft für professionelle Werkzeuge. Hoffentlich gibt es dort keine böse Überraschung.«

18. Eine beängstigende Neuigkeit

An diesem Abend hörte Sohrab gegen neunzehn Uhr jemanden am Gartentor läuten. Beim Blick auf den Monitor der Videokamera erkannte er die unverwechselbare Gestalt von Meister Radja. Allerdings in normaler Kleidung – Jeanshose, rot-kariertes Hemd und darüber einen grünen Blouson.

Ungeachtet der Anweisung von Comisario Zapata, abends das Gartentor nicht mehr zu öffnen, entschied Sohrab, den sympathischen Sufi zu empfangen.

Meister Radja trug einen großen und ziemlich schweren Karton mit sich. Als Sohrab das Tor öffnete, trat er schnell ein und meinte besorgt, Sohrab solle es sofort wieder abschließen. Im Gegensatz zu seinem vorherigen Besuch sah er unverkennbar nervös aus. Im Haus stellte Meister Radja den Karton auf den Tisch, drückte dann aufrichtig Sohrabs Hand und sagte:

»Entschuldigen Sie diesen unangemeldeten Besuch.« Er atmete tief durch und fügte hinzu: »Ich musste heute eilig nach Hause fahren, diesen Karton abholen und bei Ihnen loswerden. Ich hoffe, Sie sind mir nicht böse, Ihr gefälliges Angebot jetzt in Anspruch nehmen.«

»Lassen Sie uns erstmal ins Wohnzimmer gehen und etwas trinken. Und dann erzählen Sie mir, was los ist. Sie sehen so unruhig aus.«

Meister Radja schien in der Tat mitgenommen zu sein. Er war sehr blass. Seine Augen waren leicht umrändert und um die Nasenflügel spielte ein nervöses Zucken, das seine Erregung verriet. Zuerst wollte er nicht sitzen. Man bekam den Eindruck, dass er alle seine Sorgen in einem kurzen Satz aussprechen, den schweren Karton bei Sohrab lassen und dann verschwinden wollte. Aber offensichtlich konnte er nicht richtig reden. Ein paar Male öffnete er seinen Mund und bekam keinen Ton raus. Sohrab gab ihm ein Glas Wasser, das er schnell und gierig bis auf den letzten Tropfen austrank.

»Was ist los mit Ihnen, mein Freund? Wieso sind Sie so durcheinander?«

Radja bediente sich selbst nochmal am Wasser, blieb weiter stumm und sagte schließlich mit ernstem Gesichtsausdruck: »Ich bin in großer Gefahr. Ich möchte, bevor mich jemand tötet, die Dokumente, die mein Vater mühsam gesammelt und mit großem Aufwand aus dem Land herausgeschmuggelt und mir anvertraut hat, retten und – wenn Sie bei Ihrem Versprechen bleiben – alles Ihnen überlassen.« Er schwieg, vermied den Blickkontakt mit Sohrab und sprach nach einer Weile mit stockender Stimme weiter: »Ich habe heute zufällig erfahren, dass man mich ermorden will.«

»Was sagen Sie? Moment mal! Wer und warum will jemand Sie töten?«

»Ich vermute, man hat herausgefunden, dass ich Herrn Ramin Rastegar in Schweden mit den geheimen Dokumenten versorgt habe.«

»Wie kommen Sie zu dieser Annahme?«

»Zufall, reine Zufall. Ich habe heute mit eigenen Ohren gehört, was man vorhat und mit eigenen Augen gesehen, wer mich töten will. Ob Sie es glauben oder nicht, heute waren die iranischen Killer in meinem Geschäft.«

»Was erzählen Sie da? Haben Sie mit ihnen gesprochen?«

»Nein, nein. Ich konnte sie sehen, aber sie hatten keine Ahnung, dass ich in ihrer Nähe war.«

»Beruhigen Sie sich. Erzählen Sie langsam, was passiert ist. Wie haben Sie die Killer erkannt?«

»Ich war heute wie gewöhnlich in meinem Geschäft. Normalerweise kann ich durch ein kleines Fenster in meiner Bürotür die Gespräche zwischen meinen Mitarbeitern und den Kunden im Verkaufsbereich hören. Dieses indirekte Lauschen ermöglicht es mir, sofort dazuzukommen, wenn meine Mitarbeiter nicht genau wissen, was der Kunde sucht. Ich kann mich in das Gespräch einbringen und aufgrund meiner fachlichen Erfahrung versuchen, den Kunden schnell zu bedienen.

Heute betraten zwei ausländische Herren den Laden und einer von ihnen fragte in perfektem Spanisch nach seiner Online-Bestellung. Das war ein Hartmetall-Bohrfräser von Bosch, 6 Millimeter.

Normalerweise werden solche Hartmetall-Bohrfräser von Schlüsseldiensten genutzt, um ein Schloss gewaltsam zu öffnen. Aber auch Diebe benutzen diese Art von Werkzeugen, um in ein verschlossenes Gebäude einzubrechen.

Mein Mitarbeiter wusste nicht, ob der bestellte Bohrfräser schon geliefert worden war. Er bat die Kunden, etwas Geduld zu haben, und bediente zuerst einen anderen Käufer; danach wollte er im Computer nachsehen, ob sie ihre Bestellung mitnehmen konnten.

Die beiden Herren zogen sich zurück und blieben neben dem Fenster zu meinem Büro stehen. Mein Interesse an ihrem Gespräch wurde intensiver, als sie begannen, sich miteinander auf Persisch zu unterhalten. Nach meiner ersten Einschätzung waren sie weder befreundet noch verwandt. Die Art und Weise, wie sie miteinander sprachen, ließ mich vermuten, dass einer der Boss und der andere – seinen Namen habe ich mir gemerkt, er hieß Rasul – sein Untergebener war.

Seit ich in meinem Geschäft arbeite, habe ich nie einen iranischen Kunden gehabt. Ich intensivierte mein Bemühen und erlauschte, was sie miteinander sprachen. Ich hörte, dass Rasul seinen Chef fast ehrfürchtig anredete.
»Darf ich Ihnen eine Frage stellen?«
»Du nervst mich immer mit deinen unsinnigen Fragen, Rasul. Was willst du wissen?«, erwiderte der launisch.
»Was hat der Kerl getan, dass wir fast in halb Europa herumreisen müssen, um ihn auszuschalten? Ist der Kerl ein Gegner der iranischen Regierung oder ist er ein Ungläubiger?«
»Gibt es einen Unterschied?«, fragte sein Chef unverkennbar sarkastisch. »Warum willst du das wissen? Wir sind hier, um einen Befehl auszuführen. Was der Kerl getan hat, hat uns nicht zu interessieren.« Offenbar bemerkte er, dass Rasul mit seiner Antwort nicht zufrieden war, und fügte hinzu: »Ich weiß auch nicht genau. Aber ich vermute, er hat mit der Veröffentlichung geheimer Dokumente der iranischen Regierung politische Skandale ausgelöst. Deswegen will man ihn so schnell wie möglich aus dem Verkehr ziehen, damit er seine schändliche Arbeit nicht mehr fortsetzen kann.«
»Also ist er doch ein Kafir, ein Feind des Islams.«
»Er ist jedenfalls kein Freund von Ajatollah. Mehr weiß ich nicht, das geht uns auch nichts an. Ich organisiere einen Zugriff auf ihn und du und dein Kumpel müsst ihn hinrichten.«
Inzwischen suchte mein Mitarbeiter den gewünschten Artikel. Sie hatten Glück, die bestellte Ware konnten sie mitnehmen. Nachdem sie ihre Rechnung bezahlt und meinen Laden verlassen hatten, verließ ich aufgeregt mein Büro und folgte ihnen unauffällig. Ihr kurzes Gespräch hatte mich ungemein

beunruhigt. Ich wollte sehen, wie die beiden Iraner, die über mich gesprochen haben, aussahen.

Nicht weit von meinem Geschäft stand ihr Wagen, ein weißer Seat. Meine Angst wurde noch größer, als ich bemerkte, dass ihr Vehikel ein Mietwagen der Firma Castro war. Wissen Sie, der Castro-Service ist ein Familienbetrieb in Marbella. Die Castros haben eine Autowerkstatt und vermieten auch Autos an Touristen. Man kann ihre Mietwagen nicht mit den Pkws anderer Autovermietungen verwechseln. Die Mietwagen von Castro sind mit einem großen, grünen Anker-Zeichen dekoriert. Diese schreckliche Erkenntnis hat mich total schockiert. Ich weiß nicht, ob Sie meinem Gedanken folgen können.«

»Nein, ehrlich gesagt, nein. Ich verstehe nicht, worauf sie hinauswollen. Was hat der Castro-Mietwagen mit den iranischen Killern zu tun?«

»Überlegen Sie genau: Wenn diese iranischen Berufsmörder ein Auto vom Castro-Service in Marbella gemietet haben, müssen sie logischerweise auch dort wohnen. Und warum? Weil sie dort jemanden töten wollen; jemanden, der auch dort lebt und die geheimen Dokumente der iranischen Regierung veröffentlicht hat. Und Sie wissen doch, wer dieser Jemand ist. Oder?« Er sah Sohrab nur mit einem prüfenden, eindringenden Blick an, als wollte er ihm bis in die Seele greifen. Als Radja bemerkte, dass Sohrab ihn nur mit ungläubigem Blick anschaute, setzte er seine Schlussfolgerung fort: »Ja, ich! Natürlich ich. Ich bin derjenige, der unter dem Pseudonym Kondor die Dokumente über Khomeinis Befehl für den Anschlag auf das Pan-Am-Flugzeug im Jahre 1988 Herrn Ramin Rastegar zur Verfügung gestellt hat. Ich wohne in Marbella.

Ich bin sicher, sie sind meinetwegen in dieser Stadt. Erst haben sie Ramin getötet und jetzt bin ich dran.
Wahrscheinlich haben sie inzwischen herausgefunden, dass mein Vater diese Dokumente bei mir deponiert hat, und ich einen Teil davon herausgegeben habe.
Nachdem, was ich heute erlebt habe, habe ich keine Zweifel – sie sind hinter mir her. Sie wollen mich, genau wie Ramin Rastegar, in meinem Haus überfallen und enthaupten.
Sie wissen, wer ich bin und wo ich wohne. Dafür brauchen sie den Bohrfräser – um das Schloss meiner Haustür zu zertrümmern! Was sie nicht wissen ist, dass sie den Bohrfräser von meiner Firma gekauft haben und ich alles gehört habe, was sie miteinander sprachen.
Ja, lieber Freund, ich bin am Ende, ich bin so gut wie tot. Ich dachte, bevor diese Verbrecher mich überfallen, sollte ich zumindest die Dokumente retten. Dann muss ich überlegen, wo ich mich verstecken kann. Wahrscheinlich fliehe ich nach Saragossa, dort lebt die Schwester von Juan.«
Sohrab hörte Meister Radja die ganze Zeit aufmerksam zu und nach und nach ging ihm auf, was in Wirklichkeit im Gange war.
Als Meister Radja seinen dramatischen Bericht beendet hatte, stand Shapoor auf, holte das Bild, das er ausgedruckt hatte, stellte es vor seinen Augen auf und fragte:
»Schauen Sie es sich genau an: Sah einer von diesen Männern so aus?«
Meister Radja starrte das Bild mit weit geöffneten Augen an. Nach einer Weile sah er perplex und bestürzt zu Sohrab auf und sagte:
»Sie machen mir noch mehr Angst. Woher haben Sie dieses Bild? Ja, ja, das ist der Boss. Aber seine Uniform auf dem Bild irritiert mich. Er hatte heute einen dunklen Anzug an.«

»Offenbar erscheint er je nach Tätigkeit in unterschiedlichen Outfits. Heute trug er einen dunklen Anzug, um nicht wie ein Einbrecher auszusehen. Auf diesem Bild ist er mit einer DHL-Uniform verkleidet, um sich als Postbote auszuweisen. Sie haben recht, der Mann ist ein Profikiller. Dennoch kann ich Sie beruhigen, er ist nicht hinter Ihnen her. Er und seine Kumpel sind meinetwegen in dieser Region. Sie wollen nicht Sie töten, sondern ich bin ihr Zielobjekt.«
»Das glaube ich Ihnen nicht. Warum?«
»Wissen Sie, Sie sind nicht der Einzige, der geheime Dokumente über Verbrechen der iranischen Regierung besitzt. Vor fünf Jahre stellte man mir ein sehr interessantes Dokument über das iranische Atom-Programm zur Verfügung und ich benutzte es in einem meiner Romane.
Schon damals hatte man mich gewarnt, dass ich mit schmerzhafter Vergeltung rechnen müsse.
Eine weitere Warnung bekam ich vor einem Monat aus Teheran. Meine Frau und ich besuchten daraufhin die Polizei und aufgrund ihrer Empfehlung verließen wir unser Haus in Hamburg: Meine Frau fuhr nach Wien zu ihrer Familie und ich flog nach Spanien.
Dieses Bild wurde von einer Videokamera vor meinem Haus aufgenommen. Der vermeintliche Mitarbeiter von DHL hatte angeblich ein Paket für mich. Aber ich bin inzwischen sicher, dass er herausfinden wollte, ob ich zu Hause bin.
Ich denke, der Bohrfräser, den die Männer heute in Ihrem Geschäft gekauft haben, ist für das Schloss des Gartentors und der Haustür meines Anwesens bestimmt. Sie sind nicht Ihretwegen hier; sie wollen mich, genau wie meinen Freund Ramin, überfallen und enthaupten.
Aber keine Sorge, die spanische Polizei weiß, dass dieser Mann und seine Leute sich in dieser Region aufhalten.

Comisario Zapata versprach mir, er werde dafür sorgen, dass mein Haus Tag und Nacht überwacht wird. Ich denke, solange ich mich in diesem Haus aufhalte, kann mir nichts Schlimmes passieren. Jedenfalls ist Angst kein guter Ratgeber. Man muss aufpassen, aber darf nicht die Nerven verlieren.«

Sohrab fiel auf, wie schnell seine plausible Erklärung Meister Radja beeinflusste. Er atmete wieder regelmäßig und sein Gesicht strahlte nach und nach wieder die gewohnte Besonnenheit aus. Er sprach weiter: »Eigentlich war uns schon bekannt, dass das iranische Mordkommando in einem weißen Transporter unterwegs nach Spanien war. Ihre neue Information, dass sie inzwischen einem Mietwagen von Castro Service Rent-a-Car fahren, ist eine sehr interessante Neuigkeit. Wenn Sie einverstanden sind, werde ich gleich Comisario Zapata informieren. Ich denke, mit diesem Hinweis können sie sie leicht lokalisieren.«

»Ja, selbstverständlich. Rufen Sie die Polizei sofort an. Je schneller man diese Verbrecher findet, desto schneller sind Sie außer Gefahr und können sich frei bewegen.«

Sohrab griff nach seinem Handy und rief Comisario Zapata an; er erzählte ihm, was Meister Radja berichtet hatte.

»Das ist eine ausgezeichnete Neuigkeit. Ich fahre gleich zur Firma Castro Service Rent-a-Car und lasse mich informieren, wie der Kerl heißt und wo in Marbella er wohnt.«

»Das heißt, sie werden ihn gleich verhaften?«, erkundigte sich Sohrab.

»Nein, das werden wir nicht tun. Es gibt noch keinen Beweis, dass er wirklich jemanden töten will. Wir müssen diese Verbrecher am Tatort erwischen, sonst haben wir Ärger mit dem Staatsanwalt. Hier kommt noch dazu, dass sie angeblich Diplomatenpässe besitzen.

Wenn wir herausfinden, wo sie wohnen, werden wir sie Tag und Nacht beobachten, und wenn sie Ihr Haus betreten, werden wir sofort zugreifen.

Eines müssen Sie mir allerdings versprechen. Sie dürfen Ihr Haus auch weiterhin nicht verlassen oder irgendjemanden empfangen. Sie müssen wissen, dass diese Killer Profis sind und ihre Vorhaben sehr schnell durchführen. Also bleiben Sie die ganze Zeit im Haus und beim geringsten Verdacht auf Gefahr rufen Sie mich an.«

Meister Radja hörte alles mit. Als Sohrab das Gespräch beendete, stand er auf und verkündete, dass er gehen wolle. Unsicher fragte er:

»Darf ich trotzdem den Karton hierlassen?«

»Ja, ich habe Ihnen bei unserem letzten Gespräch schließlich zugesagt, dass ich, wenn ich wieder in Deutschland bin, mich darum kümmern werde. Die mühevolle Arbeit Ihres Vaters darf nicht ohne Ergebnis bleiben.

Meine Kollegen und ich werden alle Dokumente sorgfältig lesen und die, die für die Öffentlichkeit interessant sind, veröffentlichen. Das verspreche ich Ihnen.

Also ja, bitte lassen Sie den Karton hier. Ich verstecke ihn in meinem Arbeitszimmer. Ich hoffe, diese Krise ist bald vorbei und wir können über angenehmere Themen, zum Beispiel über den Sufismus, miteinander sprechen.«

Meister Radja betrachtete eine Weile Shapoor; vor Rührung glänzte sein Blick.

Der Ausdruck der Verzweiflung, der sein Gesicht geprägt hatte, verschwand unter dem gewinnenden Wohlwollen seines Lächelns. Er drückte Shapoors Hand und sagte:

»Danke. Danke, dass Sie mich von meiner Todesangst befreit haben. Kann ich noch etwas für Sie tun?«

»Nein, Sie haben bereits etwas Wichtiges getan. Ihre Information bezüglich des Mordkommandos ist sehr wertvoll.«
»Dann gehe ich. Passen Sie gut auf sich auf. Ich wünsche Ihnen viel Glück. Und bis bald.«
Gegen zwanzig Uhr ließ er den Karton mit den Dokumenten zurück und verabschiedete sich mit einer herzlichen Umarmung.

*

Der Besuch von Comisario Zapata bei der Firma Castro Service Rent-a-Car brachte keinen entscheidenden Durchbruch in diesem kuriosen Fall. Denn laut Aussage der zuständige Mitarbeiter von Castro sah der Kunde zwar genauso aus wie auf dem Bild, war aber kein Iraner. Denn laut seinen Dokumenten hieß er Juan Sanchez und hatte die venezuelische Staatsangehörigkeit. Er hatte seine Rechnung mit einer Kreditkarte von der Bank de Caracas bezahlt. Als er den unzufriedenen Gesichtsausdruck von Comisario Zapata sah, empfiehl der Mitarbeiter, zu dem Aufenthaltsort des Kunden – dem Hapimag Resort – zu gehen und sich dort selbst zu überzeugen. Er hatte behauptet, dass er dort eine Woche wohnen werde.
Auch das Telefonat mit dem Hapimag Resort brachte kein gewünschtes Resultat. Denn die Dame an der Rezeption erklärte, dass Herr Juan Sanchez zwar eine Reservierung besäße, aber noch nicht im Hotel eingetroffen sei.
Comisario Zapata war völlig verzweifelt. Er fühlte, dass etwas mit diesen Daten nicht stimmte, aber er hatte keine Idee, was falsch sein könnte. Er entschied, am nächsten Tag den Sachverhalt durch seine Kollegen bei Interpol klären zu lassen.

19. Im Netz des Verbrechers

Am gleichen Tag um dreizehn Uhr schloss Melanie Borchert, Leiterin der Verwaltung für die Ferienwohnungen in Marbella, ihr Büro und entschied, bevor sie ihre Tochter vom Kindergarten abholte, bei ihrem Kunden Shapoor alias Juan Sanchez vorbeizugehen, um die versprochenen Veranstaltungskalender und einige Prospekte von sehenswürdigen Ortschaften im Umkreis von etwa hundert Kilometern bei ihm abzugeben.

Sie läutete mehrere Male an der Tür, aber es schien niemand zu Hause zu sein. Mit ihrem eigenen Schlüssel öffnete sie das Gartentor, betrat das Haus und legte einen großen Umschlag auf einen Steintisch, der neben mehreren Palmen stand. Dann schrieb sie auf ihre Visitenkarte *„Viel Spaß beim Ausflug ins wunderschöne Andalusien. Schöne Grüße, Melanie"* und platzierte sie neben dem Umschlag.

Beim Weggehen stieß ihr Blick auf den Carport, in dem ein großer, weißer Transporter stand – ohne amtliches Kennzeichen.

Sie starrte das große Vehikel erstaunt an und fragte sich, was dieser Transporter in dem Carport mache. Wenn es sein Auto war, warum hatte es kein Nummernschild? Sie ignorierte ihr Misstrauen und entschied, sich zu beeilen, um ihre Tochter rechtzeitig vom Kindergarten abzuholen.

Aber als sie sich zum Gehen umwandte, bemerkte sie plötzlich, dass jemand dicht hinter ihr stand. Langsam drehte sie sich um und sah eine ihr unbekannte, aber auch angsterregende Person; ein Mann, der sie schweigend und mit großem Interesse anstarrte.

Sie hatte nicht bemerkt, wo er die ganze Zeit gestanden und wie er sich ihr genähert hatte. Die unerwartete Begebenheit erschrak sie sehr. Sie bemühte sich um Fassung und fragte stockend auf Spanisch:

»Wer sind Sie? Was machen Sie hier?«

Er verstand, was sie wissen wollte und gab in gebrochenem Englisch zurück: »Mein Name ist Yusuf.«

»Sie haben mich erschreckt. Wo ist Mr. Sanchez?« Sie sprach jetzt ebenfalls Englisch.

Eine Weile sah er sie nachdenklich an, als ob er sich bemühte, sie dieses Mal richtig zu verstehen. Denn er wusste nicht, dass Shapoor den Bungalow als Juan Sanchez angemietet hatte. Aber offensichtlich war ihm egal, was sie wissen wollte. Mit einem gekünstelten Lächeln schaute er sie an und schubste sie dann leicht vorwärts.

»Kommen Sie, ich zeige Ihnen, was los ist.«

Melanie schien immer noch durcheinander zu sein und ohne darüber nachzudenken, folgte sie seiner kuriosen Aufforderung. Yusuf trat ins Gebäude und forderte sie mit einem Handzeichen auf, ihm weiter zu folgen. Unterwegs zum Wohnzimmer dachte Melanie, dass ihr Mieter vielleicht doch im Haus war und es ihm möglicherweise nicht gut gehe; sein Freund wollte vielleicht Hilfe holen. Er könne aber sein Anliegen in Englisch nicht deutlich artikulieren.

Kaum stand sie im Wohnzimmer, drehte Yusuf sich blitzschnell um und schlug mit der Faust auf ihre Schläfe.

Auf einmal empfand sie einen atemberaubenden Schmerz im ganzen Körper, bewegte sich ein paar Schritte rückwärts und fiel ohnmächtig auf den Boden. Diese Art von Schlägen hatte Yusuf bei der Pasdaran-Akademie gelernt; man setzte diese Schlagtechnik gegen Demonstranten ein.

Offensichtlich wusste Yusuf, was er wollte: Er nahm ihre beiden Hände, zog sie schnell zu seinem Zimmer und legte sie flach auf das Bett. Er betastete ihren Hals. Sie war nur bewusstlos. Aus dem Werkzeugkasten im Raum holte er ein breites Klebeband und kehrte hastig zum Bett zurück.

Er umwickelte ihre beiden Hände und Füße mehrfach fest mit dem Klebestreifen, und dieses verankerte er an dem Bett-Pfeiler. Dann setzte er sich neben sie und betrachtete neugierig ihr Gesicht.

Am meisten gefielen ihm ihre hellblonden, lockigen Haare. Ganz vorsichtig berührte er eine ihrer Strähnen und ab und zu huschte ein amüsiertes Lächeln über sein Gesicht.

Es dauerte nicht lange, bis Melanie zu sich kam. Allmählich erwachte jeder Sinn in ihrem Körper und nach und nach erinnerte sie sich, was passiert war. Sie hielt ihre Augen noch geschlossen, aber sie merkte, dass der Angreifer neben ihr saß; sie spürte seinen heißen Atem im Gesicht. Sie konnte nicht begreifen, warum dieser unbekannte Kerl im Garten gewesen war. Wer war er überhaupt? Wo war ihr Mieter? Sie entschied, auch weiterhin ihre Augen nicht zu öffnen und sich bewusstlos zu stellen.

Sie hatte von dem schmerzhaften Faustschlag noch Kopfweh, aber die Angst vor dem, was ihr bevorstand, war noch qualvoller.

Ein weiterer, brennender Gedanke drehte sich um ihre Tochter; sie wartete im Kindergarten schon darauf, abgeholt zu werden. Würden die Erzieherinnen sie einfach vor dem Kindergarten alleinlassen? Sie kämpfte mit sich, nicht zu weinen, sonst würde er erkennen, dass sie bei vollem Bewusstsein war. Sie fragte sich: „Bin ich dieser Bedrohung gewachsen?

Kann ich mir schnell eine geeignete Strategie überlegen, um sein Vorhaben abzuwenden, oder wenigstens einzudämmen?" Sie dachte, sie müsse auf jeden Fall alles in Ihrer Macht Stehende versuchen; sonst hätte sie keine Chance, sich physisch zu wehren. Langsam öffnete sie doch ihre Augen und ihre ängstlichen Blicke kreuzten das ungeduldige Gesicht von Yusuf.

»Hallo, schöne Lady. Es tut mir leid, dass ich Ihnen wehgetan habe,« sagte er sanft auf Englisch. Er fügte mit einem Lächeln hinzu: »Wissen Sie, ich will Sie nur für eine Stunde heiraten. Nachher gebe ich Ihnen Ihre Ehe-Gabe und Sie können nach Hause gehen. Sind Sie einverstanden?« Melanie sah ihn verwirrt an und er erklärte weiter: »Ich bin Muslim. Zuerst muss ich eine Sure aus dem Koran lesen, dann sind Sie meine Frau. Wie gesagt, nur für eine Stunde, danach sind wir geschieden.« Als er erkannte, wie vollkommen konfus sie war, fragte er: »Sind Sie Christin?«

»Ja. Ja, ich bin Katholikin«, erwiderte sie in der Hoffnung, dass er sein Vorhaben aufgeben würde. Aber zu ihrer großen Enttäuschung sagte er:

»Sie brauchen sich keine Gedanken zu machen. Allah ist einverstanden. Als muslimischer Mann darf ich jede Frau heiraten. Ich brauche nur eine Sure aus dem Koran lesen und schon ist alles legalisiert.«

Die Ankündigung einer eine Stunde dauernden, religionskonformen Vergewaltigung bewirkte bei Melanie totale Panik. Eine furchtbare Verzweiflung presste ihr Herz zusammen. Sie ahnte, was er mit einer Stunde Heirat meinte.

Einige Male überlegte sie, laut um Hilfe zu schreien, aber sie war nicht sicher, ob jemand ihre Stimme hören würde. Außerdem konnte sie diesen Kerl kaum einschätzen; er schien eiskalt und gewalttätig zu sein.

Sie konnte sich vorstellen, dass er, als sie bewusstlos im Schlafzimmer lag, alle Türen abgeschlossen hatte, sodass sie, wenn sie zu sich käme, nicht fliehen konnte.

Das einzige Fenster, das sie unbemerkt und problemlos würde durchklettern können, war das Fenster im Gästebadezimmer. Sie musste sich einen Ausweg ausdenken.

Sie zeigte ein schwaches Lächeln und fragte, warum er nur eine Stunde mit ihr verheiratet bleiben wolle – warum nicht eine Woche oder länger? Mit einem verführerischen Ton in der Stimme fügte sie hinzu, dass sie ihn charmant fände.

Yusuf erwartete jede mögliche Reaktion, aber nicht diese. Er hielt eine Weile inne und dann wollte er mehr wissen.

»Mögen Sie mich wirklich?«

»Aber natürlich. Sie sind ein schöner Mann. Wie war Ihr Name?«

»Yusuf.«

»Oh, Yusuf. Ein interessanter Name. Ich heiße Melanie.«

Minutenlang starrte er sie perplex an und versuchte herauszufinden, ob das eine kalkulierte Taktik war oder ob – wie man ihm in Afghanistan erzählt hatte – die europäischen blonden Frauen tatsächlich verrückt nach asiatischen Männern waren.

»Melanie, mögen Sie mich wirklich?«, wiederholte er ziemlich schüchtern.

Sie lächelte ihn wieder freundlich an und bestätigte, dass sie ihn für einen attraktiven Mann halte. Als sie die Auswirkung ihres Kompliments in seinem Gesicht sah, meinte sie schmeichelnd, dass es besser wäre, wenn er ihre Hände und Füße freimache; in solch einem Zustand könne man nicht heiraten.

Allmählich beobachtete sie, wie Yusuf weich und freundlich wurde. Seine Augen glänzte vor Erregung.

»Darf ich, bevor wir heiraten, zur Toilette gehen und mich für die Hochzeit zurechtmachen?«, fragte Melanie mit einem süßen Lächeln.

Trotz der großen Freude über seinen unerwarteten Erfolg, kämpfte Yusuf innerlich mit sich, ihr nicht so viel Freiraum zu geben, dass sie bei einer passenden Gelegenheit fliehen konnte. Anderseits war es ihm angenehm, dass sein Vorhaben einvernehmlich durchgeführt werden konnte. In diesem Fall würde er keinen Ärger mit Shapoor haben. Außerdem war ihm nicht daran gelegen, eine gefesselte Frau um *Sieghe* zu bitten. Er schaute Melanie mit einem prüfenden Blick an, aber er konnte keine verdächtige Absicht erkennen.

»Okay. Ich befreie Sie und Sie können zum Badezimmer gehen und sich zurechtmachen. Dann komme Sie hierher, ich lese eine Sure aus dem Koran und schließlich frage ich Sie, ob Sie mit einer Stunde Heirat einverstanden sind. Sie müssen klar „Ja" sagen. Okay?«

»Okay,« erwiderte Melanie, ohne ihr künstliches Lächeln zu vergessen. Obwohl sie ihn am liebsten in kleine Stücke zerrissen hätte.

Er zog den Dolch aus seiner Gurttasche und begann, die Klebebänder zu zerschneiden. Melanie half ihm, die geschnittenen Haftstreifen von ihren Füßen und Hände abzureißen.

»Können wir vorher etwas zusammen essen? Ich habe großen Hunger«, fragte Melanie zurückhaltend.

»Kein Problem. Wir haben viel Essen im Kühlschrank. Gehen Sie ins Badezimmer, inzwischen hole ich etwas Leckeres aus der Küche. Aber wir müssen uns beeilen, bald kommt mein Chef zurück.«

Melanie stand langsam auf. Sie wusste: Das war ihre einzige Chance zu fliehen. Sie nahm ihre Tasche und ging mit ruhigen Schritten zum Gästebadezimmer.

Ohne Zeit zu verlieren, verriegelte sie von innen die Tür, öffnete leise das Fenster und trotz ihres fülligen Körpers fiel es ihr leicht, seitwärts aus dem Fenster zu springen.

Sie wusste, dass, wenn das Gartentor nicht abgeschlossen war, sie nur bis zur Straße laufen und dort um Hilfe zu rufen brauchte.

Sie sammelte all ihre Kräfte und begann, mit beachtlicher Geschwindigkeit in Richtung Gartentor zu laufen. Fieberhaft und nahezu atemlos bewegte sie sich auf das Tor zu und hoffte, diese kurze Strecke schnell zu überwinden und sich zu retten.

Kaum hatte sie das Tor erreicht, erkannte sie auf einmal ihren Mieter in Begleitung eines weiteren Fremden, der es öffnete und in das Haus gehen wollte.

Eine Weile starrten Melanie und Shapoor sich gegenseitig fassungslos an, ohne die Sachlage richtig zu begreifen. Ihre Bestürzung stieg noch mehr, als sie beobachteten, wie Yusuf mit einem Dolch in der Hand aus dem Wohnhaus heraussprang, während er in seiner Muttersprache laut fluchte.

»Sie müssen mir helfen, dieser Kerl will mich umbringen!«, flehte Melanie Shapoor an.

Shapoor lief schnell zu Yusuf, packte seine bewaffnete Hand und sagte in einem für Yusuf schon vertrauten Tonfall:

»Gib mir dein Messer und verschwinde in dein Zimmer. Sofort!«

Yusuf zitterte vor Wut, aber auch vor großer Enttäuschung. Offensichtlich ärgerte er sich über seine Naivität. Er war raffiniert reingelegt worden.

Widerstandslos übergab er Shapoor seinen Dolch und kehrte mürrisch in das Haus zurück.

Der andere Afghane beobachtete mit aufgerissenen Augen die Szene. Mit einem Handzeichen forderte Shapoor ihn dazu auf, sich seinem Kumpel anzuschließen.

»Ich weiß nicht, was vorgefallen ist,« sagte Shapoor. »Ich möchte mich dennoch für die Unannehmlichkeiten entschuldigen. Bitte kommen sie mit mir ins Wohnzimmer. Ich möchte wissen, was hier vorgegangen ist.«

»Nein, auf keinen Fall!«, verneinte Melanie wütend. »Ich kann jetzt nicht hierbleiben. Meine Tochter wartet im Kindergarten auf mich. Ich habe keine Ahnung, ob sie noch da ist. Ich gehe zuerst zum Kindergarten und muss mich, wenn sie nicht mehr dort wartet, an die Polizei wenden.«

»Bitte warten Sie. Kommen Sie kurz ins Haus, erzählen Sie mir, was geschehen ist und dann fahren wir gemeinsam mit meinem Auto los, um Ihre Tochter zu suchen.«

Ohne auf ihre Reaktion zu achten, umfasste er fest ihre Hand und zog sie leicht in den Wohnraum, auch wenn sie unterwegs noch Widerstand leistete. Er wiederholte mit freundlicher Stimme:

»Bitte nur fünf Minuten. Erzählen Sie mir, warum Sie hier sind und was dieser Kerl von Ihnen wollte. Ich verspreche Ihnen, ich bringe alles wieder in Ordnung.«

Im Wohnzimmer wollte Melanie stehen bleiben. Sie erzählte lediglich von ihrer guten Absicht, die versprochenen Prospekte abzugeben. Dann berichtete sie voller Entsetzen von der unerwarteten Begegnung mit Yusuf, von seiner brutalen Attacke, von der Verschleppung in das Schlafzimmer und schließlich von seiner verdeckten Vergewaltigungsabsicht. Während sie mit fassungslosem Gesichtsausdruck und Tränen in den Augen von ihrem schauderhaften Erlebnis sprach, fühlte sie das Ausmaß dieses schrecklichen Vorfalls noch schmerzlicher. Am Ende ihres Berichts fügte sie entschieden hinzu:

»Der Kerl ist verrückt; er ist gefährlich! Ich werde auf jeden Fall noch heute Anzeige bei der Polizei erstatten: wegen Entführung, Körperverletzung und versuchter Vergewaltigung.« Dann fragte sie mit verwirrtem Gesichtsausdruck:

»Was machen diese Typen eigentlich in diesem Haus? Sie haben in Ihrer Anfrage geschrieben, sie wollen mit Frau und Kindern Urlaub machen. Von anderen Personen war keine Rede. Wo sind eigentlich Ihre Frau und Ihre Kinder?«
Shapoor dachte fast eine Minute lang nach. Er schmiedete in dieser kurzen Zeit eine neue Option für seinen Plan. Sein Gesicht wurde ernst.
»Ich habe keine Frau und auch keine Kinder. Yusuf und sein Kumpel sind Berufskiller und ich bin ihr Vorgesetzter. Wir sind in Marbella, um einen Deutschen zu töten.« Melanie konnte nicht glauben, was sie hörte. Ihre Gesichtszüge überkam eine merkwürdige Unruhe. Sie machte den gleichen Eindruck wie ein Patient, der von seinem behandelnden Arzt erfuhr, dass seine Diagnose Krebs im fortgeschrittenen Stadium lautete, und der sofort operiert werden musste. Shapoor ergänzte: »Aber seien Sie unbesorgt, wir haben nicht den Auftrag, Sie zu töten – es sei denn, Sie hindern uns daran, unseren Plan auszuführen.« Er näherte sich einen weiteren Schritt, schaute in ihre verängstigten Augen und bekräftigte mit fester Stimme: »Wenn Sie am Leben bleiben möchten, dürfen Sie bis morgen dieses Haus nicht verlassen. Wir werden am späten Abend unsere Arbeit erledigen und danach sofort von hier verschwinden.
Ich weiß, Sie machen sich Gedanken um Ihre Tochter. Ich bin bereit, Ihnen zu helfen und herauszufinden, wo sie steckt. Ich denke, dann können Sie unbesorgt hierbleiben.«
Einen Augenblick lang sah Melanie Shapoor nur fassungslos an. Sie hatte in ihrem Leben einige böse Überraschungen erlebt, aber diese war nicht zu fassen. Sie merkte, dass sie ungewollt zur falschen Zeit am falschen Ort aufgetaucht war. Sie fragte stockend:

»Haben Sie es mit der Tötung eines Deutschen in Marbella ernst gemeint?«

»Ich scherze nie. Warum wollen Sie das wissen? Ich denke, es wäre für Sie viel besser, wenn Sie Ihre Augen und Ihre Ohren zu machen. Leider sind Sie plötzlich in eine Sache involviert, die unter Umständen sehr gefährlich für Sie sein könnte. In empfehle Ihnen, alles brav zu akzeptieren, was ich von Ihnen verlange. Mit Ihrer aufrichtigen Kooperation werden Ihre Überlebenschancen deutlich steigen. Zuerst sollten wir aber herausfinden, wo Ihre Tochter geblieben ist.«

Melanie bestätigte mit einem Kopfnicken und fragte Shapoor, ob sie mit ihrem eigenen Handy telefonieren dürfe.

»Nein, dürfen Sie nicht. Sie können mein Handy benutzen.« Er gab ihr sein Mobiltelefon und sagte weiter: »Man kann die Position dieses Handys nicht lokalisieren. Mit wem auch immer Sie telefonieren möchten, sagen Sie, dass Sie geschäftlich in Barcelona sind, und dass Sie herausfinden wollen, wo Ihre Tochter steckt. Denken Sie daran: Ein Wort über Ihre Situation und vor allem dazu, wo Sie sich gerade befinden, und ich werde Yusuf herholen. Sie können sich vorstellen, wie gern er seine Absicht realisieren wird. Haben Sie mich verstanden?«

»Ja, ich verstehe Sie gut. Wenn Sie erlauben, möchte ich nur wissen, wo meine Tochter ist. Dann mache ich alles, was Sie von mir verlangen.«

Mit Shapoors Handy rief sie ihre Freundin an, und kaum hatte Shapoors Vermieterin begonnen zu sprechen, unterbrach ihre Gesprächspartnerin sie:

»Wo steckst du, Melanie? Wir haben uns Sorgen gemacht und überall telefoniert.«

»Ist Janine bei dir?«

»Ja, das armes Kind war völlig erschrocken. Als ich meine Tochter abholen wollte, stand sie da und wartete auf dich. Sie sagte, dass du immer zu spät kommst. Eine halbe Stunde später rief mich Rosa, die Leiterin des Kindergartens, an und beklagte, dass du Janine immer noch nicht abgeholt hast. Da ich von dir eine Vollmacht habe, bat sie mich, Janine abzuholen, damit sie nach Hause gehen kann. Ja, ich habe sie abgeholt und sie und Elisabeth spielen gerade zusammen. Wo bist du? Wann kommst du?«

»Vielen Dank für deine Hilfe. Ich möchte dich um noch einen weiteren Gefallen bitten. Ich bin gerade in Barcelona und komme erst morgen zurück. Kann Janine heute Abend bei dir bleiben?«

»Das ist nicht dein Ernst! Was machst du in Barcelona?«

»Ich werde dir morgen alles erzählen. Bitte tu es für mich. Ich muss aus beruflichen Gründen noch hierbleiben.«

»Kein Problem. Sie kann heute Abend hier übernachten und morgen bringe ich sie in den Kindergarten.«

»Herzlichen Dank. Ich hoffe, ich kann mich irgendwann revanchieren. Bis morgen.«

Sie gab Shapoor sein Handy zurück und fragte: »Was nun? Wollen Sie mich fesseln, wie Yusuf es getan hat?«

»Nein, wir wollen fair miteinander umgehen. Dennoch muss ich sicherstellen, dass Sie widerstandslos hierbleiben und mir keinen Ärger machen. Sie müssen mir Ihr Handy und Ihren Schlüsselbund geben.

Morgen früh ab sechs Uhr können Sie das Haus verlassen und Ihr Handy und Ihre Schlüssel mitnehmen. Ich lege sie auf die Kommode im Flur.

Jetzt gehen Sie in mein Schlafzimmer und bleiben bis morgen dort. Wie Sie wissen, hat dieses Schlafzimmer ein eigenes Bad mit WC. Ich bringe gleich etwas zu essen und zu

trinken. Dann schließe ich Ihr Zimmer ab. Lassen Sie die Jalousien die ganze Zeit unten. Wenn Sie meine Anweisung befolgen, passiert Ihnen nichts. Wir werden Marbella morgen früh verlassen und dann können Sie nach Hause gehen.«
»Okay, ich folge Ihren Anweisungen und ich möchte auch nicht wissen, was genau Sie vorhaben. – Ja, ich tue exakt, was Sie sagen. Aber bitte sorgen Sie dafür, dass Yusuf oder sein Freund nicht in mein Zimmer kommen.«
»Seien Sie unbesorgt. Meine Mitarbeiter haben keine Schlüssel und wir müssen uns außerdem auf unsere bevorstehende Arbeit vorbereiten.«
Shapoor holte aus der Küche wie versprochen etwas Brot, Käse, Obst und zwei Flaschen Wasser, stellte sie auf den Tisch und sagte zu Melanie:
»Jetzt sind Sie von uns fast unabhängig. Sie können, ohne ihr Zimmer zu verlassen, essen, trinken, baden und schlafen. Ich denke, wenn Sie bei Ihrem Versprechen bleiben, kann Ihnen nichts passieren.« Er sah sie eindringlich an und sagte weiter: »Bevor ich Ihr Zimmer abschließe, möchte ich Ihnen noch einen Rat geben:
Sie werden sich und Ihrer Tochter einen großen Gefallen tun, wenn Sie über diese Ereignisse und unser Gespräch mit niemandem, besonderes nicht mit der Polizei, sprechen. Andernfalls werden Sie es bereuen. Ich hoffe, Sie verstehen, was ich meine.«

Als Shapoor in das Wohnzimmer ging, erhoben sich beide Afghanen respektvoll. Offenbar befürchtete Yusuf seine verdiente Vergeltung. Keiner von ihnen traute sich, direkt in Shapoors Augen zu schauen.
»Über das, was heute geschehen ist, reden wir später – vielleicht, wenn der Auftrag erledigt ist«, entschied er mit seiner

typisch undurchsichtigen Miene. »Um eure Arbeit schnell und fehlerfrei abzuwickeln, müssen wir noch ein paar Stunden alle Einzelheiten durchsprechen und die einzelnen Schritte noch einmal üben.

Wie gesagt, sind bei diesem Auftrag zwei Dinge sehr kompliziert: zum einen das Gartentor und die Haustürschlösser und zum anderen die Unterbrechung der Stromleitung. Wir müssen diese Aufgaben deshalb noch einmal durchexerzieren.«

»Ich glaube, wir brauchen nicht so viele Übungen. Wir kennen inzwischen die ganzen Prozeduren. Können wir nicht früher mit der Arbeit beginnen und dann von hier verschwinden?«, fragte Rasul.

»Nein, früher ist zu riskant. Niemand darf uns auf der Straße sehen. Grundsätzlich essen Spanier abends spät und bleiben mindestens bis Mitternacht in den Restaurants. Wir verlassen das Haus zwischen ein Uhr dreißig und zwei Uhr morgens. In dieser Zeit ist es überall menschenleer und ruhig. Aus Sicherheitsgründen fahren wir nicht mit dem Auto, sondern wir gehen die drei Blöcke bis zum Haus Parsa-Pour zu Fuß. Wenn ich sicher bin, dass alles unauffällig ist, gebe ich euch ein Zeichen und ihr geht an die Arbeit. Ihr müsst versuchen, eure Aufgabe innerhalb von fünfzehn Minuten zu erfüllen. Während dieser Zeit kehre ich nach Hause zurück, hole den Mietwagen und fahre zu euch.

Genau wie in Stockholm halte ich mit dem Auto gegenüber dem Haus von Parsa-Pour. Wenn ihr fertig seid, kommt ohne Hektik zurück, steigt ins Auto ein, und dann fahren wir nach Malaga. Dort stellen wir das Auto in einer Nebenstraße ab. Von Malaga aus fahren wir mit dem neuen Mietwagen nach Madrid.«

»Ich verstehe das nicht. Welcher neue Mietwagen?«, fragte Yusuf.

»Wir haben noch einen weiteren Mietwagen, Rasul weiß Bescheid. Das Mietauto von Marbella lassen wir in Malaga.«

»Warum verstecken wir uns nach unserer Arbeit nicht einfach einige Tage im Haus wie in Stockholm, bis sich die Lage beruhigt hat?«, warf Rasul ein.

»Weil dein Freund meinen Plan versaut hat. Wir können uns nicht mit der Mutter eines kleinen Kindes eine Woche lang in diesem Haus verstecken. Man wird nach ihr suchen und uns zweifellos finden. Ab morgen können wir nicht mehr in dem Haus bleiben.«

»Was passiert mit der blonden Frau?«, fragte Yusuf ehrfürchtig.

Shapoor warf ihm einen scharfen Blick zu und erwiderte: »Die blonde Frau wird bis morgen früh im Schlafzimmer eingesperrt bleiben. Ich habe ihr eingeschärft, dass, wenn sie mit jemandem über die Ereignisse im Haus und unser heutiges Vorhaben spricht, sie und ihre Tochter das nicht überleben werden. Ich glaube, sie hat es verstanden und wird den Mund halten.« Zögerlich fügte er hinzu: »Außerdem kann ich sie für eine wichtige Aufgabe gut gebrauchen. Ich bin noch unschlüssig, aber ich denke, ich könnte sie für einen weiteren Teil meines Planes benutzen. Jetzt aber Schluss mit dem Gerede! Wir müssen uns auf unsere Arbeit konzentrieren.«

Das Zersplittern von Torschlössern dauerte länger, als seine Mitarbeiter es sich vorgestellt hatten. Er musste das Verschluss-Prinzip des Gerätes mehrere Male erklären, bis sie begriffen, wo sie die Bohrmaschine aufsetzen und wie sie mit dem Finger die eingezogene Zunge herausziehen mussten. Auch beim Durchschneiden der Stromleitung wirkten sie unvorsichtig. Er musste sie für das Zuschneiden erst sensibilisieren: Die Afghanen hatten kaum Angstgefühle beim Berühren des nackten Kabels.

Aber: Zum ersten Mal war Shapoor von der Rücksichtslosigkeit seines Mitarbeiters Yusuf begeistert. Er konnte Melanie tatsächlich für einen entscheidenden Teil seines Planes einsetzen.

Die Zeit verging schneller, als sie wahrnahmen. Um ein Uhr begannen Yusuf und Rasul, ihre schwarze Arbeitskleidung und ihre Handschuhe anzuziehen, ihre Werkzeuge in einen kleinen Rucksack zu packen und ihre Dolche in die Gürteltaschen einzusetzen. Zuvor stellte Shapoor sicher, dass sie keine Handys und keine Ausweise bei sich trugen, denn im schlimmsten Fall konnten diese auf ihre Identität hinweisen. Es war schon mit Ihnen abgesprochen, dass sie im Falle einer Festnahme niemals ihre Namen und ihre Staatsangehörigkeit preisgeben durften.

Was er mit Melanie vorhatte, war keine neue Idee. Er hatte diese Masche schon zwei Mal benutzt. Sie sollte für ihn eine wichtige Aufgabe übernehmen: nämlich mit der Polizei sprechen und von ihnen ablenken. Um Viertel nach eins öffnete er das Schlafzimmer, schaltete das Licht an und stand zuerst nur vor der Zimmertür.

Melanie lag bereits auf dem Bett, aber war noch wach. Sie sah Shapoor ängstlich an und befürchtete Schlimmes. Shapoor sagte mit ruhiger Stimme:

»Entschuldigen Sie die Störung. Sie brauchen keine Angst zu haben; ich bin hier, weil ich Ihre Hilfe brauche.« Sie setzte sich auf.

»Was wollen Sie von mir?«

»Bleiben Sie ganz ruhig. Ich möchte Sie bitten, jemanden anzurufen und einen Text, den ich vor Ihre Augen halten

werde, klar und deutlich vorzulesen. Wenn Sie Ihre Arbeit
gut machen, können Sie schon früher nach Hause gehen.«
Sie schaute ihn verwirrt an und er fügte hinzu: »Aber wenn
Sie versagen oder meinen Plan durcheinanderbringen, über-
lasse ich es Yusuf, über Ihre Strafe zu entscheiden.«
»Bitte hören Sie auf, mich zu quälen! Sagen Sie, was Sie von
mir wollen. Mit wem soll ich telefonieren?«
»Mit der Polizei.«
Sie machte ein verblüfftes Gesicht und fragte:
»Was? Mit der echten Polizei?«
»Ja, mit der Polizei von Marbella. Sie müssen nur meinen
Text lesen, sonst nichts. Denken Sie daran: Ein kleiner Hin-
weis auf Ihre Situation bedeutet, dass Sie Ihre Tochter nie
mehr wiedersehen werden. Ist Ihnen das klar?«
»Ich habe schon gesagt, ich mache alles, was Sie verlangen.
Nur lassen Sie mein Kind und mich am Leben bleiben!«
»Wenn Sie Ihre Arbeit gut machen, haben Sie mein Wort.
Ich garantiere, dass Sie morgen unbeschadet bei Ihrer Toch-
ter sein werden. Und ich wiederhole, was ich bereits sagte:
Wenn Sie morgen dieses Haus verlassen und mit irgendjemandem über Ihre Erlebnisse sprechen, werden meine Kollegen Sie und Ihre Tochter umlegen.«
»Ich habe verstanden. Sie können sicher sein, dass ich den
Mund halte. Also lassen Sie es hinter uns bringen. Was soll
ich sagen?«
Shapoor nahm einen Zettel aus seiner Tasche, gab ihn ihr
und sagte:
»Lesen Sie einmal durch, was darauf steht. Dann wähle ich
mit meinem Handy die Nummer der Polizei und, wenn sich
jemand meldet, lesen Sie diesen Text; aber nicht wie einen
langweiligen Aufsatz, sondern furchtsam. Man muss in Ihrer Stimme Angst spüren! Verstehen Sie mich? Sie müssen

mit ihrer angstvollen Stimme Eindruck bei der Polizei machen.

Am Ende Ihrer Mitteilung will die Polizei bestimmt mehr wissen, aber Sie gehen nicht darauf ein und sagen: ‚Ich muss mich in Sicherheit bringen'. Und dann beenden Sie das Gespräch.«

Melanie schien völlig verwirrt, dennoch nickte sie und nahm den Zettel, um den Text abzulesen.

Mit jedem Satz, den sie erfasste, blitzten ihre Augen stärker. Am Ende fragte sie verzweifelt:

»Was soll das sein? Ist das Ihr Ernst?«

»Ja, Sie lesen genau, was darauf steht. Ich wiederhole noch einmal: Sie müssen den Text wirklich mit großem Angstgefühl lesen. Ich warne Sie. Machen Sie nicht den größten Fehler ihres Lebens. Der Erfolg unseres Jobs und Ihr Leben hängen von Ihren Schauspielkünsten ab. Haben Sie mich verstanden?«

»Ja, ich habe verstanden. Geben Sie mir ein paar Minuten Zeit, den Text noch mal zu lesen und durchzugehen.«

Sie hielt mit zitteriger Hand den Zettel fest und überlegte, wie sie den Text genau so dramatisch aussprechen konnte, wie er es von ihr verlangte. Dann nickte sie und zeigte sich bereit.

Shapoor gab ihr sein Handy und sagte:

»Los, erzählen Sie der Polizei, was passiert ist.«

»Aber Sie haben keine Nummer gewählt …«

»Tun Sie so, als ob die Polizei am Apparat wäre. Ich möchte sicherstellen, dass Sie meinen Anweisungen wirklich folgen.«

Sie hielt das Handy vor ihren Mund und begann:

»Hallo, mein Name ist Carmen, Carmen Gonzales. Ich bin ein Zimmermädchen im Hapimag Resort. Ich befinde mich in einem versteckten Raum. Sie müssen uns helfen.«

»Stopp! Ich sagte ängstlich, voll aufgeregt!«
Sie nickte und dieses Mal las sie den Text mit einem dramatischeren Ton. Sie schaute Shapoor verzweifelt an und er sagte lobend:
»Ja, genau so: ängstlich, aber verständlich.«
Shapoor nahm das Gerät, wählte die Nummer der Polizei in Marbella, wartete, bis sich jemand meldete, und gab das Handy dann wieder an Melanie. Sie atmete tief ein und gab dann mit stockender Stimme den vorformulierten Text wieder:
»Hallo, mein Name ist Carmen, Carmen Gonzales. Ich bin ein Zimmermädchen im Hapimag Resort. Ich befinde mich in einem versteckten Raum. Sie müssen uns helfen.«
»Wobei? Was ist passiert?«, fragte eine Frau am Apparat.
»Seit zehn Minuten ist eine bewaffnete Gruppe von Räubern oder vielleicht sogar Terroristen im Hotel. Ich schätze, mindestens acht Personen. Sie dringen in jedes Zimmer ein, berauben die Gäste und beim geringsten Widerstand schlagen sie sie nieder. Sie haben die Telefonleitung gekappt und die Rezeption unter ihre Kontrolle gebracht. Ich habe gesehen, wie sie meine Kollegen an der Rezeption niedergeschlagen haben.
Bitte helfen Sie uns. Kommen Sie schnell. Ich muss jetzt aufhören – ich glaube, sie haben mich schon in meinem Versteck entdeckt.«
»Hallo? Hallo?«
Shapoor riss ihr das Handy aus der Hand und schaltete es ab.
»Das war eine Spitzenleistung. Willkommen im Klub der Ungesetzlichen. Jetzt sind Sie eine von uns.« Er ignorierte ihren bösen Blick und sagte weiter: »Ich muss jetzt mit meinen Leuten an die Arbeit gehen. Ich komme in fünfzehn

Minuten zurück. Dann reden wir darüber, ob Sie früher nach Hause gehen dürfen. Bis dahin bleiben Sie in Ihrem Zimmer. Okay?«

»Ich tue alles, was Sie sagen.« Bevor Shapoor das Zimmer verließ, fragte sie: »Der Hilferuf an die Polizei war ein Ablenkungsmanöver. Nicht wahr?«

»Erraten. Während der Ausführung unseres Auftrags möchte ich keine Zuschauer dabeihaben, schon gar nicht die Polizei. Erfahrungsgemäß werden jetzt alle verfügbaren Polizisten zum Hapimag Resort fahren, um die Terroristen zu bekämpfen.«

Er lächelte selbstsicher, schloss die Zimmertür und beeilte sich, zu seinen Mitarbeitern zu kommen, die schon ungeduldig im Garten auf ihn warteten.

*

Kaum hatte Shapoor die Zimmertür geschlossen, stand Melanie hinter dem Schlafzimmerfenster und beobachtete durch die Schlitze der heruntergezogenen Jalousien, wie die drei Killer leise das Gartentor öffneten und dann eilig das Grundstück verließen.

Shapoors Bemerkung *"Willkommen im Klub der Ungesetzlichen. Jetzt sind Sie eine von uns"* war wie eine heiße Brandmarke auf ihrer Seele.

Sie fühlte sich nach dem Telefonanruf bei der Polizei nicht mehr wie ein Opfer, sondern wie eine Täterin. Sie war wirklich eine von ihnen: eine Kriminelle.

Ein weiterer, beunruhigender Gedanken war die Frage, was passieren würde, wenn Shapoor von seinem bevorstehenden Anschlag zurückkäme. Würde er sie wirklich einfach so gehen lassen? Sie hatte ihn und seine Mitarbeiter gesehen, sie

konnte der Polizei ihr Aussehen leicht beschreiben und aussagen, was sie von ihnen wusste. Solche eiskalten Verbrecher
würden eine Zeugin wie sie niemals einfach gehen lassen.
Panisch beeilte sie sich, das Haus zu verlassen. Sie wusste:
Nicht nur die Zimmertür war abgeschlossen, sondern auch
die Haustür. Sie brauchte ihr Handy und ihren Schlüssel –
beides lag auf der Kommode im Flur. Sie musste vorläufig
darauf verzichten.
Ohne weitere Überlegungen zog sie die Jalousien hoch, öffnete das Fenster und betrat die Terrasse. Sie wollte keine Sekunden mehr verlieren und mit den warnenden Gedanken
„Los, los, verschwinde, so schnell du kannst" schaffte sie es in
den Garten.
Sie beeilte sich zum Gartentor. Ihr Blick fiel auf den Transporter und den Mietwagen; ein Auto stand im Carport und
das andere vor dem Heizungsraum. Diese Szene löste bei ihr
noch mehr Angst aus. Sie dachte, der Tatort müsse nicht
weit sein, sonst wären die Mörder mit einem der Wagen dort
hingefahren. Das hieß, dass sie jederzeit zurückkommen
konnten und dass sie selbst sofort verschwinden musste.
Plötzlich änderte eine bizarre Idee ihre Absicht. Sie entschied, mit einem der beiden Autos wegzufahren. Sie dachte,
in einem Auto wäre sie sicherer als allein auf der menschen-
leeren Straße.
Ohne weiter nachzudenken, öffnete sie zuerst das Gartentor.
Dann lief sie zu dem Mietwagen; enttäuscht stellte sie fest,
dass er abgeschlossen war. Skeptisch musterte sie den
Transporter. Sie hatte nie in ihrem Leben ein solches Auto
gefahren. Trotzdem näherte sie sich dem Fahrzeug, warf einen zweifelnden Blick in den Fahrerraum und plötzlich
durchströmte ein Gefühl der Befreiung und Freude ihre
Seele; die Tür war nicht abgeschlossen und die Schlüssel

steckten. Mit fester Entschlossenheit stieg sie in das Auto, startete den Motor und fuhr unsicher, aber konzentriert durch das weit geöffnete Gartentor.

Innerhalb weniger Minuten befand sie sich auf der Hauptstraße. Sie fragte sich die ganze Zeit: wohin?

Nach Hause konnte sie nicht fahren, sie hatte keine Schlüssel. Sie entschied, direkt zum Polizeirevier nach Arias de Velasco zu fahren, ihre Geschichte zu erzählen und um Hilfe zu bitten. Das war nicht weit, sie konnte es in zehn Minuten schaffen.

Die Furcht davor, dass Shapoor sie jeden Augenblick erwischen könnte, versetzte sie in Panik und Schwäche. Die zehn Minuten Fahrt mit dem Transporter zum Polizeirevier in Marbella war für Melanie wie schwimmen mit gefesselten Händen im Colorado River.

Sie fuhr amateurhaft. Es lag daran, dass sie nicht nur aufgeregt war, sie kam außerdem mit den Funktionen des Autos nicht zurecht. Sie wusste nicht, wo der Lichtschalter war, wie sie den Sitz auf ihre Größe einzustellen hatte, geschweige denn, wie sie das Auto mit ihren zittrigen Händen ruhig und geradeaus fahren konnte. Tatsächlich fuhr sie fahrig, ohne Licht, und saß bockbeinig am Steuer. Ihr einziger Trost war, dass sie wusste, wo das Polizeirevier lag.

In der Avenida Arias de Velasco bremste sie quietschend gegenüber der Hausnummer 25, sprang aus dem Transporter und betrat das Gebäude.

»Hilfe! Sie müssen mir helfen,« schrie sie laut zu einer jungen Dame in Zivil, die an der Rezeption saß und mit jemandem telefonierte.

Mit langsamer Handbewegung bedeutete die Beamtin ihr, dass sie sich gedulden solle, bis sie ihr Gespräch beendet hatte. Nach einer Minute legte sie den Apparat auf und fragte sie, was los sei.

Zuerst konnte Melanie sich kaum verständlich machen. Sie wollte ihre ganze Geschichte in zwei oder drei Sätzen erzählen und das führte zu einem totalen Durcheinander.

»Atmen! Sie sollten erst einmal tief durchatmen«, versuchte die Beamtin, Melanie zu beruhigen. Sie wiederholte: »Ganz ruhig. Atmen Sie tief und langsam. Dann erzählen Sie deutlich, was passiert ist. Wer sind Sie? Ich heiße Beatriz. Wie ist Ihr Name?«

Allmählich gelang es Melanie, sich einigermaßen zu beherrschen und sich vorzustellen; sie berichtete, was sie machte, was sie in den letzte zwölf Stunden erlebt hatte und schließlich sagte sie aus, dass das Auto, das vor dem Eingang stehe, zu den Terroristen gehöre. Dann bat sie eindringlich:

»Rufen Sie Ihre Leute vom Hapimag Resort zurück! Es gibt keinen Überfall. Man hat mich gezwungen, der Polizei eine falsche Meldung zu machen. Wenn Sie sich beeilen, können Sie die Terroristen in Marbella noch erwischen.«

Mit dieser Aussage weiteten sich die Augen von Beatriz und sie hakte nach:

»Habe ich vor zwanzig Minuten mit Ihnen gesprochen?«

»Ja: Ich sollte von einem Zettel, den man mir vor die Nase hielt, ablesen und einen Überfall im Hapimag Resort melden. Er verlangte, dass ich mit einem dramatischen Ton spreche, damit Sie meinen Angaben glauben. Er hat mich bedroht: Wenn ich versagte, würde er mich und meine Tochter umbringen.«

»Sie haben Ihre Rolle tatsächlich gut gespielt. Alle meine Kollegen befinden sich auf dem Weg zum Hapimag Resort. Wo sind die Terroristen jetzt?«

»Soweit ich mitbekommen habe, wollen sie einen deutschen Mann in Marbella ermorden. Sie sind zu Fuß zu ihrem Opfer gegangen.«

»Kommen Sie mit. Ich bringe Sie in einen sicheren Raum, dann werde ich über das, was Sie mir erzählt haben, meinen Chef informieren.

Ich bringe Ihnen Kaffee, Kekse und gebe Ihnen Papier und Kugelschreiber. Bitte versuchen Sie, alles, was Sie dort erlebt haben, ausführlich aufzuschreiben. Es wäre hilfreich, wenn Sie genau beschreiben, wie die Terroristen aussehen. Jedes Detail wird uns helfen, sie rechtzeitig zu verhaften. Wenn mein Chef kommt, wird er Sie bestimmt nach Hause fahren und dafür zu sorgen, dass Ihnen nichts passiert.«

Beatriz sah sie prüfend an und fragte: »Sind sie in die Lage, Ihre Erlebnisse klar und vollständig zu protokollieren?«

»Ich denke schon. Ich will es aufschreiben. Diese verdammten Terroristen müssen bestraft werden. Geben Sie mir Papier und Stift! Ich werde mich bemühen, das ganze Geschehen detailliert wiederzugeben.«

20. Showdown

Am selben Abend gegen dreiundzwanzig Uhr dreißig kam Brian von Gibraltar zurück. Wegen eines Zwischenfalls in der Kaserne musste er so lange an seinem Arbeitsplatz bleiben, bis die Untersuchung abgeschlossen war. Er war müde und freute sich auf sein Bett. Zu Hause parkte er sein Auto und kaum hatte er den Wohnbereich betreten, hörte er auch schon die Stimme von Suzan.

»Ich hoffe, du hast nicht vergessen, meine Medikamente zu besorgen.«

Suzan war Diabetikerin. Brian holte regelmäßig einmal im Monat ihre Medikamente von einer Apotheke in Malaga ab.

»Es tut mir leid, ich konnte nicht. Wir haben heute den ganzen Tag Militärübungen durchgeführt und dabei gab es einen schrecklichen Unfall. Einer meiner Soldaten wurde angeschossen und wir mussten den Vorfall ordentlich untersuchen. Ich hatte daher keine Chance, in die Stadt zu gehen. Aber morgen! Morgen, bevor ich zu Arbeit fahre, werde ich es erledigen«, sagte er schuldbewusst. Dann kam er ins Wohnzimmer, wo Suzan sich auf die Couch gelegt hatte und ein Buch las. Er fragte: »Was ist mit Sohrab los? Es sieht aus, als würde er schlafen; alle Zimmer sind in Dunkelheit versunken.«

»Ich habe ihn vor einer Stunde gesehen und er schien mir besorgt zu sein. Er fragte, wann du nach Hause kämst.«

»Soll ich bei ihm vorbeigehen? Vielleicht gibt es in der Sache mit den Terroristen Neuigkeiten.«

»Nein, ich glaube nicht. Lass ihn in Ruhe. Wir sollten morgen mit ihm reden und herausfinden, ob er deine Hilfe jetzt vielleicht doch in Anspruch nehmen will.«

»Ob er will oder nicht, ab morgen werde ich ein paar meiner Soldaten mit nach Hause bringen. Sie sollen die ganze Nacht in seinem Garten Wache halten. Wir wissen schließlich nicht, wann diese verdammten Terroristen ihren Plan durchführen wollen.«

Plötzlich unterbrach das schrille Klingeln des Telefons ihre Unterhaltung. Suzan nahm den Hörer ab; ein amüsiertes Lächeln flog über ihr Gesicht. Sie sagte auf Englisch:

»Meine liebe Leonie, ich freue mich, deine Stimme zu hören! Wo bist du? Ist etwas passiert?«

»Es tut mir leid, so spät anzurufen,« erwiderte Leonie, auch auf Englisch. »Ja, wir haben ein Problem. Pedro wollte mich schon heute Abend zu euch fahren, damit ich morgen ganz in Ruhe und vor allem rechtzeitig am Flughafen sein kann. Aber seit fünf Stunden stecken wir auf der Bundesstraße N340, nahe El Madroñal, fest. Auf einmal ist sein Auto nicht mehr angesprungen. Er hatte mehrere Werkstätten angerufen, aber entweder lehnten sie es ab, zu uns zu kommen, oder sie arbeiten um diese Zeit nicht. Wir sind völlig ratlos.«

»Hör mir zu, meine Liebe. Du brauchst dir keine Sorge zu machen. Ihr seid ungefähr zwanzig Kilometer weit von uns entfernt. Brian kommt gleich mit seinem Auto dorthin. Entweder kann er euer Auto zum Laufen bringen oder er schleppt euch mit seinem Wagen ab und ihr kommt hierher. Ihr könnt heute in unserem Gästezimmer schlafen. Was die Fahrt zum Flughafen und die Reparatur eures Autos betrifft, werden wir, wenn ihr hier seid, darüber sprechen und eine Lösung finden. Bitte wartet im Auto, Brian kommt sofort.«

»Herzlichen Dank, Suzan. Das ist lieb von euch, dass ihr uns helfen wollt.«

Brian, der während des Telefonats ein Flaschenbier aus dem Kühlschrank geholt hatte und sich nun eigentlich neben Suzan hinsetzen wollte, schaute seine Frau verwundert an und verstand, was gleich auf ihn zukommen würde.

»Du darfst keinen Tropfen trinken, du musst sofort wieder los,« mahnte Suzan. Sie erklärte: »Hast du das gehört? Leonie und ihr Freund haben eine Autopanne und brauchen unsere Hilfe. Bitte fahre gleich auf die N340 Richtung Ronda. Wenn ich richtig verstanden habe, sind sie bei El Madroñal. Notiere dir ihre Telefonnummer, falls du ihr Auto übersiehst, kannst du sie anrufen. Oder soll ich mitkommen?«

»Nein, das musst du nicht; ich bin zwar todmüde, aber ich schaffe das schon. Vermutlich ist es nur eine Kleinigkeit.« Brian ließ das Flaschenbier auf dem Tisch stehen, setzte seine Mütze auf, nahm die Schlüssel und bevor Suzan noch etwas sagen konnte, verließ er wieder das Haus.

Eine halbe Stunde später war Brian auf der Bundesstraße N340, nahe der Stadt El Madroñal, unterwegs. Er konnte ein kleines, blinkendes Auto auf einem Parkplatz sehen.

Er fuhr langsam weiter, bis er Leonie neben einem gelben Ford erkannte. Er drehte sein Auto, parkte gegenüber ihrem Wagen und stieg aus. Schon beim ersten Blick auf die Gesichter von Leonie und Pedro ahnte er, dass die beiden erschöpft waren. Besonderes Pedro schien völlig genervt zu sein.

»Die verdammte Kiste hörte plötzlich auf, zu fahren,« sagte Pedro zu Brian auf Spanisch.

Brian lächelte ihn an, klopfte auf seine Schulter und antwortete, ebenfalls auf Spanisch:

»Ganz ruhig, Amigo! Wir kriegen das bestimmt hin. Machst du die Motorhaube auf? Ich hole aus meinem Auto das Werkzeug und die Taschenlampe.

Möglicherweise dauert es nicht lange.«

Er ging kurz zurück zu seinem Wagen und brachte einen großen Werkzeugkasten mit. Dann begann er, langsam und aufmerksam jedes relevante Element des Fords zu prüfen. Nach einer Stunde intensiver Untersuchung durch Brian und alle möglichen Versuche, das Auto wieder zum Laufen zu bekommen, stellte sich heraus, dass – wenn es doch nur eine Kleinigkeit sein sollte – der Fehler jedenfalls nicht zu lokalisieren war. Tatsächlich hatte Brian hartnäckig alles ausprobiert, was er von den Funktionen einzelner Bauteile in einem Automotor wusste. Er hatte viele Schrauben gelöst, justiert und sie wieder zugedreht, mehrere Stellen gereinigt und den Sicherungskasten überprüft, aber trotz allem war das Auto nicht angesprungen.

Während dieser Zeit hatte Brian am Telefon zwei Male Suzan beruhigen müssen; sie hatte wissen wollen, warum „eine solche Kleinigkeit" so lange dauerte. Irgendwann hatte Brian dann schließlich aufgegeben. Er sagte zu Pedro:

»Es tut mir leid, ich kann keinen Fehler finden. Ich vermute, dass es eine Elektronikstörung ist. Das kann man nur mit einer Computer-Diagnostik feststellen. Ich schlage vor, wir schließen das Auto ab und lassen es erstmal hier. Wir fahren mit meinem Auto nach Marbella und ihr übernachtet in unserem Gästezimmer. Morgen bringen wir erst Leonie zum Flughafen und danach schleppen wir deinen Ford in eine Werkstatt.«

Der Vorschlag war für Leonie und Pedro wie ein Befreiungsschlag; die beiden waren heilfroh, sich endlich ausruhen zu können.

Es war schon kurz nach ein Uhr, als sie sich in Brians Auto setzten und er Richtung Malaga zurückfuhr.

Unterwegs nach Marbella warf Brian ab und zu einen verstohlenen Blick auf Leonie und Pedro und verstand, warum Suzan von ihrer Liebesbeziehung hingerissen war. Er sah, wie die beiden ihre Hände festhielten, wie sie einander entflammt anstarrten, und wie ihre Seelen ineinander verschmolzen. Eine solche Szene war ihm neu; so exotisch, aber auch herzbewegend.

*

Shapoor und seine Mitarbeiter beeilten sich mit einem Abstand von jeweils zwei Metern zueinander schweigend zu ihrem Zielobjekt. Schon nach dem ersten Block erheiterte sich ihre Stimmung, weil sie beobachteten, dass zwei Streifenwagen mit Blaulicht und hoher Geschwindigkeit in Richtung Hapimag Resort fuhren. Offenbar hatte der raffinierte Trick mit dem inszenierten Überfall auf das Hotel funktioniert. In der Nähe des Hauses Parsa-Pour machte Shapoor seinen Mitarbeitern ein Zeichen, sie sollten stehen bleiben und auf seine Anweisungen warten.

Er beobachtete aufmerksam die Umgebung. Niemand war auf der Straße zu sehen und kein verdächtigtes Auto stand in der Nähe ihres Ziels. Das war in der Tat ein optimaler Zustand, um ungestört mit der Arbeit zu beginnen. Er kam zu seinem Team zurück und flüsterte:

»Los, die Luft ist rein. Ihr habt fünfzehn Minuten Zeit.«

Yusuf und Rasul beeilten sich zur anderen Seite der Straße und blieben vor der Hausnummer 28 stehen. Shapoor versteckte sich in einer dunklen Ecke und beobachtete, wie strebsam seine Mitarbeiter ihre Arbeit taten. Sie setzen ihre Stirnlampen auf und während Rasul die Plastikhaube zu den Stromanschlüssen öffnete, versuchte Yusuf, mit der Akku-Bohrmaschine das Schloss des Gartentors aufzubrechen.

Sie arbeiteten bedachtsam und schnell.

Shapoor behielt gleichzeitig die Umgebung im Auge; überall sah es immer noch friedlich aus – kein Autoverkehr, keine Personen auf den Straßen, alles ganz ruhig.

Als der Strom abgeschaltet war, versank das Haus von Parsa-Pour in Dunkelheit und ein paar Minuten später, als Yusuf das Gartentor öffnete, verzog Shapoor seine Lippen zu einem triumphalen Lächeln. Er dachte, wenn sie weiterhin mit dieser Geschwindigkeit vorankämen, würden sie vielleicht mit dem Rest der Aufgabe in zehn Minuten fertig sein. Er musste unverzüglich nach Hause gehen und mit dem Mietwagen zurückkommen. Wie es aussah, lief alles nach Plan.

*

Die leeren Straßen von Marbella verleiteten Brian dazu, etwas schneller zu fahren, als erlaubt war. Er war einfach müde und wünschte sich, schnell nach Hause zu kommen und zu schlafen.

Einige Blöcke nahe zu seinem Haus klingelte plötzlich sein Handy. Das war wieder Suzan, aber dieses Mal klang sie aufgeregt.

»Du musst dich beeilen! Ich glaube, sie sind schon da,« sagte sie fast atemlos.

»Was meinst du? Wer ist da?«

»Die Terroristen. Ich glaube, sie haben die Stromleitung von Sohrabs Haus abgeschnitten. Das Haus und der Garten sind ganz dunkel. Außerdem habe ich ein paar Male seltsamen Krach in seinem Garten gehört.«

»Bleib du im Haus und rufe sofort die Polizei an! Sage, dass wir Hilfe brauchen. Ich bin in zwei Minuten da.«

Einen Block vor Sohrabs Haus hielt er das Auto an, holte aus dem Handschuhfach einen Revolver, eine große Taschenlampe und ermahnte Pedro und Leonie:

»Ihr bleibt im Auto, bis ich zurückkomme!« Dann stieg er aus und lief übereilt zum Haus von Sohrab.

*

Die schnelle und effektive Arbeit seines Teams bewirkte bei Shapoor große Zufriedenheit und gab ihm sein Gleichgewicht zurück, dessen er jetzt dringend bedurfte.

Er musste sich langsam damit beeilen, das Auto abzuholen und dann mit seinen Leuten nach Madrid zu fahren.

Aber kaum war er ein paar Schritte gegangen, blieb er auch schon wieder abrupt und unbeweglich an Ort und Stelle stehen. Er hatte einen Motor gehört. Unter dem Licht einer Straßenlaterne sah er, wie etwa fünfzig Meter weit von ihm entfernt ein Auto am Rande der Straße hielt. Ein großer Mann stieg aus dem Auto und ging mit festen Schritten in Richtung des Hauses Parsa-Pour.

Nach seiner Einschätzung war der Mann kein Polizist. Er fragte sich, was in aller Welt diese Person so spät noch dort zu suchen hatte. Der fremde Mann ging gezielt und schnell zur Hausnummer 28.

*

Schon aus der Entfernung sah Brian – wie Suzan bereits berichtet hatte – kein Licht im Garten und im Haus von Sohrab brennen. Das ganze Grundstück war in Dunkelheit versunken.

Als er vor dem Haus angekommen war, erkannte er verwundert, dass das Gartentor weit offen und der Stromzählerkasten neben dem Tor aufgebrochen war. Unter dem Licht seiner Taschenlampe fielen Brian einige Metallstücke auf dem Boden auf.

Er hatte keine Zweifel daran: Die Terroristen hatten die Stromkabel abgeschnitten und mit Gewalt das Schloss aufgebrochen.

Vorsichtig und aufmerksam, bewaffnet mit dem Revolver, betrat er den Garten. Aus dieser Entfernung beobachtete er einen starken und beweglichen Lichtspot vor der Haustür.

Offenbar hatte sich jemand mit eine Stirnlampe und einer Bohrmaschine ausgerüstet und versuchte gerade, das Schloss der Haustür aufzubrechen.

Langsam und konzentriert bewegte er sich einige Schritte weiter. Er musste sich an die Dunkelheit gewöhnen, denn seine Taschenlampe war schwach und mehrere hochgewachsene Palmen nebeneinander schirmten das Licht von den Straßenlaternen ab.

Plötzlich spürte er, dass jemand hinter ihm stand. Er konnte sein unregelmäßiges Atmen hören. Vorsichtig drehte er sich um und begann auf einmal, zu zittern. Er sah Yusuf, gerüstet mit einer Stirnlampe und einem langen, blitzenden Dolch in der Hand, vor sich stehen.

Kaum war Brian sich seiner gefährlichen Lage bewusst, stürzte Yusuf sich wie ein Raubtier auf ihn.

Obwohl Brian versuchte, reflexartig seine Attacke abzuwehren und sich schnell beiseite bewegte, war Yusuf ungemein schnell und versetzte ihm mit dem Dolch einen Stich in seinen Oberarm.

Brian empfand einen atemberaubenden Schmerz im ganzen Körper.

In einem Augenblick unter der Beleuchtung von Yusufs Stirnlampe sah Brian, dass sein Gegner ihn mit voller Absicht töten wollte.

Wieder hob Yusuf das lange, scharfe Messer bedrohlich hoch, aber im gleichen Moment zielte Brian, ohne weiter nachzudenken, mit seinem Revolver ein paar Zentimeter unter die Stirnlampe und drückte den Abzug.

Plötzlich übertönten ein lauter Knall und ein Schmerzensschrei die tote Stille im Garten; er hatte Yusuf voll erwischt.

Rasul, der krampfhaft versuchte, mit seiner Bohrmaschine das Türschloss zu zertrümmern, bebte in diesem Augenblick vor Entsetzen; er ahnte, was passiert war.

Prompt hörte er mit der Arbeit auf, warf seine Werkzeuge auf den Boden, zog seine Messer aus den Gürteltaschen und beeilte sich zu der Stelle, wo er die Stimme seines Kumpels gehört hatte.

Im starken Licht seiner Stirnlampe sah er, wie Yusuf bewegungslos auf dem Boden lag. Dann warf er einen kurzen Blick auf Brian und seine Waffe. Ihm wurde klar, was dieser getan hatte und was er möglicherweise jetzt tun würde. Er musste sofort handeln.

»Ich warne dich, du Bastard! Wenn du einen Schritt näherkommst, musst du deinen Freund in die Hölle begleiten«, drohte Brian auf Englisch.

Mit voller Entschlossenheit hielt Rasul seinen Dolch in der Hand fest und sprang – genau wie Yusuf – mit einer überraschenden Bewegung auf Brian zu. Dieses Mal war Brian aber aufmerksamer und ahnte sofort, was sein Feind vorhatte. Instinktiv drückte er den Abzug seiner Waffe; das Ziel seines Schusses blieb gleich: ein paar Zentimeter unterhalb von Rasuls Stirnlampe. Wieder übertönten ein schreckliches Dröhnen und ein lauter Schrei die betäubte Atmosphäre.

Brian hatte in seiner Militär-Laufbahn oft mit echter Munition geschossen. Allein bei seinem Einsatz im Irak hatte er mehrere Iraker tödlich getroffen. Damals hatte er kaum ein schlechtes Gewissen gehabt und seine Taten nie bereut; das war für ihn ein Job gewesen und wie ein pflichtbewusster Soldat musste er ihn ordentlich erfüllen.

Aber jetzt, jetzt war er selbst von seiner kaltblütigen Reaktion überrascht und machte einen schockierten Eindruck, auch wenn sein Angriff in der Tat Selbstverteidigung gewesen war. Irgendwie ärgerte er sich über die fanatische Reaktion seiner Kontrahenten.

Allmählich verblasste der brennende Schmerz in seinem linken Oberarm zusammen mit seinen emotionalen Empfindungen. Er fühlte das Blut unaufhörlich aus seinem Ärmel auf den Boden tropfen. Dennoch wollte er als erfahrener Soldat nicht glauben, dass die Gefahr vorbei war; er richtete seine Taschenlampe in alle Richtungen, um herauszufinden, ob irgendwo doch ein dritter Mann versteckt war und auf eine Gelegenheit wartete. Aber er konnte niemanden entdecken. Es schien, als sei er der einzige Lebende in diesem finsteren Garten.

*

Das plötzliche Auftauchen eines fremden Mannes, der sich mit eiligen Schritten auf das Haus von Parsa-Pour zubewegte, löste bei Shapoor Panik aus. Einen Moment dachte er daran, zu intervenieren und den unbekannten Fremdling von hinten anzugreifen. Aber er gab die Idee sofort auf. Denn plötzlich sah er, dass der große Mann demonstrativ einen Revolver in seiner rechten Hand trug.

Aufgrund seiner zielgerichteten Bewegungen bekam Shapoor den Eindruck, dass der Mann wusste, was dort los war.

Shapoor war sich allerdings sicher, dass der bewaffnete Mann kein Polizist sein konnte. Denn nach seiner Einschätzung müssten alle Polizisten in dieser Region nach dem telefonischen Hilferuf von Melanie im Hapimag Resort sein. Trotzdem erschien ihm die Lage äußerst gefährlich – er musste sofort von dort und auch aus Marbella verschwinden.

Aber irgendwie konnte er sich nicht von der Stelle bewegen; viele beängstigende Gedanken hielten ihn vom Gehen ab. Er fragte sich, was es hieße, von dort zu verschwinden: Wie denn? Allein? Ohne sein Team? Vielleicht konnten Yusuf oder Rasul mit ihren schnellen Eingriffstechnik den fremden Mann überwältigen. Wenn sie ihn töteten, brauchen sie sofortige Unterstützung. Er konnte sie unmöglich im Stich lassen.

Plötzlich erschütterte ihn ein lauter Knall. Er ahnte, was gerade geschehen war: Einer seiner Mitarbeiter war angeschossen worden. Er wusste, dass weder Yusuf noch Rasul Schusswaffen trugen. Sie waren ihrer Tradition treu und benutzten stets stolz ihre Dolche.

Jetzt zitterte er, von Grauen geschüttelt. Er fragte sich, wer der große Kerl war. Vielleicht war er ein Leibwächter von Parsa-Pour?

Er wurde von dem lauten Dröhnen des zweiten Schusses erneut erschüttert. Dieses Mal konnte er die Schreie von Rasul deutlich hören. Jetzt war er sich sicher, dass sein Team niedergeschossen worden, vielleicht sogar tot war.

Wenn der große Mann wusste, dass es noch eine dritte Person gab, die sich irgendwo in der Nähe versteckte, wäre er das nächste Zielobjekt.

Er musste weg; er musste so schnell wie möglich von hier verschwinden! Er konnte für seine Leute nichts mehr tun. Langsam bewegte Shapoor sich; das Blei war von seinen Knien gefallen.

Hals über Kopf beeilte er sich in Richtung seines Ferienhauses. Er entschied, Marbella so schnell wie möglich zu verlassen.

Als er vor seinem Ferienhaus zum Stehen kam, nahm das Gefühl des Entsetzens ihm fast den Atem. Er sah in ohnmächtiger Panik und mit schrecklichster Hilflosigkeit, dass das Gartentor und das Terrassenfenster weit geöffnet waren. Noch schlimmer: Sein Transporter war weg. Er stellte fassungslos fest, dass Melanie die Situation ausgenutzt hatte und mit seinem Fahrzeug geflohen war. Offenbar hatten seine Drohungen sie nicht sonderlich beeindruckt.

Eine Weile stand er völlig aufgeschreckt und verzweifelt da. Er fragte sich, ob jetzt alles vorbei sei. Seine Leute waren niedergeschossen worden und er wäre das nächste Opfer. Er strengte sich an, sich zu beherrschen, und anstatt sich im Dastehen selbst zu bemitleiden, entschied er, etwas tun, mindestens aber sein Leben zu retten.

Ohne weitere Zeit zu verlieren, beeilte er sich zu dem weiße Seat, schaltete den Motor ein und während er aufmerksam seine Umgebung beobachtete, fuhr er in Richtung Malaga. Während der fünfzig Minuten Fahrt zu dem zweiten Mietwagen konzentrierte er sich nur auf seine Flucht nach Madrid. Jeder Gedanken bezüglich des Todes seines Teams, den Verlust des Transporters und einer möglichen Verhaftung durch die Polizei führten bei ihm zu mehr Ängsten und Demütigungen.

Während er nachdenklich nach Malaga unterwegs war, bemerkte er erschrocken, dass zwei Polizeiautos in die Gegenrichtung fuhren. Offenbar hatte die Suche nach ihm und seinen Leuten schon begonnen. Er war äußerst erleichtert, als die Polizisten ihn nicht sonderlich beachteten. Er fuhr konzentriert weiter, obwohl seine Füße und Hände zitterten. Ihm war klar, dass er diese schreckliche Angst überwinden musste, die ihn fortwährend quälte.

Kurz vor drei Uhr parkte er den weißen Seat hinter seinem zweiten Mietwegen; er war nicht schwer zu lokalisieren.

Langsam und mit Bedacht stieg er langsam aus dem Auto und warf einen prüfenden Blick in alle Richtungen; es war niemand zu sehen.

Ohne Zeit zu verlieren, verstaute er den Inhalt des Kofferraums von dem Seat auf dem Hintersitz des roten Peugeots. Mit einem Tuch beseitigte er alle erkennbaren Fingerabdrücke vom Innen- und Außenbereich des Autos. Dann stieg er in den Peugeot ein und begann, aufmerksam in Richtung Autobahn zu fahren.

21. Zufall oder Schicksal

Brian setzte sich in den dunklen Garten von Sohrab auf den Rasen und bemühte sich, mit der rechten Hand die Blutung an seinem linken Arm zu unterdrücken. Er hatte Glück, dass seine gepolsterte Lederjacke verhindert hatte, dass der scharfe Dolch den ganzen Arm hatte aufreißen können. Einmal überlegte er, laut nach seiner Frau zu rufen, aber er gab der Versuchung nicht nach; er dachte, möglicherweise stünde ein dritter Mann irgendwo im Garten und lauere auf eine Gelegenheit, den Kampf fortzusetzen. Er musste wachsam sein und bei einem unerwarteten Angriff den Rest seiner Patronen zielgerichtet benutzen. Er warf einen verächtlichen Blick auf die Leichen seine Kontrahenten und sagte mit einem bitteren Lächeln:

»Schöne Grüße an die Huris im Paradies, falls es welche gibt.«

Plötzlich hörte er die quietschenden Bremsen mehrerer Autos. Unter der spärlichen Beleuchtung einer Straßenlaterne erkannte er zwei Polizeiautos und einen Krankenwagen vor dem Haus. Zuerst stiegen zwei Polizisten aus ihrem Fahrzeug, ihre Pistolen im Anschlag, und betraten vorsichtig den Garten. Um jedes Missverständnis zu eliminieren, schrie Brian laut auf Spanisch:

»Nicht schießen. Ich wohne hier. Ich bin verletzt.« Er blieb eine Weile still, um zu hören, ob sie ihn verstanden hatten. Dann berichtete er weiter: »Ich habe bereits zwei Terroristen erschossen. Ich weiß nicht, ob irgendwo im Garten noch welche versteckt sind.«

»Warum ist es überall dunkel?«, fragte die Polizei.

»Sie haben absichtlich die Stromleitung abgeschnitten.«

Während ein Polizist aufmerksam an Ort und Stelle blieb, um den Garten zu beobachten, kehrte der andere zu dem Einsatzfahrzeug zurück und holte einen großen Scheinwerfer. Er schaltete ihn ein. Plötzlich durchflutete das grelle Licht den vorher finsteren Garten. Jetzt war der Schauplatz des Grauens besser zu sehen.

Auf dem Gehweg lagen die Leichen von Yusuf und Rasul und wo Brian saß, war viel Blut auf dem Boden zu sehen.

Mit einem Handzeichen forderte der andere Polizist den Notarzt auf, aus dem Krankenwagen auszusteigen und die Verletzung von Brian zu prüfen. Während die beiden Polizisten mit ihren Taschenlampen den Garten nach weiteren Verdächtigen absuchten, untersuchte der Arzt die Wunde von Brian. Plötzlich sah ein Polizist einen Schatten und schrie laut:

»Halt, bleiben Sie, wo Sie sind!«

»Ich bin die Nachbarin. Was ist mit meinem Mann? Lebt er?«, fragte Suzan den Polizisten auf Spanisch. Seit mehreren Minuten stand sie zitternd hinter der Hecke und traute sich nicht, sich zu zeigen.

»Kommen Sie ein paar Schritte vorwärts, ich möchte Sie sehen,« befahl der Polizist.

Suzan kam näher und wiederholte ihre Frage: »Was ist mit Brian? Wie geht es meinem Mann? Lebt er?«

»Falls Ihr Mann dieser tapfere Kerl ist, dann ja. Er lebt.«

Tatsächlich wusste Suzan nicht, wie verletzt ihr Mann war. Sie ahnte jedoch, dass Brian zwei Mal geschossen und möglicherweise einen oder sogar beide Angreifer getroffen hatte. Dennoch traute sie sich nicht, einen Schritt weiter heranzugehen und einen Blick auf den Tatort zu werfen.

»Ich bin nur leicht verletzt, Suzan,« beruhigte Brian sie und sagte lauter:

»Du solltest dich zuerst um Leonie und ihren Freund kümmern. Die Armen sitzen im Auto und warten auf mich.«

»Bist du wirklich okay?«

»Ja, Liebling. So schnell kriegst du mich nicht los.«

»Wo sind Leonie und Pedro? Wo steht dein Auto?«

»In unserer Straße, gegenüber der Büroversicherungsagentur.«

»Okay, ich beeile mich und bringe sie in unser Haus.«

Sie fragte den Polizisten, ob sie gehen dürfe, und er bestätigte dies mit einem Kopfnicken. Sie zog sich schnell zurück und ging los, um Leonie und Pedro zu holen.

In diesem Augenblick öffnete Sohrab die Terrassentür und betrat zögerlich den Garten. Er hatte das ganze Geschehen von Anfang an mitgekriegt und vor Angst ausgeharrt. Schon bei dem ersten Schuss hatte er die Polizei angerufen und um Hilfe gebeten. Man hatte ihm geraten, so lange im Haus zu bleiben, bis die Polizei die Lage unter Kontrolle gebracht habe.

Er schien erschreckt, ja, fast betäubt zu sein. Mit einer gewissen Unsicherheit nährte er sich Brian. Unter der Beleuchtung des Scheinwerfers sah er, dass der Notarzt bereits seinen Oberarm bandagiert hatte, und gerade dabei war, ihm eine Spritze für den Infektionsschutz zu geben.

Ein paar Meter weiter entdeckte er zwei Leichen auf dem Boden; mit offenen Mündern und aufgerissenen Augen.

Die beide Berufskiller hielten noch ihre langen Dolche fest in ihren Händen und ihre Stirnlampen waren noch an. Eine beängstigende Szene.

Fassungslos betrachtete er Brian: Der große und starke Engländer wirkte deutlich erschöpft, trotzdem hatte er seinen englischen Humor nicht verloren. Er bedachte Sohrab mit einem amüsierten Lächeln und sagte:

»Den besten Teil hast du verpasst. Diese Bastarde wollten in dein Haus einbrechen und dich töten, aber sie haben nicht mit meiner Anwesenheit gerechnet. Zum ersten Mal in meinem Leben war ich zur richtigen Zeit am richtigen Ort.«

»Wieso bist du hier? Wie hast du von ihrer Absicht erfahren?«, fragte Sohrab verwundert.

»Glücklicher Zufall. Eigentlich hat Suzan ihren Einbruch bemerkt und mich telefonisch informiert, als ich gerade nah an deinem Haus gewesen bin. Als ich vor dem Gartentor stand, sah ich, dass sie bereits die Stromleitung gekappt hatten und dabei waren, das Schloss aufzubrechen.

Ich ahnte, was los war. Bewaffnet mit meinem Revolver betrat ich das Grundstück. Im Dunkeln konnte ich aber kaum etwas sehen. Einer von ihnen hatte sich im Garten versteckt, um die Lage zu überwachen, und der andere stand vor deiner Haustür. Ich denke, um das Türschloss aufzubrechen.

Kaum hatte ich deinen Garten betreten, attackierte der Aufseher mich von hinten. Aber bis auf einen oberflächlichen Stich an meinem Oberarm hat er keine Chance bekommen, mich auszuschalten.

Obwohl es überall dunkel war, hatte ich ein gut erkennbares Ziel, nämlich sein hässliches Gesicht. Wie du siehst, trugen die beiden Stirnlampen. Bei seinem zweiten Versuch schoss ich eine Kugel zwischen seine Augen. Auch der zweite Mann griff mich brutal an. Er präsentierte mir die gleiche Zielrichtung und bekam ebenfalls eine heiße Kugel über seine dicke Nase.

Ich vermute, das geplante Attentat ist vorläufig beendet. Du lebst, du bist frei und als Anerkennung dieses Glück sollten wir feiern!«

Die quietschende Bremse eines Autos unterbrach ihre Unterhaltung.

Brian und Sohrab sahen Comisario Zapata schnell auf das Haus zukommen. Zuerst ließ er sich von seinem Stellvertreter über die Ereignisse im Garten unterrichten und dann beeilte er sich zum Tatort.

Schon auf den ersten Blick konnte man erkennen, dass er aus tiefem Schlaf herausgerissen worden war. Sein schläfriger Gesichtsausdruck, die zerzausten Haare und sein zerstreuter Anzug deuteten auf einen hektischen Aufbruch hin. Wie sich später herausstellte, hatten seine Leute ihn erst spät informiert; er wusste nicht einmal etwas von dem vorgetäuschten Überfall auf das Hapimag Resort. Sein Stellvertreter wirkte nervös. Er stand die ganze Zeit ehrfürchtig neben ihm, sichtlich schuldbewusst, und versuchte, die Fragen seines Chefs plausibel zu beantworten.

Während Comisario Zapata fassungslos die Leichen von Yusuf und Rasul betrachtete, hörte er weiterhin seinem Stellvertreter zu. Aber dann wedelte er ungeduldig mit der Hand, wie um eine Mücke zu verjagen – offenbar war er verärgert. Er kniete vor den Leichen, um den Spuren der Kugeln nachzuforschen. Bei dieser Gelegenheit warf er einen sorgenvollen Blick auf Sohrab, der neben Brian stand.

»Ich dachte, Sie wollten mein Haus Tag und Nacht überwachen lassen,« beklagte sich Sohrab. »Wenn Mr. Foster nicht rechtzeitig hier gewesen wäre, hätten die Killer ihr Ziel erreicht.«

»Es tut mir leid, was passiert ist. Wenn ich richtig informiert bin, waren wegen einer Falschmeldung über einen bewaffneten Überfall im Hapimag Resort alle verfügbaren Polizisten in Marbella von meinem Stellvertreter zu dem Hotel geschickt worden.

Leider hatten auch die Polizisten, die Ihr Haus beobachten sollten, die Anweisung, ihre Kollegen dort zu unterstützen.

Offensichtlich wollten die Terroristen mit diesem raffinierten Ablenkungsmanöver ungestört hierherkommen können und ihren abscheulichen Plan durchführen.« Er sah Brian bewundernd an und fügte hinzu: »Aber Gott sei Dank hat Ihr Freund Sie gerettet.« Und dann, mit einer gewissen Anteilnahme, wandte der Comisario sich an den Engländer.

»Meine Leute haben mich gerade darüber informiert, dass Sie heute Abend unseren Job erledigt haben. Wie geht es Ihnen? Sie sollten sich sicherheitshalber in einem Krankenhaus untersuchen lassen.«

»Nein, bis auf einen oberflächlichen Stich in meinen Oberarm ist mir nichts passiert. Ich werde die Verletzung morgen in unserem Militärkrankenhaus prüfen lassen.

Eigentlich waren diese Berufsmörder gut trainiert. Wenn ich nicht richtig aufgepasst hätte, hätte mindestens einer von Ihnen mir mit seinem teuflischen Messer meinen Kopf von den Schultern reißen können. Ich kenne Ihre Angriffstechnik von meiner Zeit im Irak. Normalerweise versuchen sie, ihre Messer mit einer unglaublichen Schnelligkeit durch den Hals ihres Gegners zu ziehen und ihn mit einem Schlag zu enthaupten.«

»Ich bin froh, dass Sie mit ihrer umfangreichen Militärerfahrung auch ihr eigenes Leben retten konnten.« Zapata hielt eine Weile inne. »Ich hoffe jedoch, es gibt für Sie keine rechtlichen Probleme.«

»Rechtliche Probleme? Was meinen Sie?«

»Wissen Sie, die Rechtslage in Spanien ist nicht wie in England oder den USA. Ich schließe nicht aus, dass der Staatsanwalt Ihnen kritische Fragen stellen wird.«

»Zum Beispiel?«

»Zum Beispiel, warum Sie nicht auf ihre Füße gezielt haben.

Warum mussten Sie sie töten? Man will diese kleinen Fische lebend haben, um die Hintermänner zu erwischen.«

»Ich denke, die spanische Justiz hat komische Vorstellungen von bewaffneten Auseinandersetzungen. Vor einer halben Stunde war dieser Garten noch ganz dunkel. Wie Sie wissen, hatten diese Männer vorher die Stromleitung gekappt.

Als die Terroristen mich angriffen, konnte ich nur ihr Gesicht sehen, weil beide Stirnlampen trugen. In dieser finsteren Umgebung und in dieser bedrohlichen Lage hatte ich keine Zeit, im Sinne der spanischen Staatsanwaltschaft zu reagieren. Ich musste blitzartig entscheiden, sonst würde ich jetzt an ihrer Stelle hier liegen und mein Freund wäre höchstwahrscheinlich das nächste Opfer geworden.«

»Entschuldigen Sie, Sie haben mich falsch verstanden. Ich verstehe Sie und bin persönlich bei Ihnen. Ich wollte Sie nur warnen, dass morgen eventuell jemand vor Ihrer Haustür steht, und sich über den Hergang dieser Schießerei wird informieren wollen. Aber seien Sie unbesorgt: Bevor ich nach Hause zurückfahre, werde ich gemeinsam mit meinem Stellvertreter einen Bericht schreiben. Das ist nach meiner vollen Überzeugung eindeutig „legale Selbstverteidigung" gewesen.

Ich werde sogar dem Innenminister empfehlen, Sie Ihrer Zivilcourage wegen zu belobigen; schließlich waren die Terroristen nicht hier, um Sie zu töten, sondern sie waren hinter Herrn Parsa-Pour her.« Dann sah er Sohrab an. »Es tut mir leid, Ihnen zu sagen, dass Sie heute Abend nicht in Ihrem Haus übernachten dürfen. In eine Stunde kommen die Kollegen von der Spurensicherung und werden den gesamten Bereich des Tatorts genau überprüfen und überall nach Indizien suchen.

Darüber hinaus interessiert uns, ob weitere Terroristen, zumindest eine Frau und ein Mann, in diesem Haus gewesen sind und wo sie sich jetzt gegebenenfalls befinden.«

In diesem Augenblick nährte sich sein Stellvertreter und flüsterte etwas in sein Ohr; bei jedem Wort blitzten Zapatas Augen. Er hielt einen Moment inne und sagte dann verlegen: »Wie ich gerade von meinem Stellvertreter erfahre, ist die Frau, die wir für eine weitere Terroristin hielten, auch ein Opfer. Sie wurde gezwungen, der Polizei eine falsche Mitteilung zu machen. Sie befindet sich gerade auf dem Polizeirevier. Offenbar ist der Sachverhalt noch komplizierter, als ich dachte.« An Sohrab gewandt ergänzte er:

»Wir haben inzwischen Ihren Energieversorger gebeten, einen Techniker hierher zu schicken, um Ihre Stromleitung wieder anzuschließen. Wie es aussieht, haben wir bis morgen früh jede Menge Arbeit zu erledigen.« Dann fragte er Sohrab, ob er heute Abend irgendwo anders schlafen könne.

»Was für eine Frage! Er kommt zu uns,« erwiderte Brian. »Wir haben heute Abend noch zwei weitere Gäste, aber ich denke, das Haus ist groß genug. Wir finden für ihn schon noch einen Platz zum Schlafen.«

»Heutzutage findet man kaum solche Nachbarn«, sagte Comisario Zapata zu Sohrab. »Erst riskiert er sein Leben, um Sie zu retten, und jetzt bietet er Ihnen sogar einen Schlafplatz an.«

»Herr Comisario, falls Sie es noch nicht bemerkt haben: Dieser Mann ist nicht irgendein Nachbar, er ist mein bester Freund. Ein guter Freund ist in der Regel besser als ein Bruder.« Dann wandte Brian sich von Zapata ab hin zu Sohrab: »Gehe zurück in dein Haus und hole, was du heute Abend brauchst. Wir überlassen dieses Areal der Polizei, um ihre Arbeit zu machen.«

Kaum wollte Sohrab zu seinem Haus gehen, erinnerte Brian ihn lächelnd: »Und nicht vergessen: Wir können beide deinen Scotch gut gebrauchen.«

*

Unterwegs nach Madrid kam Shapoor nicht über die schockierenden Ereignisse am Haus von Parsa-Pour hinweg. Er konnte immer noch die Schmerzensschreie von Yusuf und Rasul in seiner Seele wahrnehmen.

Er wusste wohl, dass dieser Misserfolg für ihn schwerwiegende Folgen haben konnte. Wenn die Polizei seine echte Nationalität herausfände, wäre er so gut wie erledigt. Man hatte ihn immer darauf hingewiesen, dass er dafür zu sorgen habe, dass er, wenn aus irgendeinem Grunde einer seiner Pläne fehlschlage, der Name der Islamischen Republik Iran nicht involviert werden dürfe.

Anderseits war er froh, dass er bei dieser Aktion seine iranische Nationalität nirgendwo preisgegeben hatte. Trotzdem konnte sein Misserfolg ihn aber mindestens seine Karriere kosten.

Er fuhr weiterhin mit angemessener Geschwindigkeit in Richtung Madrid und hoffte, unterwegs keine polizeiliche Straßenkontrolle zu erleben.

Gegen vier Uhr machte er eine kurze Pause in der Nähe der Stadt Córdoba. Er hielt bei einer Tankstelle, trank eine Tasse Kaffee und tat dann das, was er längst hatte tun wollen: Er rief Herrn Hafezi, den Stellvertreter des Konsuls und den ihm zugeordneten Madrider Koordinator, an.

Der anklagende Ton seines Gesprächspartners am Telefon war so aggressiv, dass er kurz überlegte, das Gespräch zu beenden und es später erneut zu versuchen.

»Sind Sie Herr Falahi?«, fragte Hafezi grimmig.

»Entschuldigen Sie die Störung. Ich bin unterwegs nach Madrid und brauche Ihre Hilfe.«

Nach einer langen Atempause erwiderte Hafezi:

»Sie brauchen nicht über Details sprechen. Wann werden Sie in Madrid ankommen?«

»Ich denke, spätestens in drei Stunden. Ich möchte meinen Mietwagen bei der Firma Sixt abgeben. Von dort soll ein Kollege mich abholen. Denn ich habe viele Sachen in dem Auto und ich kann sie nicht in einem Taxi mitschleppen.«

»Wenn Sie in der Nähe von Madrid sind, rufen Sie mich noch einmal an. Ich schicke jemanden, der Sie abholt.« Als wolle er das Gespräch beenden, fragte er: »Sind Sie allein?«

»Ja, leider ja.«

»Verstehe. Bis später.«

Nach einer Stunde rief Herr Hafezi ihn zurück. Dieses Mal bemühte er sich, etwas freundlicher zu wirken. Er sagte:

»Hören Sie genau zu. Sie fahren bis zur Urbanisation Las Colinas und bleiben so lange auf dem Parkplatz der Shell-Tankstelle, bis jemand zu Ihnen kommt.«

»Welche Shell-Tankstelle?«

»In diesem Ort gibt es nur eine Shell-Tankstelle. Das werden Sie feststellen, wenn Sie die Autobahn verlassen. Ich habe bereits zwei Kollegen in einem unserer Diplomatenfahrzeuge hingeschickt, um Sie und Ihre Sachen abzuholen. Einer von ihnen wird Ihren Mietwagen zurück zu Sixt bringen und der andere bringt Sie ins Konsulat. Es handelt sich um einen schwarzen Mercedes.

Das Auto ist mit seinem CC-Schild nicht zu übersehen. Wenn meine Leute da sind, rufen Sie mich zurück.«

Auch wenn Hafezi die Planänderung am Telefon nicht begründen wollte, konnte Shapoor sich vorstellen, dass die

Ereignisse in Marbella inzwischen an alle spanischen Polizei-Standorte übermittelt worden waren, und diese Planänderung war eine angemessene Vorsichtsmaßnahme.

Seine Vermutung wurde tatsächlich bestätigt, denn als die Konsulat-Angestellten in einem Mercedes-Benz vor der Tankstelle anhielten, seine vielen Sachen im Kofferraum verstauten und in Richtung Madrid fuhren, bemerkte er unterwegs, dass es an vielen Autobahnausfahrten Polizeikontrollen gab. Dennoch ließ man ihr Fahrzeug mit dem CC-Schild ohne Kontrolle vorbeifahren. Der zweite Mann brachte währenddessen den Mietwagen zur Sixt-Filiale.

Gegen acht Uhr war Shapoor erlöst, er befand sich im iranischen Konsulat. Wie es aussah, war er in Sicherheit.

*

Im Haus von Brian Foster herrschte eine angespannte Atmosphäre. Leonie und Pedro hatten sich bereits in das Gästezimmer zurückgezogen. Die beiden waren von der ärgerlichen Autopanne und von den beängstigenden Ereignissen danach am Nachbarhaus völlig erschöpft und konnten sich nicht weiter auf den Beinen halten.

Auch bei Brian, obwohl er versuchte, sich einigermaßen munter zu zeigen, konnte man die Spuren von der blutigen Auseinandersetzung im Garten in seinem Gesicht sehen. Offenbar wurde ihm nach und nach bewusst, dass er bei dieser Begebenheit zwei Menschen getötet hatte.

Er war nach einem Glas Whisky ziemlich beschwipst, dennoch redete er ununterbrochen weiter. Er wiederholte ständig die Erzählung seines Kampfes mit den Männern, die er Pilger das verlorenen Paradieses nannte, und machte sich lustig über ihre fanatische Kampfbereitschaft.

Auf einmal verstummte er und sah Sohrab fragend an.

»Kannst du mir erklären, Sohrab, wie diese Idioten glauben konnten, bei einer solchen Auseinandersetzung mit mir zu überleben? Sie sahen die Waffe in meiner Hand, trotzdem haben mich beide attackiert. Der zweite Mann erschien, als sein Kumpel schon tot auf dem Boden lag. Trotzdem hat er versucht, mich mit seinem Dolch anzugreifen. Ich verstehe nicht, warum er das getan hat. Was geht in den Köpfen diese Dschihadisten vor?«

»Ja, du hast recht, man kann diese Torheit nicht begreifen. Ich muss allerdings etwas für dich klarstellen. Nach meiner Einschätzung waren die Männer, die du erschossen hast, möglicherweise fanatische Moslems, aber man kann sie nicht als klassische Terroristen oder Dschihadisten einstufen; sie töteten nicht ihrer verqueren Ideologie wegen, sondern für Geld; sie waren bezahlte Killer.

Ja, ich bin überzeugt, dass sie eine lange Reise hinter sich gebracht haben, um mich im Auftrag von Pasdaran zu töten. Man hat vor fünfzehn Jahren eine Abteilung bei der Pasdaran-Organisation gegründet, um alle Oppositionellen im Ausland zu beseitigen, und sie waren bisher fast immer erfolgreich.«

»Was auch immer diese Bastarde waren, ich bin froh, dass du bei diesem brutalen Angriff am Leben geblieben bist. Gott sei Dank ist die Gefahr endlich vorbei.«

»Danke, Brian. Ich bin dir dankbar, dass du mit deinem mutigen Einsatz mein Leben gerettet hast.

Aber leider kann ich deine optimistische Meinung nicht bestätigen; denn die Gefahr ist längst nicht vorbei. Die Diener des Diktators werden niemals ihre Vorhaben aufgeben; früher oder später schicken sie ein paar weitere, fanatische Befehlsempfänger, um ihr Ziel zu erreichen.«

Als Brian darüber nachdachte, setzte Suzan sich Sohrab gegenüber und sagte:

»Ich weiß, es ist schon spät und wir sind alle schockiert, müde und ruhebedürftig. Aber bevor alle ins Bett gehen, möchte ich mit dir über ein anderes Thema sprechen, das mich nicht loslässt.

Erinnerst du dich daran, wie wir letztes Jahr in eurem Garten gefeiert und über das Phänomen "Schicksal" diskutiert haben? Du hast an diesem Abend immer wiederholt, dass es kein Schicksal gebe. Alles, was wir erleben, sei das Ergebnis einer Verkettung von Zufällen.

Ich möchte jetzt von dir wissen, wie du heute darüber denkst. Wurde dein Leben heute zufällig gerettet?

Halt! Bevor du etwas dazu sagst, möchte ich dich daran erinnern, *wie* du heute Abend gerettet worden bist. Meiner Meinung nach war das kein Zufall.

Stell dir vor, ein unbekanntes deutsches Mädchen sucht ihre verlorene Liebe in Spanien, und zwar auf eine abenteuerliche Art und Weise. Sie landet ungewollt in Marbella, begegnet mir und mit unserer Hilfe gelingt es ihr, einige Tage bei ihrer verloren geglaubten Liebe zu bleiben. Als sie zu uns zurückkommen will, ist plötzlich ihr Auto fahruntüchtig. Sie bittet uns um Hilfe. Brian holt sie und ihren Freund hierher. Gerade in diesem Augenblick stehen zwei bezahlte Killer in deinem Garten mit der Absicht, dich zu töten.

Ich möchte damit andeuten, dass alles, was in den letzten Tagen passiert ist, nicht geschehen wäre, wenn keine Begegnung mit Leonie und dadurch keine Autopanne stattgefunden hätte; damit hätte es auch keinen Grund gegeben, aus dem Brian heute Abend das Haus hat verlassen müssen.

Ich meine, heute Abend zu einer Zeit, in der Brian gewöhnlich schläft, versuchen die Diener des Diktators – wie du es gerade formuliert hast – ungehindert in deinen Wohnbereich einzubrechen und dich zu töten. Gott sei Dank wurden sie daran gehindert, weil Brian rechtzeitig da war.
Jetzt sag mir: Meinst du nicht, dass der Besuch dieses Mädchens in dieser Region der Schlüssel für deine Rettung war? Hat sie nicht mit ihrer Anwesenheit dein Schicksal entscheidend beeinflusst? Glaubst du immer noch, dass das ganze Geschehen reiner Zufall war? Oder doch Schicksal? Ja, gibst du zu, dass es vorherbestimmt war, dass du am Leben bleibst? Das heißt, es gibt wohl Schicksal.«
Während Sohrab Suzan sanftmütig anschaute, erwiderte er mit schwachem Lächeln:
»Ich weiß nicht, Suzan, wie ich mein Glück begründen soll. Zufall oder Schicksal? Sicherlich haben sich hier eine Reihe von Zufällen aneinandergereiht wie Steine in einem Dominospiel. Aber sollte das Ergebnis dieser Ereignisse vorherbestimmt gewesen sein, hieße das, dass Leonie nicht nur ihren Freund gesucht und gefunden, sondern mit ihrer Anwesenheit in dieser Region die Rolle eines Schutzengels gespielt hat. Wie du es andeutest, hat sie mein Schicksal dadurch entscheidend beeinflusst; man muss wohl an das Phänomen des Schicksals glauben.
Andererseits wollen wir den mutigen Einsatz von Brian nicht herunterspielen.
Wenn er nicht rechtzeitig und geschickt interveniert hätte, würde ich trotz der Anwesenheit meines Schutzengels jetzt nicht hier stehen.«
In diesem Augenblick stand Brian auf, umarmte Sohrab und sagte gefühlvoll:

»Meine lieber Sohrab, danke für deine rücksichtsvolle Anerkennung. Du bist mein bester Freund. Man sagt bei uns: Freundschaft ist die Ehe der Seelen. Ich würde jederzeit das Gleiche für dich tun, was ich heute getan habe.«
»Brian, du sollst nicht schleimen und nur einen Augenblick den Mund halten. Denn ich habe noch keine präzise Antwort auf meine Frage gehört,« protestierte Suzan. Sohrab machte Brian ein Zeichen, sich zurückzuhalten, stand vor Suzan und sagte:
»Ich muss gestehen, dass ich noch unter Schock stehe, und ich bin nicht in der Lage, mit dir über das Wunder des Schicksals zu philosophieren. Aber ich versuche dennoch, deine Frage zuerst mit einem Zitat von einem deutschen Bauingenieur zu beantworten. Seinen Namen habe ich momentan leider vergessen. Er sagte:
„Das kann nicht alles Schicksal sein, erst bricht die Leiter, dann das Bein.“
Er war der Meinung, alles, was passiert, sei eine Verkettung mehrerer Zufälle. Aber um deine Gedanken nicht einfach abzuwerten, möchte ich Herrn Nestroy, einen österreichischen Dramatiker, zitieren. Er ist nah bei dir. Er sagte:
„Das Schicksal nimmt manchmal, um uns nicht zu erschrecken, die Miene des Zufalls an.“

Aber egal, ob es ein Zufall oder doch das Schicksal war, ich bin heilfroh, dass ich dieses schreckliche Attentat überstanden habe.
In meiner ehemaligen Heimat muss man, wenn man solches Glück erlebt, reichlich an bedürftige Personen spenden, und das werde ich bestimmt bald tun. Man muss das Glück belohnen.«

»Ist bei deiner Spendenaktion auch Scotch dabei?«, hakte Brian lächelnd nach.

»Nein. Ich könnte dir zwar aus Dankbarkeit eine Kiste besten Whiskys schenken, aber ich tue es nicht, Brian. Ich lege Wert darauf, dass du viele Jahre gesund bleibst. Du trinkst zu viele harte Sachen, mein Freund. Das ist nicht gut. Ich möchte dich in den nächsten Jahren gesund und munter erleben. Dennoch: Wenn ich nächsten Monat zurückkomme – hoffentlich gemeinsam mit Claudia – werden wir alle zusammen meine neue Geburt feiern.«

»Was heißt nächsten Monat? Willst du nach Deutschland zurück?«, fragte Suzan verwundert.

»Ja, ich werde morgen gemeinsam mit Leonie nach Deutschland fliegen. Ich bleibe einen Tag in Hamburg und dann fliege ich nach Wien, um mich meiner Frau anzuschließen. Gerade jetzt braucht sie mich und ich denke, ich brauche sie noch mehr. Wie gesagt, nächsten Monat werden wir beide zurückkommen und dieses Glück zelebrieren.«

»Ich dachte, sie wollte sich um ihren Vater kümmern,« sagte Suzan überrascht. Sohrab hielt eine Weile inne und sagte leise:

»Ja, wollte sie. Leider ist ihr Vater gestern gestorben. Sie informierte mich vor vier Stunden.«

»Oh mein Gott. Es tut mir leid. Ja, du solltest so schnell wie möglich nach Wien fliegen und sie trösten.« Alle schwiegen für einige Minuten nachdenklich, bis Suzan aufstand und wieder das Wort ergriff:

»Morgen bringe ich dich und Leonie zum Flughafen und freue mich sehr, wenn du und deine liebe Frau nächsten Monat hierherkommt.

Wir sollten jetzt aber Schluss machen und schlafen gehen. Wir lassen dich hier allein. Du musst leider im Wohnzimmer auf der Couch schlafen.«

Brian blieb noch da; er wollte schon die ganze Zeit etwas sagen. Er sah Sohrab lächelnd an und begann mit kämpferischem Unterton:

»Als einfacher Soldat möchte ich auch meine Meinung bezüglich eurer Diskussion sagen.

Ich bin der Auffassung, was heute Abend geschah, war weder Zufall noch Schicksal. Das war ein brutaler Kampf zwischen Gut und Böse; das Gute hat gesiegt.« Dann klopfte er Sohrab auf die Schulter, wünschte ihm eine gute Nacht und verließ das Wohnzimmer.

22. Sehnsucht nach Freiheit

Mehr als acht Monate verbrachte Shapoor sein Leben –
wenn man es überhaupt Leben nennen konnte – im Keller
des iranischen Konsulats in Madrid.

In den ersten vier Monaten war die spanische Polizei überzeugt, dass – auch wenn der dritte Terrorist südamerikanische Dokumente besaß – er im Auftrag der iranischen Regierung tätig gewesen sein musste, und sich möglicherweise
im Gebäude des Konsulats befand. Denn inzwischen hatte
sie herausgefunden, dass er nach dem Scheitern seines Plans
mit einem weiteren Mietwagen nach Madrid geflohen war.

Dennoch stellte man aus politischen Gründen bei der iranischen Botschaft keine offizielle Anfrage, ob sich der gesuchte
Terrorist im Gebäude des Konsulats verschanzt habe. Denn
es ergab keinen Sinn, von dieser Behörde über einen „nicht
iranischen Staatsbürger" Informationen zu verlangen.

Unabhängig von ihrer Feststellung veröffentlichte die Polizei
sein Bild in den meisten spanischen Zeitungen und bat die
Bevölkerung um Hilfe. Für jeden zutreffenden Hinweis über
seinen Aufenthaltsort wurde sogar eine Belohnung in Höhe
von zehntausend Euro ausgelobt.

Darüber hinaus setzte man zwei Polizisten in Zivil in der
Nähe des Konsulats ein in der Hoffnung, dass der Gesuchte
sich irgendwann draußen blicken ließ und sie ihn verhaften
konnten.

Selbstverständlich war die Anwesenheit der Ermittler in der
näheren Umgebung – auch wenn sie keine Uniform trugen –
für die iranische Behörde nicht zu übersehen.

Man hatte Shapoor daher angewiesen, auf keinen Fall das
Gebäude zu verlassen.

Shapoor wohnte in einem fünfzehn Quadratmeter großen, fensterlosen Raum, ausgestattet mit einer Couch, einem Schreibtisch, einem Regal mit etwa fünfzig Büchern – die meisten waren Fachbücher über den Islam – und daneben einem kleinen, ungepflegten Badezimmer.

Der einzige Luxus in seiner Wohnung – die er ‚Einzelzelle' nannte – war ein Notebook mit Anschluss an das Internet.

Es blieb ihm nichts anderes übrig, als sich den ganzen Tag damit zu beschäftigen und sich die Zeit zu vertreiben. Er surfte wahllos im Internet, las alle möglichen Berichte aus der ganzen Welt und, wenn er müde wurde, legte er sich verdrossen auf die unbequeme Couch und träumte von den guten, alten Zeiten.

Nach seiner Wahrnehmung verging die Zeit viel zu langsam. Denn jeder Tag verlief nach der gleichen Prozedur: unmotiviert aufstehen, essen, im Internet surfen und dann wieder haltlos versuchen zu schlafen. Aus Sicherheitsgründen durfte er nicht einmal am gemeinsamen Mittagsgebet teilnehmen.

Er hatte keine Beschäftigung und keine Gelegenheit, mit jemandem zu reden. Er erlebte keinen Erfolg oder Misserfolg; seine täglichen drei Mahlzeiten wurden ihm ins Zimmer gebracht; er brauchte sogar das Geschirr nicht zu spülen.

Manchmal ging er abends bei Dunkelheit heimlich in den Hinterhof, um etwas frische Luft zu schnappen und sich ein bisschen zu bewegen. Dennoch musste er schnell wieder zu seiner „Einzelzelle" zurück; er hatte Angst, von irgendwo gesehen zu werden.

Shapoor wusste wohl, dass er nach dem katastrophalen Fehlanschlag in Marbella in den meisten europäischen Ländern als gesuchter Terrorist auf der Liste stand; sein öffentliches Auftauchen würde mehrere Jahre „echtes" Gefängnis und ein politisches Desaster für die iranische Regierung bedeuten; und gerade das durfte auf keinen Fall passieren.

Er verlor nach und nach die Hoffnung, sich eines Tages wieder wie früher frei zu bewegen und nach seiner eigenen Vorstellung zu leben. Tatsächlich war er mehr oder weniger ein einsamer Gefangener.

Manchmal, wenn er sehr depressiv war, kam ihm der Gedanken, sich das Leben zu nehmen. Diese Idee wurde verstärkt, als man ihm einen Vertrag über die Geschäftsübergabe in Frankfurt zur Unterzeichnung vorlegte.

Man begründete diesen Schritt damit, dass er das Geschäft, da er nie wieder nach Frankfurt zurückkehren dürfe, auf seinen Nachfolger – Reza Khakbaz – übertragen müsse.

Reza durfte auch in seinem Appartement wohnen; dementsprechend zahlte dieser auch die Miete weiter.

Shapoor musste auch einen langen Brief an seine Mitarbeiter schreiben und den Geschäftsbesitzwechsel mit seinem gesundheitlichen Zustand begründen.

Er war intelligent genug zu wissen, dass, wenn er seine Arbeit für Pasdaran fortsetzen wollte, er dies nur als Sachbearbeiter in Teheran tun konnte; im Ausland konnte er sich unmöglich wieder öffentlich zeigen.

Manchmal überfiel ihn der stechende Gedanken, dass Pasdaran ihn irgendwann töten würden. Denn er hatte inzwischen begriffen, dass er ein großes Risiko für Pasdaran darstellte, und seit er im Keller des Madrider Konsulats versteckt war, zu einer unangenehmen Belastung für seine Kollegen dort geworden war.

Sein Verdacht beruhte auf der Tatsache, dass man zwei Male in einem iranischen Konsulat – in Frankreich und in England – Regimekritiker ermordet und es erhebliche Probleme gegeben hatte, ihre Leichen zu beseitigen. Dann war die

Anweisung von oben gekommen, unerwünschte Personen entweder in ihren Wohnungen hinzurichten oder in ein befreundetes Land wie den Irak, Afghanistan oder Syrien zu entführen und dort zu entsorgen. Dieses Dekret konnte aber auch im Zusammenhang mit dem großen Skandal vom Oktober 2018, der Ermordung des saudischen Regimekritikers Jamal Khashoggi im saudi-arabischen Generalkonsulat in Istanbul, begründet werden. Man wollte den gleichen Fehler nicht wiederholen.

Andererseits machte ihm die Tatsache ein bisschen Hoffnung, dass seine echte Nationalität für Interpol noch unbekannt war. Das hieß, er konnte theoretisch irgendwann, wenn über das Ereignis in Marbella genug Gras gewachsen war, seine Tätigkeit auf einem anderen Kontinent – vielleicht in Afrika oder in Australien – weiterführen.

Er las in einer Madrider Onlinezeitung, dass Interpol bereits anhand von Fingerabdrücken und DNA-Proben die Identität von Yusuf und Rasul als Afghanen und ehemaligen Angehörigen der Taliban bestätigen konnte; in diesem Kontext tauchte der Name der Islamischen Republik Iran allerdings nicht auf.

Eines Tages, während er wieder einmal hier und da im Internet surfte, stieß er auf einen Artikel mit dem Titel „Subjektive Wahrnehmung", einen Beitrag von Anna Rosenberg. Plötzlich leuchtete eine freudige Erregung in seinem Gesicht auf, die verblasste Erinnerung weitete sich aus und sein Magen begann zu flattern.

„Oh Anna, Anna, wo bist du?", rief er mit großer Freude laut aus der Seele. „Hättest du mich damals geheiratet, würde ich heute nicht hier sein."

Er bemerkte, wie unkontrolliert Tränen auf den Laptop tropften. Er glaubte selbst nicht, dass er um diese arrogante Frau, die ihn kalt abserviert hatte, weinte.

Aber anderseits freute er sich riesig, etwas von einem Menschen zu lesen, mit dem er die beste Zeit in seinem Leben verbracht hatte.

Er las ihren Artikel mehrere Male, erinnerte sich an ihren Streit auf Teneriffa und daran, was sie in Bezug auf seine emotionale Wahrnehmung gemeint hatte.

Auf einmal schoss eine verrückte Idee in seinen Kopf: Er sollte Kontakt mit ihr aufnehmen. Die Frage war, wie? Er hatte ihre Telefonnummer schon nach seiner Rückreise von Teneriffa gelöscht. Aber mit irgendeiner Social-Media-Plattform könnte er doch zumindest mit ihr chatten.

Man hatte ihm nicht ausdrücklich gesagt, dass er keine App wie Facebook, WhatsApp oder Ähnliches verwenden dürfe. Er entschied, sich mit seinem Computer bei Facebook anzumelden, aber sich nicht mit echtem Namen zu registrieren.

Als Name tippte er „Paul Watzlawick" und als Wohnort „Teneriffa" ein. Als Beruf gab Shapoor „Tanzlehrer" an. Er erzeugte auch eine E-Mail-Adresse mit dem gleichen Namen und hoffte, dass niemand im Konsulat seine Online-Aktivitäten überwachte.

Eine Woche lang probierte er jeden Abend Facebook aus, und zwar nur für ein paar Minuten. Zu seiner großen Freude gab es keinen Protest, keine Missbilligung; offenbar beachtete man nicht, was er in seinem Zimmer tat.

Während dieser Woche entdeckte er zwei wichtige Dinge, die bei ihm enthusiastische Freude und Erregung auslösten.

Erstens fand er heraus, dass Anna Rosenberg bei Facebook ein Konto hatte und zweitens bemerkte er, dass er mit der Messenger-Funktion andere Facebook-Nutzer sogar kostenlos anrufen konnte. Dazu brauchte er nur auf das Anruf-Symbol zu klicken.

Dennoch gab es ein wesentliches Hindernis: Er musste zuerst auf Facebook mit der gewünschten Person „befreundet" sein.

Ohne weitere Überlegung stellte er unter der Rubrik „Friends Request" eine Anfrage bei Anna Rosenberg, dass er ihr „Freund" sein wolle.

Er hatte keine Ahnung, ob sie seine Anfrage annehmen würde, zumal der Anfragensteller ein bekannter und verstorbener Philosoph und Kommunikationswissenschaftler war.

Es vergingen weitere Wochen und von Anna gab es keine Rückmeldung. Allmählich gab er die Hoffnung auf, dass Anna auf seine Anfrage jemals reagieren würde.

Es war August 2019. Die Sommerzeit in Madrid ist grundsätzlich sehr heiß. Die Luft in seinem kleinen und fensterlosen Zimmer war stickig und schwer wie Blei. Auch wenn ein kleiner Ventilator die ganze Zeit ratterte, blieb die warme Luft im Raum und er musste den ganzen Tag fast nackt in seinem Zimmer herumliegen; ab und zu stellte er sich unter die kalte Dusche.

An einem Sonntag, gegen Mitternacht, lag er auf seinem Bett, regungslos wie eine Spinne im Netz. Sein Blick ertrank in Langeweile, seine Gedanken schweiften in die Zeit zurück, als er ein Student war.

Plötzlich wurde er von einem ungewöhnlichen Signal seines Notebooks wachgerüttelt.

Mit lebhafter Neugier warf er einen Blick auf den Computer und sah ein Bild von Anna mit dem Hinweis, dass sie mit ihm telefonieren wolle.

Wie ein Kind, das unerwartet eine leckere Süßigkeit bekam, stand er sofort mit unbeschreiblicher Freude auf und setzte sich vor das Notebook.

Trotz seiner jahrelangen Erfahrung mit der Computer-Technologie wusste er auf einmal nicht, wie er das Gespräch annehmen sollte. Es dauerte etwas, bis er endlich auf die richtige Stelle klickte und Annas verführerische Stimme hörte.

»Hallo, Mr. Watzlawick.«

»Hallo, liebe Anna.«

»Anscheinend haben die soziologischen Studien von Herrn Watzlawick dir doch gefallen. Oder musstest du dich aus beruflichen Gründen mit falschem Namen bei Facebook registrieren?«

»Oh, Anna, ich freue mich riesig, deine Stimme zu hören. Ich habe mich nur deinetwegen bei Facebook angemeldet. Ich musste unbedingt mit dir reden.«

Anna blieb eine Weile still und erwiderte dann ernst:

»Ich merke, du hast dich nicht geändert; du beantwortest wieder nicht meine Frage. Zumindest könntest du mir sagen, wo du bist.«

»Ich bin unwichtig, Anna. Wie geht es dir?«

»Wieso bis du unwichtig? Du klingst traurig. Bist du okay?«

Shapoor ahnte, dass diese kluge Frau auf jede Nuance in seiner Stimme achtete. Zu dumm, dass er sich auf dieses Gespräch nicht hatte vorbereiten können. Er nahm sich zusammen und erwiderte:

»Danke, mir geht es gut. Aber erzähle du doch von dir! Was gibt es Neues in der Welt von Anna Rosenberg?«

»In der Welt von Anna Rosenberg ist viel los. Ich stecke bis zum Hals in meinem Examen. Viel Arbeit und kaum Zeit für Vergnügungen. Ich vermisse unsere vergnüglichen

Rendezvous. Gerade jetzt, wo ich jeden Tag zwölf Stunden mit der Vorbereitung meines Examens beschäftigt bin, könnte ich wie in der Vergangenheit auch schon deine Gesellschaft in einer schicken Bar oder in einem vornehmen Restaurant als Abwechslung gut gebrauchen.

Ich habe sogar ein paar Male versucht, dich zu Hause anzurufen, aber ich kam nicht durch. Immer die Meldung „Ihr Gesprächspartner ist nicht erreichbar"! Wo warst du die ganze Zeit?«

»Ich war in der letzten Zeit oft im Ausland.«

»So, so. Und wo bist du jetzt?«

»Irgendwo in Europa. Du weißt doch, aus beruflichen Gründen muss ich viel reisen.«

»Ja, hast du öfter gesagt. Wann kommst du nach Frankfurt zurück?«

»Ich weiß nicht. Ich bin zurzeit in … in … Valencia.«

»Was? Was machst du in Valencia? Sorry, ich weiß, ich darf keine Fragen über deinen Job stellen. Das hast du mir öfter gesagt. Dennoch kann ich mich vielleicht irren, aber ich fühle, dass dich etwas bedrückt; deine Stimme klingt jedenfalls klagend. Hat es mit deinem Job zu tun? Willst du darüber reden? Und wenn ja, bitte ganz ehrlich und verständlich. Das wird uns beiden guttun. Also, was ist mir dir los?«

»Es gibt nichts Wichtiges zu reden. Ich wollte dir nur Hallo sagen. Aber … vielleicht morgen, morgen Abend. Bist du zu Hause?«

»Ich bin jeden Abend zu Hause. Wenn du mit mir reden willst, rufe nur an, wenn du ehrlich reden kannst. Denke an meinen Grundsatz: Nur mit Ehrlichkeit und Offenheit kann man einander verstehen und bei Bedarf helfen. Ich habe mich gefreut, deine Stimme zu hören. Alles Gute.« Dann schaltete sie ohne Vorwarnung die Verbindung aus.

Shapoor lag die ganze Nacht im Bett, still und nachdenklich. Manchmal ärgerte er sich über sein sinnloses Gespräch mit Anna. Er fragte sich, warum er bei Facebook eigentlich ein Konto eingerichtet hatte. Warum hatte er bei Facebook Annas „Freund" sein wollen? Wenn jemand von der Firma von dieser Beziehung erfuhr, würde Anna das gleiche Schicksal erleben wie sein Studienkamerad Kamran Taheri vor einigen Jahren in Frankfurt. Kurz vor dem Morgengrauen entschied er, Anna nicht mehr zu kontaktieren. Das wäre für beide zu gefährlich.

*

Anfang November 2019 besuchte ihn Hussein Hafezi, der Stellvertreter des Konsuls, und brachte eine gute Nachricht. Er setzte sich Shapoor gegenüber und sagte mit vertrauensvoller Stimme:

»Ihr Zwangsaufenthalt in diesem trostlosen Raum ist bald zu Ende. Nach unserer Geheiminformation hat die spanische Polizei die Fahndung nach Ihnen bereits ausgesetzt. Wahrscheinlich vermutet man, dass Sie sich außerhalb Europas befinden. Wir wollen die Gelegenheit nutzen und Sie aus Spanien herausschmuggeln. Genau gesagt bringen wir Sie zuerst nach Marokko, und zwar für ein Jahr.

Wir besitzen in einem marokkanischen Ort namens Imlil ein Safe House. Dort können Sie bequem, ungestört und heilsam leben. Eine Haushalterin wird täglich vorbeikommen und Sie mit Lebensmitteln und was Sie sonst noch brauchen, versorgen.

Ihr Gehalt wird weiterhin auf Ihr ausländisches Konto überwiesen. Pasdaran hat entschieden, Sie ab 2021 in Kanada einzusetzen. Selbstverständlich bekommen Sie eine neue Identität.

Sie sollen daher in Imlil die Zeit nutzen und mithilfe des im Haus befindlichen Lernmaterials – zahlreiche englische Sachbücher, Videos und Audios - Ihre Englischkenntnisse verbessern.«

»Das ist in der Tat eine gute Nachricht,« sagte Shapoor erfreut. Er dachte eine Weile nach und fragte: »Aber wie wollen Sie mich aus Spanien rausbringen? Man wird mich am Flughafen bestimmt erkennen.«

»Nein, wir sind sicher, dass das nicht geschehen wird. Wir werden mithilfe eines Fachmanns Ihre äußere Erscheinung komplett verändern. Nachher werden wir von Ihnen ein neues Passfoto machen und dann einen neuen Diplomatenpass erstellen. Ihr diplomatischer Titel ist ‚Inspektor des Auswärtigen Amts'.«

»Eines verstehe ich nicht,« sagte Shapoor irritiert. »Wieso Marokko? Und wie wollen Sie mich dort hinbringen?«

»Wenn Sie etwas Geduld haben, werde ich Ihnen alles erzählen,« erwiderte Hafezi in ruhigem Ton. »Seit einem Jahr wird das iranischen Konsulatsgebäude in Marrakesch gründlich renoviert. Die Einweihungsfeier findet in zwei Wochen statt. Wir werden gemeinsam mit Ihnen und zwei iranischen Diplomaten an der Einweihungsfeier teilnehmen. Wir fliegen in einem gecharterten Jet dorthin. Die spanische Polizei und die Flughafenbehörde sind über unser Vorhaben bereits informiert.

Ich kann Ihnen versichern, dass wir als Diplomaten am Flughafen kaum überprüft werden dürften.

Ich möchte Sie allerdings dringend bitten, sich während unserer Anwesenheit am Flughafen ganz normal zu benehmen. Gehen Sie zusammen mit uns selbstbewusst und nicht verkrampft durch den Flughafen, sehen Sie jedem in die Augen und gehen Sie vor allem nicht zu schnell. Zeigen Sie, dass Sie nichts zu befürchten haben.

In Marokko, nach der Feier im Konsulat, wird ein Fahrer Sie zu Ihrem neuen Zuhause bringen. Ab diesem Zeitpunkt sind Sie auf sich selbst gestellt. Sie müssen mit allen Vorkommnissen zurechtkommen. Wie gesagt, spätestens im Jahr 2021 werden Sie in Kanada sein. Leider müssen Sie eine bittere Wahrheit akzeptieren: In Europa haben Sie keine Chance mehr, gefahrlos zu leben und arbeiten.«

Shapoor war trotz seiner unerwarteten Freude deutlich durcheinander, ja, er war sichtlich misstrauisch. Er verstand einerseits zwar den Sinn diese Aktion und war froh, diesen unerträglichen Zustand bald hinter sich lassen zu können. Aber andererseits war er nicht überzeugt, dass Pasdaran seinetwegen einen solchen Aufwand betreiben würde. Hafezi unterbrach seine verwirrten Gedanken und sprach weiter. »Zwei Tage vor der Reise kommt Herr Adib, um Ihr Aussehen gründlich zu ändern. Er ist ein erfahrender Stylist und hat bereits das Aussehen mehrerer unserer Agenten entsprechend angepasst.

Sie bekommen von uns nicht nur elegante Kleidung, sondern Ihr Gesicht, Ihre Haare und Ihr Bart werden so umgestaltet, dass Sie selbst sich nicht wiedererkennen werden.

Ich habe schon gestern mit Adib gesprochen. Wenn ich ihn richtig verstanden habe, möchte er Ihre Haare komplett abrasieren, aus Ihrem buschigen Bart einen eleganten Schnurrbart machen und einen Backenbart stehenlassen. Weiterhin will er, dass Sie eine rahmenlose Brille tragen – zumindest am Flughafen.

Wenn er mit seiner Arbeit fertig ist, werden wir, wie gesagt, von Ihnen einige Bilder machen, einen neuen Reisepass ausstellen und, um keinen Verdacht aufkommen zu lassen, das Jahr 2017 als Ausstellungsdatum vermerken.«

»Meinen Sie wirklich, die Grenzpolizei wird mich in meinem neuen Look nicht erkennen?«, fragte Shapoor mit einem misstrauischen Unterton.

»Ja, da bin ich zuversichtlich – abgesehen davon, dass nach unserer festen Überzeugung die spanische Polizei die Fahndung nach Ihnen wie erwähnt bereits ausgesetzt hat. Wenn wir unsere Reise vorher offiziell anmelden, dann werfen die Behörden nur einen kurzen Blick auf unsere Diplomaten-Pässe und lassen uns durch einen Sonderausgang den Flugplatz betreten.

Das ist nicht das erste Mal, dass wir mit einem Charterjet vom Madrider Flughafen irgendwo hinreisen. Außerdem haben wir die Grenzpolizei öfter mit ein paar Dosen iranischen Kaviar verwöhnt und sie freuen sich, wenn wir am Flughafen erscheinen. Seien Sie unbesorgt, wir wissen, was wir tun.

Dennoch: Denken Sie immer daran, dass Ihr Verhalten am Flughafen nicht nur Ihre Freiheit rettet, sondern Sie auch jede Menge diplomatische Unannehmlichkeiten für unser Land verhindern.«

Die erfreuliche Neuigkeit bewirkte bei Shapoor einerseits große Hoffnung und ein unbeschreibliches Befreiungsgefühl, andererseits gelang es ihm nicht, sein Unbehagen zu verdrängen. Er fragte sich, warum er ausgerechnet nach Marokko gebracht werden sollte.

Nach langen Überlegungen kam er zu der Erkenntnis, dass er gegen die Anordnung von Pasdaran nichts unternehmen konnte; er musste sich kooperativ zeigen, aber gleichzeitig jede Handlung in diesem Kontext kritisch und aufmerksam beobachten; wenn er merkte, dass hinter diesen

Maßnahmen ein böser Trick steckte, dann hatte er rechtzeitig und angemessen zu reagieren; zum Beispiel bei einer sich bietenden Gelegenheit wegzulaufen und – wenn es sein musste – bei der Polizei um Hilfe zu ersuchen; immerhin war das Gefängnis besser als der Tod.

Das war das erste Mal, dass er seinem Arbeitgeber misstraute. Manchmal pflegte er abenteuerliche Gedanken, die ihm ein bisschen Freude bescherten, aber gleichzeitig auch in tiefe Verzweiflung versetzten.

Er stellte sich vor, er fände eine passende Gelegenheit und könnte unbemerkt entfliehen: Dann würde er sich in den Bergen verstecken, in den Wäldern oder an einem anderen unbewohnten Ort, und zwar für eine lange, lange Zeit. Nach mehreren Jahren, wenn niemand mehr nach ihm suchte, würde er nach Australien verschwinden, in die USA, oder irgendwo ans Ende der Welt, wo keiner ihn finden konnte.

Dann fragte er sich traurig, wovon er, auch wenn ihm das gelingen würde, eigentlich leben sollte. Er hatte kein Geld, keine gültigen Papiere, um seine Reise zu gestalten oder zu finanzieren. Er brauchte Startkapital und er brauchte Unterstützung. Wer konnte ihm überhaupt helfen? Plötzlich leuchtete eine anziehende Idee in seinen Kopf auf: „Anna".

Am Spätabend setzte er sich vor das Notebook, aktivierte Facebook und versuchte, über den Messenger mit Anna Kontakt aufzunehmen. Er dachte, auch wenn es zu spät sein könnte, dass jetzt höchste Zeit war, etwas für sich zu organisieren. Vielleicht würde Anna ihn irgendwie unterstützen. Er probierte es zwei Mal, aber Anna meldete sich nicht zurück. Enttäuscht legte er sich auf das Bett.

Er konnte gut verstehen, dass sie, falls sie überhaupt zu Hause war, nicht mit ihm sprechen wollte. Sie verlangte Ehrlichkeit und Offenheit. Er war ihr gegenüber weder ehrlich noch offen, und außerdem lag das letzte Gespräch in diesem Jahr einige Monate zurück. Bestimmt hatte sie ihn einfach abgeschrieben.

Es war fast Mitternacht, als er von dem Rufsignal des Notebooks aufgeweckt wurde. Bei einem kurzen Blick auf den Bildschirm erkannte er das Bild von Anna. Plötzlich drohte sein Herz vor Glück zu bersten. Mit großer Freude klickte er auf das Zeichen „Anruf annehmen" und sagte:

»Oh, das ist aber eine wunderbare Überraschung. Danke für deinen Rückruf, Anna.«

»Warum hast du dich so lange nicht gemeldet? Hast du Angst gehabt, dass ich dir wieder unangenehme Fragen stelle?«

»Nein, das ist es nicht. Ich kann deine Fragen sowieso nicht beantworten. Außerdem war ich in der letzten Zeit sehr beschäftigt.«

»Ich weiß nicht, warum du mich immer belügst. Wann wirst du dich anstrengen, ehrlich zu sein?«

»Es tut mir leid, dass du so schlecht über mich denkst. Weißt du, wenn man in einem tiefen Sumpf steckt, darf man die anderen nicht hineinziehen. Ich hoffe, du stellst keine weiteren Fragen und verstehst gleichzeitig, was ich mit dem Sumpf meine.

Glaube mir, der Grund, dass ich mit dir bis heute nicht über meinen Job, meine Aufgabe, meinen Arbeitgeber gesprochen habe, war nicht Misstrauen dir gegenüber; im Gegenteil, ich wollte dich schützen. Ja, du darfst nie erfahren, wer ich bin und was ich mache.«

»Das ist aber merkwürdig. Warum hast du mich dann angerufen? Welchen Sinn hat unsere Unterhaltung?«

»Ich habe dich angerufen, um dich um einen Gefallen zu bitten. Bevor ich darüber rede, möchte ich dich anflehen, nicht sofort abzulehnen. Hör mir genau zu. Es ist für mich sehr wichtig.«

»Du brauchst Geld, habe ich recht?«

»Nein, ich brauche von dir kein Geld, jedenfalls nicht in den nächsten Monaten. Ich habe heute im Internet den Saldo meines Kontos bei der Sparkasse Frankfurt gesehen. Ich habe achtunddreißigtausend Euro auf meinem Girokonto.

Ich möchte mein gesamtes Guthaben auf dein Konto transferieren, und zwar im Rahmen der täglichen Limitation. Das heißt, ich werde jeden Tag acht bis neuntausend Euro auf dein Konto überweisen, bis der Saldo auf null steht.«

»Wie bitte? Was willst du machen? Du willst achtunddreißigtausend Euro auf mein Konto überweisen? Bist du betrunken?«

»Nein, leider habe ich seit Monaten keine Gelegenheit, auch nur einen Tropfen Alkohol zu kommen. Wie ich bereits sagte: Ich stecke bis zum Hals in einem Sumpf. Ich dachte, wenn ich untergehe, sollst du als meine einzige Freundin in den Genuss meines Geldes kommen.

Dennoch: Wenn ich doch überlebe und mich aus dieser Situation befreie, sollst du das Geld oder mindestens die Hälfte davon an mich zurückgeben. Im Klartext: Wenn ich mich bis zum Ende dieses Jahres nicht bei dir melde, gehört das Geld dir. In diesem Fall bin ich nie auf dieser Erde gewesen.«

»Wow! Du bist doch betrunken. Wie kommst du darauf, dass ich mich auf ein solch dubiöses Spiel einlassen würde?«

»Warum dubiöses Spiel? Das Geld gehört mir. Ich habe es seit mehreren Jahren gespart.

Wenn ich in diesem Loch untergehe, bleibt das Geld über Jahre auf meinem Konto, bis die Sparkasse es sperrt und das Guthaben einzieht.« Er hielt inne und überlegte eine Weile, wie er mit seiner Geschichte fortfahren könnte. Er sagte in vertraulichem Ton: »Ich verstehe, dass du verwirrt bist. Damit du meine Situation ein wenig begreifen kannst, möchte ich dir doch etwas von meinem Leben erzählen.

Was ich dir manchmal über meine fantastische Familie erzählt habe, war alles gelogen. Ich bin ein Waisenkind. Ich kenne weder meine Mutter, meinen Vater noch irgendeinen anderen Verwandten. Ich bin ledig und ich habe keine Freunde – in Wirklichkeit habe ich niemanden. Du bist die Einzige, die ich kenne und liebe.

Ich habe mir vorgenommen, wenn es dafür nicht schon zu spät ist, mich aus diesem unerträglichen Zustand zu befreien. Ich weiß nicht, ob es mir gelingt. Aber sollte ich es doch schaffen, brauche ich Geld, um meinen Plan zu realisieren. Dazu brauche ich, was ich bei der Sparkasse jahrelang gespart habe. Daher bin ich auf deine Unterstützung angewiesen.

Ich möchte mein Geld auf dein Konto überweisen und du sollst mir bei Bedarf mindestens die Hälfte zurückgeben; die andere Hälfte gehört dir. Sollte ich doch in diesem verdammten Abgrund versinken, kannst du über das ganze Geld verfügen und so tun, als wäre es immer dein Geld gewesen. Wie gesagt, irgendwann, vielleicht nach zwanzig Jahren, wird die Frankfurter Sparkasse es einziehen. Überlege genau. Es ist deine Entscheidung.«

»Shapoor, ich habe erhebliche Schwierigkeit, deine Aussage richtig zu begreifen.

Was meinst du mit Sumpf oder Abgrund? Warum musst du weglaufen? Warum sagst du mir nicht einfach, wo du bist, was du für Schwierigkeiten hast und warum du dein Geld loswerden willst?«

»Ich kann nicht darüber reden, Liebste. Wenn du weißt, was los ist, fürchte ich, wirst du meinetwegen in große

Schwierigkeiten geraten. Ich halte es daher für besser, wenn du nicht weißt, wer ich bin, wo ich bin und vor allem, warum ich in diesen Schwierigkeiten stecke.« Shapoor schwieg eine Weile. Von Anna hörte er auch nichts. Offenbar verstand sie nach und nach, was er meinte, und das versetzte sie in einen schockähnlichen Zustand. Nach fast einer Minute des Stummseins kam er wieder zu seinem Anliegen zurück und sagte: »Eigentlich könnte ich noch mehr Geld auf dein Konto überweisen, aber es befindet sich im Ausland. Ich habe hier keine Möglichkeit, darauf zuzugreifen. Trotzdem sind achtunddreißigtausend Euro nicht wenig. Man kann damit ein Jahr gut leben. Jetzt sag mir: Wirst du mir meinen Wunsch erfüllen?«

»Weißt du, ich glaube, ich habe eine kleine Vorstellung davon, was du mit „in einem Sumpf stecken" meinst, und das macht mir richtig Angst.

Ich habe gerade überlegt, das Gespräch abzubrechen, und zu versuche, so weit wie möglich keinen Kontakt mehr mit dir zu haben. Denn ich habe den Eindruck, ich rede gerade mit einem Buchhalter der russischen Mafia oder Ähnliches. Anderseits halte ich dich für einen netten Kerl. Von Anfang an spürte ich, dass du in deinem Leben eine Rolle gespielt hast, die weder zu dir passt noch deine Erwartungen erfüllt. Ich hätte dir helfen können, aber du wolltest dein Geheimnis nie preisgeben. Mir scheint, dass es trotzdem nicht zu spät ist.«

Sie hielt wieder inne und fuhr nach einem Moment in unsicherem Ton fort. »Okay, meinetwegen. Ich glaube dir. Ich habe verstanden, was du von mir willst.

Um über deinen Wunsch nachzudenken, brauche ich etwas Bedenkzeit. Gibst du mir eine Woche? Ich melde mich dann wieder.«

»Nein, nein, das geht nicht, meine Liebe. Ich habe keine Zeit. Ich muss innerhalb der nächsten Tage mein Konto leerräumen, sonst habe ich möglicherweise keinen Zugriff mehr darauf. Es gibt noch ein weiteres Problem: Ich muss dieses Notebook bald zurückgeben. Für Onlinebanking brauche ich einen Laptop und mein Handy. Ich muss jetzt meine Möglichkeiten voll ausnutzen. In einer Woche habe ich vermutlich keine Chance mehr.

Wozu brauchst du eigentlich Zeit, um meinen Wunsch zu bedenken? Du brauchst selbst gar nichts tun. Alles, was ich von dir will, ist deine Bankkontonummer beziehungsweise deine IBAN, sonst nichts.

Ich überweise das Geld auf dein Konto, und wenn du es nicht haben willst, verschenkst du es an die SOS-Kinderdörfer. Aber wenn ich es bis zum Ende dieses Jahres schaffe, aus dieser bedrohlichen Situation zu entkommen, melde ich mich bei dir. In diesem Fall brauche ich Geld und eventuell deine Hilfe.«

»Und wenn ich von dir monatelang nichts höre, was dann?«

»Ich sagte schon, in diesem Fall kennst du mich überhaupt nicht. Das ganze Geld gehört dir und du kannst damit machen, was du willst.«

»Ehrlich gesagt, fühle ich mich nicht wohl dabei. Aber wenn ich dir damit helfen kann, okay, dann mache ich mit. Ich hoffe jedoch, dass du selbst in den Genuss deines Geldes kommst.

Ich schicke meine IBAN über den Messenger und du tust, was du geplant hast.

Schade, dass du nicht sagst, was genau für ein Problem du hast. Vielleicht könnte ich dir doch helfen. Trotzdem möchte ich dich bitten, deine Hoffnung nicht aufzugeben.

Eleanor Roosevelt sagte einmal: *„Die Zukunft gehört denen, die an die Wahrhaftigkeit ihrer Träume glauben".* Du solltest dein Vorhaben nicht aufgeben, denn wie du weißt: Wer nichts wagt, darf nichts hoffen.«

»Du hast recht, Anna. Ich versuche, an meine Träume zu glauben und sie zu erreichen. Wenn es funktioniert, was ich vorhabe, heißt das, ich bin frei. Ich kann endlich mein eigenes Leben gestalten. Und wenn nicht, wenn nicht, liebe Anna, dann ist es mein Ende. In diesem Fall lebe wohl, meine wunderbare, intelligente und arrogante Freundin.«

»Ich würde mich sehr freuen, wenn ich weiterhin von dir höre. Denkst du an das Tattoo auf deinem Oberarm? „In niz Bogzarad".« Und dann beendete sie das Gespräch.

*

Anna schickte am gleichen Abend ihre IBAN mit der Bemerkung, dass sie mindestens ein Jahr auf seine Rückmeldung warten werde. Und innerhalb der nächsten vier Tage überwies Shapoor sein gesamtes Guthaben auf ihr Konto. Anschießend setzte er alle Laufwerke des Notebooks auf Werkseinstellung zurück. Somit konnte er alle Spuren seiner Online-Aktivitäten beseitigen.

23. Das Safe House

Am 11. November 2019 verließ ein großer, schwarzer BMW die Tiefgarage des iranischen Konsulats in Madrid.

Herr Hafezi saß neben dem Fahrer und auf dem Rücksitz saßen Shapoor und ein Herr Asemie, der Kulturattaché.

Wie Hafezi versprochen hatte, hatte man das Aussehen von Shapoor gründlich geändert. Er sah aus wie ein älterer Politiker oder wie ein gealterter Professor der wirtschaftlichen Fakultät.

Er trug einen dunklen Anzug, ein weißes, kragenloses Hemd und darüber einen langen, dunkelblauen Mantel.

Der erfahrene Stylist hatte seine Haare gänzlich abrasiert und aus seinem langgewachsenen Bart einen eleganten Schnurrbart mit Kinnbart gezaubert. Mit seiner rahmenlosen Brille wirkte Shapoor mindestens fünfzehn Jahre älter. Wie es geplant war, trug er einen neuen Diplomatenpass mit einem Bild seiner aktuellen Erscheinung bei sich.

Die ganze Fahrt zum Flughafen über kämpfte Shapoor darum, seine warnenden Gedanken zu verdrängen. Seit seinem letzten Gespräch mit Hafezi war es ihm nicht gelungen, sich von seinem Misstrauen zu befreien. Er war nicht überzeugt, dass Pasdaran ihn wirklich weiter fördern wollte. Er spürte etwas Faules in diese Aktion, dennoch hatte er keine Ahnung, was dieses Faule sein könnte.

Im Madrider Flughafen, kurz vor der Polizei-Kontrolle, schlich sich eine alte Idee in seinen Kopf: Er konnte rasch zur Polizei laufen, sich als der gesuchte Terrorist von Marbella zu erkennen geben und sich dann verhaften lassen.

Aber anderseits trieb ihn auch eine kleine Hoffnung dazu, diese gut organisierte Flucht doch erfolgreich mitzumachen und so vielleicht ein neues Leben zu beginnen.

Zu seiner großen Überraschung verlief die Passkontrolle schneller, als er erwartet hatte. Man ließ die drei Mitarbeiter der iranischen Regierung mit dem gebührenden Respekt durch eine Glastür in den Bereich der Landebahn treten, wo ein gelbes Service-Fahrzeug schon auf sie wartete.

Sie setzten sich in das Auto und ließen sich bis zum Ende des Flugplatzes, wo der gecharterte Jet stand, fahren.

Bevor sie in das Flugzeug einstiegen, warf Hafezi einen interessierten Blick zu Shapoor und bemerkte, wie er von dem ganzen Verlauf zwar überrascht, aber auch zufrieden mit ihm war.

»Sehen Sie, Ihre Angst war völlig unbegründet. Keine hat sie erkannt,« sagte Hafezi und bat ihn, in das Flugzeug einzusteigen.

Auch in Marrakesch lief am Flughafen alles einwandfrei. Keine wesentlichen Kontrollen, keine Fragen bezüglich ihrer Herkunft, ihrer Pässe oder ihrer Reiseabsicht. Die Behörde war bereits informiert und die Mitarbeiter behandelten sie wie VIP-Gäste.

Gegen siebzehn Uhr wurden sie vom Fahrer des Konsulats vom Flughafen Menara abgeholt und nach einer Stunde Fahrt vor dem elegant renovierten Gebäude des iranischen Konsulats abgesetzt.

Im Gegensatz zu Shapoors Erwartung nahmen an der Einweihungsfeier insgesamt neun Personen teil; keine Frau war dabei, nur ziemlich alte Männer. Allerdings waren alle Anwesenden ihm gegenüber freundlich und dennoch war die Stimmung nicht besonders feierlich.

Während eines gemeinsamen Rundgangs durch die modernen Büroräume fiel Shapoor auf, dass einer der Teilnehmer ihn die ganze Zeit beobachtete. Er kam ihm merkwürdig vor. Denn er hielt seine starren und schwarzen Augen ständig in seine Richtung und mehrere Male blieb sein Blick an ihm festgehakt, tief und saugend.

Er war ein kraftvoll gebauter Mann mit dichtem, weißem Haar und einem breiten, tief gefurchtem Gesicht. Seine Augen hatten einen harten, grausamen Blick. Bei einem Gespräch erfuhr Shapoor, dass sein Betrachter Said hieß.

Gegen neunzehn Uhr wurden sie zu einem großen Saal geführt, in dem man bereits auf einem langen Tisch verschiedene persische Gerichte in Buffetform angerichtet hatte.

Nach langer, langer Zeit stachelte wieder der Duft von persischem Essen Shapoors Appetit an. Auf einmal verschwanden alle seine lästigen Gedanken und er freute sich, endlich wieder etwas Leckeres zu essen zu bekommen.

Wie die anderen Gäste nahm er einen großen Teller, bediente sich reichlich an dem Buffet und nahm dann gegenüber von Herrn Hafezi Platz.

»Die Getränke werden von Said serviert,« sagte Herr Hafezi und wünschte ihm einen guten Appetit.

»Ist Said ein Mitarbeiter des Konsulats?«, erkundigte sich Shapoor, während er gierig mit seinen Essen beschäftigt war.

»Eigentlich ist Said ein Mädchen für alles. Manchmal hilft er unseren Kollegen im Ausland, sonst arbeitet er an der Pasdaran-Akademie. Er ist aber auch ein Kenner von Marokko. Sein Bruder hat ein persisch-afghanisches Restaurant in der Stadtmitte. Was Sie gerade essen, kommt vom Laden seines Bruders.

Außerdem wurde das Safe House, in dem Sie möglicherweise ein Jahr lang wohnen werden, von Said organisiert und er wird Sie heute Abend dort hinfahren.«

»Wann werde ich nach Kanada reisen?«

»Seien Sie nicht so ungeduldig, Herr Falahi. Sie habe heute den ersten Schritt zum Start in ein neues Leben gemacht. Wir müssen sicherstellen, dass der Fall Marbella vergessen wird und Interpol nicht mehr nach Ihnen sucht. Bis dahin müssen sie mindestens ein Jahr in Marokko bleiben.«

»Was darf ich Ihnen bringen? Wir haben Cola, Wasser oder frisch gepressten Orangensaft«, unterbrach Said ihre Unterhaltung.

Shapoor warf ihm einen prüfenden Blick zu, um zu sehen, ob er ihn weiterhin bösartig ansah. Aus seinem eiskalten Gesicht konnte man nicht viel herauslesen; er wirkte sachlich, geradezu pflichtgetreu; nur seine Augen strahlten nach wie vor keine Verbindlichkeit aus.

»Wenn es Ihnen nichts ausmacht, würde ich gern Orangensaft trinken,« erwiderte Shapoor freundlich.

»Das ist eine gute Wahl. Die marokkanischen Orangen sind süß und lecker.« Dann stellte er Herrn Hafezi die gleiche Frage. Er wünschte sich aber nach dem Essen eine Tasse Tee.

Said kam nach ein paar Minuten zurück und stellte eine Flasche Orangensaft und ein Glas Tee auf dem Tisch ab, dann verschwand er wieder in einem anderen Zimmer.

»Der Orangensaft ist tatsächlich lecker; süß, und gut gekühlt. Sie sollten ihn auch probieren, er schmeckt sehr gut,« sagte Shapoor begeistert zu Hafezi.

»Ich glaube Ihnen. Aber ich darf es nicht. Ich bin zuckerkrank und muss leider aufpassen.«

Während des Essens bemerkte Shapoor erstaunt, dass im ganzen Speisesaal eine ungewöhnliche Ruhe herrschte. Jeder aß entzückt das persische Essen, jedoch wie bei einer Versammlung nach einer Trauerfeier: Wenn überhaupt gesprochen wurde, dann nur leise, zu leise, fast geflüstert. Er sah Herrn Hafezi verwundert an.

»Ich dachte, heute wird hier groß gefeiert. Was für eine Einweihungsparty ist das?«

»Von einer Party war keine Rede. Außerdem ist heute der Todestag von Imam Djafar. Wie Sie wissen, darf man da nicht fröhlich sein.«

Als beide mit dem Essen fertig waren, stand Hafezi plötzlich auf und sagte:

»Ich möchte mich erkundigen, wann Said Sie nach Imlil fahren will.«

Shapoor beobachtete, wie er in die Küche ging, auf die Schulter von Said klopfte und dann zwischen ihnen eine ernsthafte Diskussion begann. Er konnte aus dieser Entfernung nicht ein Wort verstehen. Nach und nach verging Shapoor sowieso das Interesse an ihnen und ihrem Gespräch, denn er fühlte sich nicht wohl.

Zuerst dachte er, es läge daran, dass er zu schnell und zu viel gegessen hatte. Kein Wunder, nach fast einem Jahr Hundeleben war das persische Buffet ein großer Genuss. Es gab verschiedene, köstliche persischen Speisen mit Safran-Reis und schmackhaften Beilagen, was er monatelang in seiner gefängnisartigen Wohnung vermisst hatte. Um sich von seinem unangenehmen Zustand abzulenken, betrachtete er die Anwesenden. Niemand interessierte sich für ihn. Hafezi und Said sprachen nach wie vor miteinander – und zu ernst.

Allmählich hinderten ihn ein verkrampfter Magen und ein leichter Kopfschmerz daran, seine Umgebung richtig wahrzunehmen.

Er fühlte sich gar nicht wohl. Noch schlimmer war das Hitzegefühl in seinem ganzen Körper und die daraus resultierenden Schweißausbrüche. Er trank den Rest seines

Orangensaftes bis zum letzten Tropfen, dennoch hatte er noch großen Durst.

Einmal versuchte er aufzustehen und von einem anderen Tisch ein Glas Wasser zu holen und auszutrinken, aber er konnte es nicht. Er musste sitzen bleiben, weil ihm schwindlig war.

Er dachte schamhaft, dass ihn die anderen Gäste, wenn sie seinen auffälligen Zustand bemerkten, für einen Vielfraß halten würden. Tatsächlich hatte er innerhalb einer halben Stunde alle Gerichte probierte und war von ihrem Geschmack und Duft hellauf begeistert gewesen. Und jetzt, wenn er sich über seine Bauchschmerzen beklagte, würde man ihn bestimmt fragen, warum er so viel gefressen habe. Er biss die Zähne zusammen und bemühte sich, sein Unwohlsein nicht zu offenbaren.

»Was ist los mit Ihnen? Sie sehen angeschlagen aus,« fragte Hafezi. Plötzlich bemerkte Shapoor, dass er ihm gegenüberstand.

»Ich weiß nicht, was mit mir los ist. Tatsächlich geht es mir nicht gut. Ich glaube, ich habe zu viel gegessen.«

»Oder möglicherweise sind Sie von der großen Aufregung Ihrer Reise nach Marokko ein bisschen aufgewühlt. Das war eine riskante Reise für uns alle.« Er machte ein hektisches Zeichen zu Said, dass der schnell zu ihm kommen solle. Dann sagte er: »Ich denke, es ist besser, wenn Sie mit Said nach Hause fahren.

Ich bin sicher, ein langer Schlaf wird Ihnen guttun.

Ich rufe Sie morgen an und wenn es Ihnen immer noch schlecht geht, schicke ich einen Arzt, um Sie zu untersuchen.« Dann wies er Said an: »Fahren Sie Herrn Falahi langsam zu dem Safe House. Sorgen Sie dafür, dass alles problemlos läuft, ganz so, wie wir es besprochen haben.«

»Sehen wir uns wieder?«, fragte Shapoor.

»Sicher. Ich bleibe einige Tage hier. Wenn ich sicher bin, dass alles planmäßig läuft, fliege ich nach Madrid zurück.«

Said begleitete Shapoor bis zum Auto, öffnete die Hintertür und sagte:

»Legen Sie sich bequem auf den Rücksitz und versuchen Sie, unterwegs etwas zu schlafen. Die Fahrt zu Ihrem neuen Zuhause dauert etwa eineinhalb Stunden.«

Shapoor nahm Saids fürsorgliches Angebot gerne an, stieg hinten in das Auto ein und Said klappte hinter ihm vorsichtig die Tür zu. »Sie können Ihre Schuhe ausziehen und sich gemütlich hinlegen,« fügte er hinzu, als er langsam loszufahren begann.

»Das ist eine gute Idee, die neuen Schuhe sind eine Nummer zu klein; sie drücken meinen Fuß schon die ganze Zeit,« sagte Shapoor und zog seine Schuhe aus. Dabei entdeckte er eine große Kühlbox auf dem Boden des Beifahrersitzes und fragte mit der Hoffnung auf eine positive Antwort: »Haben Sie in der Kühlbox Getränke? Vielleicht Wasser?«

»Ja, drin sind kalte Wasserflaschen, Cola, Orangensaft, was Sie wollen. Wenn Sie Durst haben, sagen Sie Bescheid, ich halte das Auto an und gebe Ihnen, was Sie möchten.«

Eigentlich wünschte sich Shapoor, schon gleich irgendeine kalte Flüssigkeit zu trinken; ihm schnürte sich die Kehle zu. Trotz seine bequemen Sitzposition und der offenen Fenster fühlte er die Schweißperlen feucht auf seinem kahlrasierten Kopf und seiner heißen Stirn.

Er musste ständig seine Zunge lutschen, um etwas Flüssigkeit in den Hals zu bekommen. Am schlimmste war der atemberaubende Schmerz im Magen. Ab und zu deuteten seine zusammengekniffenen Lippen darauf hin, dass er nur mit äußerster Willenskraft einen Schrei unterdrückte. Nach einer halben Stunde Fahrt sagte er fast schon flehend:

»Ich wäre Ihnen dankbar, wenn Sie bei Gelegenheit anhalten und mir eine Flasche Wasser gäben.«

Said bremste scharf, öffnete die Kühlbox, holte eine Flasche Wasser heraus und überreichte sie Shapoor. Mit zitternden Händen nahm er das Getränk dankbar entgegen und trank gierig die kühle Flüssigkeit bis fast auf den letzten Tropfen aus.

Ungeachtet des dramatischen Zustands seines Fahrgastes fuhr Said konzentriert weiter durch eine ziemlich dunkle, teilweise bewaldete Berglandschaft in Richtung Imlil, südlich von Marrakesch.

Je länger sie fuhren, desto finsterer wurde es überall, fast gespenstisch. Offenbar kannte Said die Strecke gut; er fuhr selbstsicher und ziemlich schnell.

»Wie fühlen Sie sich? Haben Sie noch Durst?«, erkundigte sich Said, während er ihn durch den Rückspiegel interessiert beobachtete.

»Sie sind kein Perser, habe ich recht?«, erwiderte Shapoor, ohne Saids Frage zu beantwortet. Auf einmal zeigte Said sein normales, bissiges Gesicht und gab scharf zurück:

»Ich habe einen iranischen Pass, aber ich bin in Afghanistan geboren. Wie haben Sie es bemerkt?«

Es dauerte fast eine Minute, bis Shapoor sich trotz seines zugeschnürten und trockenen Halses zumindest leise artikulieren konnte.

»Erfahrung. Ich habe mehrere Jahre mit zwei Landsmännern von Ihnen gearbeitet. Der afghanische Akzent ist nicht zu überhören.«

»Ich weiß; Sie reden von Yusuf und Rasul.«

»Was? Kennen Sie die beiden? Waren Sie mit ihnen befreundet?«

»Afghanistan ist ein Dorf. Wir waren Verwandte, Kameraden bei den Taliban und Kollegen bei Pasdaran.« Er hielt einen Moment inne und erzählte noch schärfer weiter: »Yusuf und Rasul haben mir öfter von ihrer Unzufriedenheit mit Ihnen berichtet. Sie sagten, dass Sie sie wie Menschen dritter Klasse behandeln würden. Yusuf meinte, er glaube nicht, dass Sie ein treuer Mitarbeiter von Pasdaran seien. Noch schlimmer, Rasul sagte, Sie seien nicht einmal ein gläubiger Moslem. Er hat öfter gesehen, dass Sie Whisky trinken.«

»Ach so? Haben sie wirklich so was gesagt?«

»Ja, sie beklagten sich bei mir mehrere Male über ihre Zusammenarbeit mit Ihnen. Rasul sagte, dass wenn sie ihren Auftrag erfolgreich erledigt hatten, Sie sich so benommen hätten, als ob Sie mit dem Resultat nicht glücklich wären.«
Ein Anflug von Zorn schlich sich in seine Stimme ein.

»Man munkelt sogar, dass Sie die beiden absichtlich in Marbella in das nackte Messer laufen ließen. Kein Wunder, dass Hafezi der Ansicht ist, dass Sie inzwischen einen Risikofaktor für unsere Firma darstellen. Ich denke, das ist der Grund, aus dem Sie jetzt in Marokko sind.«

Der letzte Satz war wie ein starker Scheinwerfer in einem dunklen Raum. Diese Neuigkeit erschütterte Shapoor.

Denn Said hatte das bestätigt, was er seit einer Woche vermutet hatte: Man hatte ihn an einen anderen Ort gebracht, um ihn zu beseitigen.

Der empfohlene, frische Orangensaft im Konsulat war verseucht gewesen. Das war der Grund für seinen elenden Zustand. Man hatte ihn vergiftet und jetzt war er unterwegs zu seinem Grab, dem versprochenen Safe House.

Wahrscheinlich wollten oder konnten sie ihn in Madrid nicht beseitigen. Hier in Nordafrika, besonderes an diesem gottverlassenen Ort, wäre das hingegen kein Problem. Wie es aussah, war sein Scherge hochmotiviert; einerseits erledigte er seinen Auftrag und anderseits beglich er eine offene Rechnung; ja, es roch nach Pasdaran – afghanischer Vergeltung.

»War der vergiftete Orangensaft Ihre Idee?«, fragte Shapoor mit stockender Stimme. Es dauerte eine ganze Weile, bis Said lächelnd erwiderte:

»Ich war nur ein Kellner. Man hat Ihre Getränke schon gestern geliefert.«

»Wo wollen Sie mich begraben?«, fragte Shapoor mit einer kaum hörbaren Stimme, die nicht auf eine Antwort wartete. Zuerst blieb seine Frage noch unbeantwortet: Said schien fassungslos. Er konnte nicht begreifen, warum Shapoor noch am Leben war, und merkwürdigerweise trotz seines elenden Zustands ganz genau merkte, was los war.

»Ich habe keinen Auftrag, Sie zu begraben. Sie sollen die Augen zumachen und einfach schlafen,« sagte Said launisch. Er sah im Rückspiegel, wie sein Opfer zitterte, und unverständlich weiter wisperte.

Zehn Minuten später bewegte Shapoor sich nicht mehr. Sein Mund war schlaff, die Augen weit offen und sein Körper regungslos; er war zweifellos tot.

Etwa einen Kilometer nahe am Bach Oued hielt Said das Auto zwischen zwei grünen Hügeln an. Ein weiterer Blick auf sein Opfer bewirkte bei ihm eine gewisse Zufriedenheit. Er ließ das Licht weiter brennen und stieg aus dem Auto aus. Zuerst zog er seine Latex-Handschuhe an, hob die große Kühlbox von der Beifahrerseite und stellte sie vor das Auto.

Dann öffnete er die Hintertür, zog mit all seiner Kraft den leblosen Körper von Shapoor von dem Rücksitz und schleppte ihn bis zu der Stelle, an der die Kühlbox stand. Er besah bedächtig seine Umgebung; überall war es dunkel und es herrschte totale Ruhe. Dann beeilte Said sich mit festen Schritten zum Kofferraum, um seinen Werkzeugkasten zu holen.

24. In niz bogzarad

Am 18. November 2019, während Anwar Moin, ein marokkanischer Bergführer, eine dreitätige Tour für acht Schweizer Touristen vorbereitete, entdeckte er am Ende der Berbersiedlung in Imlil einen gruseligen Menschenkörper in einem trockenen Bachlauf. Der kopflose Leichnam war von unzähligen Insekten und Würmern bedeckt und roch ekelerregend.

Hals über Kopf beeilte er sich zu der lokalen Polizei und erzählte von seiner schrecklichen Entdeckung. Man wollte ihm zuerst nicht glauben, denn ein ähnliches Ereignis war elf Monate früher geschehen, und hatte für großes internationales Aufsehen gesorgt.

Am 18. Dezember 2018, fast genau an der gleichen Stelle, hatte man die enthaupteten Leichen zweier skandinavischer Touristinnen gefunden.

Es handelte sich um Louisa Vesterager Jesperson und Maren Ueland. Es war nach relativ kurzer Zeit festgestellt worden, dass die Mörder der jungen Frauen Angehörige der IS-Terrorgruppe waren.

Sie hatten mit dem spektakulären Terroranschlag gegen die Sicherheitsdienste und die ausländischen Touristen absichtlich den Ruf Marokkos beschädigen wollen.

»Verdammt noch mal!«, schrie der Polizeichef. »Einen weiteren Skandal in unserem Land können wir uns nicht leisten! Bald kommen keine Touristen mehr nach Marokko.«

Aber nach einer kurzen Ortsbegehung war der Polizeichef überzeugt davon, dass dieser Mord nicht auf das Konto vom IS zu verbuchen war.

Man hatte wohl für die Ermordung dieses Opfers den gleichen Ort gewählt, aber das Motiv deckte sich nicht mit der Ideologie der Terroristen.

Der Polizeichef ließ zuerst im Umkreis von zweihundert Metern den Tatort absperren und bis zur Fertigstellung der Spurensicherung Tag und Nacht bewachen.

Die mühsame Untersuchung der Spezialisten erbrachte keine nützlichen Indizien. Denn es war offensichtlich, dass der Täter sich äußerst bemüht hatte, mit der Abtrennung des Kopfes und dem Abschneiden sämtlicher Finger die Identität seines Opfers zu verschleiern.

Die fehlenden Körperteile wurden im Umkreis von zehn Kilometern gesucht, aber nicht gefunden.

Mit diesem rätselhaften Ereignis geriet die marokkanische Polizei in ein fast unlösbares Problem. Dennoch hoffte man, den Toten anhand seiner DNA doch noch identifizieren zu können. Die Untersuchung der Gerichtsmedizin zeigte, dass das Opfer zu neunzig Prozent aus Asien stammte.

Diese Feststellung wurde noch bekräftigt, als man ein Tattoo auf seinem Oberarm entdeckte und versuchte, damit weiterzukommen. Der Text war mit persischen beziehungsweise arabischen Buchstaben tätowiert worden, dennoch konnten die Kriminalbeamten in Marokko den Text nicht verstehen. Sie mussten einen Iraner, einen Geschäftsmann vom Basar, um Hilfe bitten.

Der alte Mann, Hadji Mohammad, der seit fünfzig Jahren in Marokko lebte, bestätigte den Text als einen alten, persischen Spruch und meinte, das Opfer müsse wohl aus Iran oder einem der Nachbarländer stammen.

Daraufhin wendete sich die marokkanische Polizei direkt an drei persischsprachige Länder – Iran, Afghanistan und Pakistan. Die Beamten schilderten den Tatbestand und schickten alle ermittelten Daten mit der Bitte um Unterstützung an die entsprechenden Behörden.

Die iranische Rückmeldung kam prompt. Man schrieb in einer freundlichen Stellungnahme, dass gemäß umfangreichen Analysen in verschiedenen Datenbanken mit Sicherheit bestätigt werden konnte, dass der Tote entweder kein Iraner gewesen oder seine DNA in Iran bisher nicht erfasst worden war.

Die Stellungnahmen der afghanischen und pakistanischen Polizei waren ebenfalls negativ; die gesendete DNA war ihren Behörden unbekannt.

Hätte man den Fall über Interpol untersuchen lassen, würde die spanische Polizei wahrscheinlich sofort eine positive Meldung abgegeben und gleichzeitig die Fahndung nach dem dritten Terroristen von Marbella endgültig ausgesetzt haben. Aber man wollte keinen großen Aufwand treiben; vor allem sollte dieses schreckliche Ereignis nicht groß publiziert werden.

Anfang 2020, bevor der marokkanische Polizeichef den Sachverhalt als unlösbar ablegte, rief er Hadji Mohammad in seinem Geschäft an, erinnerte ihn an seinen Besuch in der Gerichtsmedizin und fragte, ob er noch einmal sagen könne, was der Text des Tattoos bedeutete. Hadji Mohammad überlegte eine Weile und erwiderte ziemlich unsicher:

»Wissen Sie, es ist schwierig, einen alten Spruch in einer anderen Sprache zutreffend zu übersetzen. Aber ich versuche es trotzdem.

Es stand *in niz bogzarad* auf dem Arm. Das ganze Gewicht dieses Spruches steckt in dem Wort „In".

Je nach Stimmung sagt man, diese ... diese ... Episode geht auch zu Ende.

Epilog

Einen Monat nach ihrer Rückkehr nach Deutschland vermietete das Ehepaar Parsa-Pour aus Rücksichtnahme auf Claudias ständigen Angstgefühle ihr Haus in Hamburg und zog, ohne Freunde oder Geschäftspartner zu informieren, in ein Landhaus in Nordtirol.

Der Gutshof lag in einer idyllischen Landschaft zwischen traumhaften Bergen und Wäldern; es war in der Tat ein kleines Paradies. Er hatte Claudias Vater gehört und war vor drei Jahren gründlich renoviert worden.

Um ihr neues Domizil weitgehend geheim zu halten, ließen Claudia und Sohrab sämtlichen Schriftverkehr über ihren Anwalt laufen, sodass ihre neue Adresse nirgendwo bekannt war. Darüber hinaus schlossen sie neue Mobiltelefonverträge mit einem österreichischen Provider ab, um vom Radar des iranischen Geheimdienstes zu verschwinden, und hielten ihre Telefonnummern geheim.

Sohrab hatte vor, sich nach der Veröffentlichung seines neuen Buches für einige Jahre zurückzuziehen. Das war auch ein großer Wunsch von Claudia. Sie beklagte, dass sie sich ständig Gedanken über ein neues Attentat des iranischen Geheimdienstes auf Sohrab mache. Dieser Stress würde sie in ständiger Unruhe halten und sie könne diesen Zustand nicht mehr ertragen. Sie war auch dagegen, dass Sohrab persönlich zur Präsentation seines neuen Buches in Hamburg erschien.

Sohrab akzeptierte alle ihre Forderungen, nur die Letzte nicht. Er hatte immer seine Bücher selbst präsentiert, diese für die anwesenden Fans signiert und ihnen gerne ihre Fragen beantwortet. Auf diese große Vergnügung wollte er auf keinen Fall verzichten.

Um Claudia einigermaßen zu beruhigen, nahm er Kontakt mit Kommissar Kruse in Hamburg auf und fragte, ob er bei dieser Veranstaltung mit seiner Unterstützung rechnen könne.

Die Antwort war positiv. Kommissar Kruse sagte, dass der Veranstalter bereits einen Antrag auf Polizeischutz gestellt hatte und sie alle erforderlichen Maßnahmen in die Wege geleitet hätten. Er sicherte ihm aufrichtig zu, dass er und mehrere Polizisten bei dieser Veranstaltung teilnehmen würden, er brauche sich keine Sorgen zu machen. Trotzdem wollte Claudia zum ersten Mal nicht bei einer Buchvorstellung ihres Mannes dabei sein; sie hatte einfach zu große Angst und blieb zu Hause.

Am Mittwoch, den 20. Dezember 2020 um sechszehn Uhr, stellte Sohrab Parsa-Pour planmäßig sein neues Buch im Hamburger Kulturhaus vor. Fast hundert interessierte Teilnehmer und Vertreter der Presse setzten sich gespannt in den weihnachtlich dekorierten Saal und hörten ihm begeistert zu, als er leidenschaftlich einige Kapitel aus seinem neuen Buch vorlas.

Der große Saal war mit dicken Vorhängen in drei Bereiche geteilt worden: Lesung, Buchsignierung und Bewirtung – Kaffee und Kuchen.

Nach fast einer Stunde beendete Sohrab seine Lesung mit einem Zitat seines Schweizer Kollegen Bernhard Steiner:

„Ein Diktator ist jemand, der dem Volk Gefangenschaft als Freiheit verkauft" und erntete fast eine Minute feurigen Applaus.

Die meisten Teilnehmer freuten sich darauf, ihre bereits gekauften Bücher von Sohrab signieren zu lassen.

Es herrschte daher unmittelbar nach Beendigung der Lesung eine hektische Atmosphäre. Mehr als siebzig Personen bildeten eine Schlange im zweiten Raum, wo Sohrab ihre Bücher signieren wollte. Die Personen, die keine Bücher zum Signieren hatten, verließen entweder die Veranstaltung oder widmeten sich dem Kuchenbuffet.

Kaum hatte Sohrab sich an den Schreibtisch gesetzt, um zügig mit dem Signieren der Bücher seiner zahlreichen Fans zu beginnen, bemerkte er erstaunt Leonie Grünberg; sie stand in der ersten Reihe und blickte ihn unsicher an. Mit strahlendem Lächeln und ausgestreckten Händen bat er sie, heranzukommen.

»Hallo, Leonie, das ist aber eine nette Überraschung. Warst du auch bei der Lesung dabei?«

Sie legte das Buch auf den Tisch und antwortete begeistert: »Ja, das war meine allererste Lesung und ich bin glücklich, dass ich dabei war. Leider habe ich die letzten zehn Minuten verpasst, weil ich schnell hierherkommen wollte, um in der ersten Reihe stehen zu können. Ich wollte das Buch signieren lassen und mich um meine Weihnachtseinkäufe kümmern.«

»Du siehst prächtig aus. Was macht Pedro?«

»Danke schön! Pedro wird heute Abend nach Hamburg fliegen und bleibt Weihnachten und Neujahr bei uns.«

»Das finde ich großartig.« Er nahm das Buch und fragte: »Und du willst das Buch für jemand signieren lassen?«

»Nein, ich möchte mir selbst ein wertvolles Weihnachtsgeschenk bescheren. Ich wünsche, dass du es signierst und etwas Nettes für mich schreibst, egal was. Ich bin ein begeisterter Fan.«

»Oh, das ist aber eine Ehre. Ja, gerne, mit dem größten Vergnügen.« Er überlegte eine Weile und schrieb dann:
Für meinen Schutzengel, Leonie. Dann sah er sie eine Weile lächelnd an und schrieb ein Gedicht von Lothar Kempter dazu:

Schließ die Augen, dann wirst du schauen.
Brich deine Mauern, dann wirst du bauen.
Lerne harren, dann wirst du gehen.
Lasse dich fallen, dann wirst du stehen.

Er überreichte das Buch und sagte: »Viel Spaß damit. Bleibst du noch und trinkst einen Kaffee mit uns?«

»Leider nein. Wie gesagt, ich muss mich beeilen und Geschenke kaufen.«

»Ich habe mich sehr gefreut, dich wiederzusehen. Gruß schön deine Eltern und Pedro.«

»Vielen Dank. Ich hoffe, wir sehen uns wieder.«

»Das hoffe ich auch, Leonie. Ich wünsche dir und deiner Familie ein frohes Weihnachten und ein gutes neues Jahr.«

»Das wünsche ich dir auch, vielen Dank« erwiderte sie mit einem süßen Lächeln und ließ Sohrab das Buch des nächsten Fans signieren.

Sohrab war trotz des Lärms aus dem Bewirtungsraum bemüht, einen nach dem anderen freundlich zu begrüßen und die gewünschte Widmung im Buch mit seiner Unterschrift zu besiegeln. Es war eine aufreibende Arbeit, aber offenbar machte es ihm nichts aus, geduldig und freundlich seine zahlreichen Fans zu bedienen.

Während er nach und nach seine Anhänger gefällig empfing und den gewünschten Text in ihre Bücher schrieb, stieß sein Blick plötzlich auf ein weiteres bekanntes Gesicht.

In einer Entfernung von circa fünf Metern, zwischen Männern und Frauen, die geduldig und diszipliniert in einer Reihe standen, erkannte er Kommissar Kruse. Merkwürdigerweise vermied er es, ihn direkt anzusehen. Auf den zweiten Blick bemerkte Sohrab noch einen weiteren, fast zwei Meter großen Mann, der hinter Kruse stand. Er erinnerte sich daran, dass er ihnen am 29. Januar 2019, als er selbst in Begleitung seiner Frau auf dem Polizeipräsidium gewesen war, kalte Getränke serviert hatte. Und was ihm noch bizarrer erschien war, dass die beiden Polizisten kein Buch zum Signieren in der Hand hatten.

Er fragte sich, warum sie dann in der ersten Reihe standen. Die Schlange wurde nach und nach kürzer und irgendwann standen nur noch drei Personen vor Kommissar Kruse. Merkwürdigerweise gaben sich die beiden Polizisten immer noch Mühe, Sohrab nicht anzublicken, so, als ob sie ihn überhaupt nicht kannten. Sie sprachen auch nicht miteinander; sie standen stumpf hintereinander in der Schlange.

Plötzlich bauten sich die drei Männer, die vor Kommissar Kruse gestanden hatten, gemeinsam vor Sohrabs Tisch auf und versperrten ihm jede Sicht. Einer von ihnen beugte sich hinunter und öffnete sein Buch. Man hatte in die Mitte der dreihundertfünfzig Seiten des Buches eine Form zur Platzierung einer Ampulle ausgeschnitten. Das hier war zweifellos ein heimtückischer Anschlag.

Kaum versuchte einer von ihnen, die tödliche Giftspritze aus dem Buch herauszuholen, fielen Kommissar Kruse und sein Kollege in einer professionell geübten Aktion über sie her. Gleichzeitig brachen mehrere Polizisten aus dem Bewirtungsraum heraus und überwältigten blitzartig alle drei Männer. Sie pressten sie gewaltsam zu Boden, legten ihre Hände in Handschellen und führten sie dann vor den verwunderten Augen der Teilnehmer ab. Vor dem Kulturhaus warteten schon weitere Polizisten.

Sie halfen ihren Kollegen, die drei Attentäter zum Polizeirevier zu transportieren.

Diese unerwartete und schlagartige Aktion versetzte alle Anwesenden in Erstaunen und Fassungslosigkeit; niemand wusste, was genau vor sich ging. Ganz besonderes war

Sohrab überrascht; für einige Minuten wusste er nicht, was gerade vor seinen Augen geschehen war. Er sagte nichts, nur seine Augen funkelten in höchster Erregung; sein Gesicht war kreideweiße geworden und hatte einen ängstlichen Ausdruck angenommen.

»Ich sagte Ihnen schon einmal, dass wir Ihr Anliegen ernstnehmen,« meinte Kommissar Kruse mit einem triumphalen Lächeln.

»Was war los? Wer waren diese Leute?« Endlich konnte Sohrab seine Frage in Worte fassen.

»Diese Verbrecher waren das neue Mordkommando der iranischen Regierung; offensichtlich enthaupten sie ihre Zielpersonen nicht mehr, sie vergiften sie.« Er öffnete das präparierte Buch, zeigte Sohrab vorsichtig die Spritze und fügte hinzu: »Ich denke, wenn diese Ampulle, die sie in diesem Buch versteckt haben und deren Inhalt sie Ihnen spritzen wollten, zum Einsatz gekommen wäre, wären Sie sofort tot gewesen. Meinen Information nach handelt es sich um das grausame „Botulinumtoxin“, auch bekannt als „Botox“. Wenn ich richtig informiert bin, sind nur ein Nanogramm pro Kilogramm Körpergewicht bereits tödlich.«

»Woher wussten Sie von ihrer Absicht?«, fragte Sohrab, immer noch fassungslos.

»Als Ihr Verlag in der Presse bekanntgab, wann und wo Ihr neues Buch präsentiert wird, ahnten wir, dass der iranische Geheimdienst diese Gelegenheit nutzen würde und möglicherweise versucht, ihren bereits fehlgeschlagenen Plan noch einmal durchzuführen. Glücklicherweise bekamen wir rechtzeitig den entscheidenden Hinweis vom BKA.

Seit vier Tagen wissen wir, wer sie sind, wo in Hamburg sie beherbergt werden und wie sie ihr Ziel erreichen wollten.

Ich muss allerdings sagen, dass uns irritiert hat, dass sie in den ersten Tagen noch fünf Personen gewesen sind. Aber danach konnten wir nur noch drei Personen beobachten und verfolgen. Von den anderen zwei Verdächtigen fehlt jede Spur. Ob sie sich im iranischen Konsulat verschanzt haben, wissen wir nicht. Dennoch haben wir alle Bahnhöfe und Flughäfen unter Kontrolle. Ich bin sicher, die beide werden wir auch kriegen.

Die drei Verbrecher, die Sie heute als Fan und gleichzeitig als Feind erlebt haben, haben wir Tag und Nacht überwacht. Als sie für die heutige Veranstaltung Tickets kauften, wussten wir, wo das Attentat stattfinden würde.

Ab diesem Zeitpunkt haben wir mit Zustimmung des Staatsanwalts jedes ihrer Gespräche mitgehört und aufgenommen. Sie hatten vor, Sie während der Buchsignierung zu dritt zu überwältigen und mit der Giftspritze kaltzustellen.

Weil sie einen Diplomatenpass besitzen, konnten wir sie leider nicht einfach ohne Beweise verhaften. Wir hatten keine andere Chance, als sie auf frischer Tat zu erwischen, was uns Gott sei Dank heute gelungen ist.« Er hielt inne, überlegte eine Weile und sagte dann stolz weiter: »Ich kann Ihnen versichern, dass Sie zu keiner Zeit in ernster Gefahr standen, denn mehrere Beamte hatten die Attentäter ständig im Auge. Wir wussten von ihrem gesamten Plan.

Sie wollten nach ihrer mörderischen Tat sofort zum Flughafen fahren und um zwanzig Uhr mit den Turkish Airlines nach Istanbul fliegen.« Er zeigte an die Decke und fügte hinzu: »Gestern installierte die Firma ISC im Auftrag der Polizei mehrere Kameras in diesem Saal. Meine Kollegen errichteten auch eine Zentralkommunikation im Keller dieses Hauses. So waren sie in der Lage, ihre Gespräche mitzuhören und jede ihrer Bewegungen zu überwachen. Wir haben sogar einen persischen Dolmetscher dabei.« Er holte etwas Luft und sprach leidenschaftlich weiter: »Ich bin froh, dass alles gut gelaufen ist und wir jetzt kristallklare Beweise besitzen – nämlich Audio- und Videodateien –, dass diese Verbrecher Sie töten wollten. Jetzt muss der Staatsanwalt das Beweismaterial bewerten und entscheiden, was mit ihnen geschehen soll.«

Je mehr Kommissar Kruse von ihrem raffinierten Umgang mit den iranischen Berufskillern sprach, desto mehr erschrak Sohrab. Der Gedanken, dass er andauernd mit den mörderischen Absichten von Pasdaran rechnen musste, machte ihn wehmütig. Dennoch bemühte er sich, gerade an diesem erfolgreichen Tag nicht die Rolle eines Opfers zu spielen. Kommissar Kruse setzte seine Erzählung fort: »Sie haben wieder Glück gehabt. Dennoch würde ich an Ihrer Stelle einen Ausweg aus dieser gefährlichen Situation suchen. Denn ich schließe nicht aus, dass diese skrupellosen Mörder ihr Ziel irgendwann doch noch erreichen werden.«

»Sie haben recht, sie geben nie auf. Aber was soll ich noch machen? Ich kann weder meine Bücher vernichten noch mit Ayatollah freundliche Beziehungen anknüpfen.

Anderseits muss man akzeptieren, dass der politische Journalismus keine Lebensversicherung ist. Man muss jederzeit mit Vergeltung der Gegner rechnen. Und wenn ich ehrlich bin, muss ich einräumen, dass die Polizei, die Feuerwehr, Berufssoldaten, sogar Schornsteinfeger in der Regel gefährdeter sind als die Leute in meiner Branche.

Trotzdem: Wie Sie wissen, habe ich die Situation nicht auf die leichte Schulter genommen. Ich habe inzwischen alles getan, was ich in diesem Zusammenhang habe tun können.

Ich wohne weder in Hamburg noch in Marbella. Seit Monaten leben meine Frau und ich gezwungenermaßen in

Isolation. Zugegeben, der Ort, an dem wir jetzt wohnen, ist wie ein Paradies. Trotzdem ist es für uns, die fast ihr ganzes Leben in einer großen Metropole verbracht haben, dort deprimierend. Es ist menschenleer, ruhig, zu ruhig; manchmal ermüdend. Trotzdem haben wir vor, für eine unbestimmte Zeit dort zu bleiben.«

»Immerhin, es ist vermutlich ein sicherer Platz.«

»Ja, in der Tat scheint es dort sicher zu sein. Tatsächlich ist uns inzwischen klar geworden, dass man Sicherheit und Freiheit nicht zusammen als Set bekommen kann. Auf die alte, gute Freiheit müssen wir eben einige Jahre verzichten.«

»Wann und wie wollen Sie heute nach Hause fahren?«

»Ich nehme den Schlafzug um neunzehn Uhr.«

»Sie haben noch eine Stunde Zeit. Da ich nicht sicher bin, ob weitere Killer draußen auf Sie warten, um ihren Plan B auszuführen, möchte ich dafür sorgen, dass sie unbeschadet nach Hause kommen.

Ich fahre Sie mit einem Streifenwagen zuerst zum Polizeipräsidium. In der Tiefgarage wechseln wir das Auto und fahren mit meinem Wagen zum Bahnhof. Gleichzeitig werden meine Leuten aufpassen, dass wir unterwegs oder am Bahnhof nicht verfolgt werden. Wir begleiten Sie in ihr Abteil und hoffen, dass Sie heil nach Hause kommen.«

»Vielen Dank. Sie haben heute mein Leben gerettet.«

»Das war mein Job. Sorgen Sie dafür, dass Sie die kommenden Jahre ohne fremde Hilfe am Leben bleiben. Wenn ich Ihnen einen Tipp geben darf: Versuchen Sie, vorläufig keine Konfrontation mit Mullahs Regime zu beginnen. Sie wissen besser als ich, dass der iranische Diktator alles daransetzen wird, jeden Gegner, egal, wo er wohnt, zu ermorden.«

»Ja, das ist mir bewusst. Ich denke, ich werde mich ein paar Jahre zurückziehen, und zwar nicht nur wegen der

Konfrontation mit Pasdaran, sondern auch, um in Ruhe zahlreiche neue Dokumente aufzuarbeiten.

Während meines Aufenthalts in Spanien bekam ich überraschend einen Karton voll mit Geheimdokumenten der iranischen Regierung. Bei einer ersten Stichprobe war ich perplex. Dies sind Kopien mehrerer schockierender Besprechungsprotokolle, Dekrete über Säuberungen bestimmter iranischer Religionsanhänger, Geldüberweisungen an die Palästinensische Befreiungsorganisation PLO und die Hisbollah sowie weitere Belege über ihre Täuschungsstrategie den Inspektoren der Internationalen Atomenergiebehörde IAEA gegenüber. Ich bin überzeugt, dass die Veröffentlichung dieser Dokumente für das Mullah-Regime skandalös sein wird.

Schauen Sie mich nicht so entsetzt an, Herr Kommissar Kruse. Ich nehme meinen Job genauso ernst wie Sie Ihren. Zugegeben, beide Aufgaben sind mit Gefahren behaftet, aber wir kämpfen gegen Verbrecher.

Ja, ich habe die Absicht, nach ein paar Jahren Pause dort weiterzumachen, wo ich aufgehört habe.

Denn erst, wenn man aufhört zu kämpfen, hat man verloren.«

Kurz vor neunzehn Uhr, als Kommissar Kruse Sohrab bis zu seinem Zug begleitet und sich freundlich verabschiedet hatte, setzte er sich in sein reserviertes Abteil. Sohrabs Zug fuhr los.

Er hatte einen langen Weg nach Hause. Er holte aus seiner Aktentasche ein Buch und begann, gedankenversunken zu lesen. Fast Halbstunde ließ die Blicke über die Zeilen rinnen, aber seine Gedanken waren lahm. Nach und nach irgendein ängstlicher Rückblick schien ihn zu beunruhigen. Er bemerkte, er könnte sich nicht, an was er las, zu konzentrieren; denn das ständige Gefühl eine paranoische Wahnvorstellung dominierte seine Gedanken und diese trieb ihm zu totale Abspannung.

Immer wieder er erinnerte sich, an was Kommissar Kruse erzählte. Er erwähnte nebenbei, dass zwei von fünf Pasdaran-Killers, während sein Team ihnen ständige überwachten, unbemerkt untergegangen und seit denn fehlen von ihnen jeder spür.

Sohrab fragte sich: *Was,* wenn von Anfang an die zwei verschwundenen Pasdaran-Killer für Plan B zuständig waren und gerade jetzt befinden sie sich in diesem Zug!

Aber nach und nach gewann er wieder Kontrolle über seine alarmierten Gedanken. Er wisperte unter die Lippen, was immer seinen Vater ihm ermutigte, wenn er unmotiviert erschien: *„Alles, was du willst, ist auf der anderen Seite der Angst.“*

Er nahm wieder das Buch in die Hand und begann zu lesen. Mit Laufe die Zeit ist der Ausdruck von Sorge, den ihn voll beherrschte, verschwand unter dem gewinnenden Wohlwollen seines schwachen Lächelns.

Er stellte sich vor, wenn er die Ereignisse von heute Suzan Foster erzählen wurde, wurde sie mit Sicherheit sagen:

„Kein Wunder, Mr. Trouble Maker. Du hast dieses Attentat überlebt, weil dein Schutzengel – Leonie Grünberg – nah bei dir war.“

Ende

In Gedanken

an die Hunderten von mutigen Kollegen, die in den letzten vierzig Jahren wegen ihrer wahrhaftig kritischen Berichte über die Korruption und den brutalen Umgang des Mullah-Regimes mit der iranischen Bevölkerung verhaftet, jahrelang gefoltert und hingerichtet wurden.

Hassan M. M. Tabib

Oktober 2022

Hassan M.M. Tabib, 1940 in Teheran geboren, studierte im Iran Literaturwissenschaft. Er arbeitete als Journalist für mehrere Tageszeitungen. Seine Veröffentlichungen erregten den Unmut des Schahs Regimes.
1964 verließ er seine Heimat und blieb ein Jahr in Frankfurt/M.
Danach lebte und studierte er mehrere Jahre in den USA. Zurückgekehrt nach Deutschland arbeitete er hier als Berater und Führungskraft in verschiedenen Unternehmen.
Seit 1995 ist er zu seinen Wurzeln, zu seiner Liebe, dem Schreiben, zurückgekehrt.
Hier ist eine Liste seiner Bücher:
- Von orientalischen Träumen zu Tragödie im Westen
- Auftrag in Teheran
- Der Plan eines Terroranschlags
- Zermahlt zwischen CIA
  und Pasdaran
- Irreale Wahrnehmung und
  Weitere Erzählungen
- Flucht aus dem Gottesstaat
- Die Macht des Gewissens

<u>English Translation:</u>

- From Oriental Dreams to
  Tragedy in the West
- Mission in Tehran
- The Plan of a Terroristic Attack
- Under Pressure from
  the Pasdaran and CIA
- Unreal Perception
  and other Stories
- Running away from a Theocracy
- The Power of Conscience